Nikoletta Kiss

# Rückkehr nach Budapest

Roman

Insel Verlag

Auch wenn dieser Roman Bezüge zu realen Personen des öffentlichen Lebens sowie zu historischen Ereignissen aufweist, bleibt er ein Werk der Fiktion.

Die Autorin dankt der Stadt Wien Kultur, die das Projekt mit einem Projektstipendium für Literatur förderte.

Erste Auflage 2025
Originalausgabe
© Insel Verlag Anton Kippenberg GmbH & Co. KG, Berlin, 2025
Alle Rechte vorbehalten. Wir behalten uns auch eine Nutzung des Werks für Text und Data Mining im Sinne von § 44b UrhG vor.
Umschlaggestaltung: Lübbeke Naumann Thoben, Köln
Umschlagfoto: Rolf Zöllner/SZ Photo/picture-alliance, Frankfurt am Main
Satz: Dörlemann Satz, Lemförde
Druck und Bindung: GGP Media GmbH, Pößneck
Printed in Germany
ISBN 978-3-458-64501-6

Insel Verlag Anton Kippenberg GmbH & Co. KG
Torstraße 44, 10119 Berlin
info@insel-verlag.de
www.insel-verlag.de

**Rückkehr nach Budapest**

*Für Ben, Emilia und Tom*

# Prolog

Wäre Theresa im Sommer des Jahres 1986, an dem verregneten Wiener Morgen, mit mir im Bus nach Budapest zurückgekehrt, ich hätte András nicht geheiratet, mein Leben wäre in gänzlich anderen Bahnen verlaufen. Ich glaube nicht an Schicksal, nur an günstige und ungünstige Momente, die uns auf dem Weg begegnen, uns leiten und verleiten und derart durch das Leben führen.

Im Schlafzimmer vor dem Schrank stehend, greife ich zum schwarzen Kleid. Nach kurzer Überlegung hänge ich es wieder zurück. Ich mag dieses Kleid. Was ich zur Beerdigung anziehe, werde ich danach nie wieder tragen. Ich streife stattdessen den alten Kostümrock vom Hänger, er ist dunkelblau, nicht schwarz, ich schlüpfe dennoch hinein, ziehe den Reißverschluss hoch, drehe mich im Spiegel.

»Warum nimmst du nicht das Auto?«, ruft András zu mir hoch.

»Du weißt doch, ich fahre nicht gern«, rufe ich zurück, gehe die Treppen hinunter zu ihm ins Wohnzimmer. »Und schon gar nicht am Samstagmorgen, ganz Budapest will an den Balaton.«

András, noch im gestärkten Hemd, das er zur Arbeit trägt, wendet den Blick von den Abendnachrichten ab und sieht mich prüfend an.

»Warum willst du nicht, dass ich mitkomme?«

»Wir haben das besprochen.«
»Ich könnte fahren.«
»Es ist alles abgemacht, Vati holt mich vom Bahnhof ab.«
Mit einer versöhnlichen Handbewegung deutet er, ich solle mich zu ihm setzen. Der Film beginnt.

»Ich muss noch packen«, sage ich und lasse ihn allein. Dabei liegt längst alles sorgfältig gefaltet im Koffer. Ich schließe die Schlafzimmertür hinter mir, ziehe den Rock wieder aus, damit er keine Falten bekommt. Dann hole ich noch einmal Theresas Briefe hervor.

*Weißt du noch, Márta? Als der See in der Sommerhitze grün schimmerte, so aufgeheizt war, dass die Aale schon ihren Bauch zeigten, als jedes Haus mit Touristen gefüllt war, überall bei euch fremde Kinder spielten, vor denen wir uns versteckten? Weißt du noch, die nie endenden Tage des Sommers, die wir in jener wunderbaren Trägheit verbrachten?*

Ich weiß noch. Natürlich weiß ich noch. Ich setze mich mit den Briefen auf den Boden, lehne im Schneidersitz am Bett wie als junges Mädchen. Von hier unten ist ein Streifen Himmel zu sehen und ein Teil der Hauswand gegenüber. In der Abenddämmerung erscheint sie mir wie eine Gefängnismauer. Ebendieses bedrückende Gefühl empfand ich als Kind beim Anblick des verschlossenen Hauses von Theresas Familie nebenan. Ich hatte Theresa das nie erzählt, doch ich hatte sie immer etwas gehasst, wenn sie fort war. Dann hasste ich mich selbst, weil ich sie hasste. Sie hatte mich schon damals immer wieder verlassen, war nach jedem Sommer verschwunden aus meinem Leben, seit ihr Vater, mein Onkel Péter, seine Stelle in Berlin, in der DDR, angetreten hatte. Großmutter schwärmte im Dorf von ihrem Diplomatensohn, wobei Péter nicht einmal Diplomat sei, nur ein besserer Handelsvertreter, sagte Vati, auch wenn er im Botschaftsgebäude arbeite, und lachte sie aus. Seit sie in Berlin lebten, ließ sich Terézia von allen eingedeutscht Theresa nennen, selbst von mir. Das Gefühl der Enge in der Brust verflüchtigte sich erst, wenn sie zu Beginn der Sommerferien mit ihrer Familie heimkam.

Jedes Jahr räumten wir für den Sommer unser Haus und zogen in die aufgeheizte Garage, um Platz zu schaffen für die Ost- und Westdeutschen, die Niederländer, Belgier, für die Touristen, die zu uns an den Balaton in den Urlaub fuhren. Der Teer unter den Schuhen klebte, die Fahrradschläuche wurden brüchig in der Hitze. Das Haus meines Onkels wurde nie geräumt. Wir verkrochen uns bei Theresa im kühlen Zimmer, bis Großmutter uns hinaustrieb: »Raus mit euch! Geht spielen!« Wir versteckten uns im Maisfeld, erzählten uns Geschichten von erfundenen Liebschaften, pflückten Maispuppen mit goldenen Haaren. Nichts geschah, jeden Tag. Es waren die glücklichsten.

Das elterliche Grundstück hatten unsere Väter unter sich aufgeteilt. Wir lebten mit Großmutter im alten Haus. Auf der anderen Seite hatten Theresas Eltern die *Villa* bauen lassen, an der Stelle hatte einst der Saustall gestanden. Vati nannte die Villa ein Puppenhaus, denn der grellgelbe Bau seines Bruders wirke aufgetakelt wie die täglich frisch gelegten Locken seiner Frau, mit denen sie im Dorf die Blicke auf sich zog. Die Leute staunten und zerrissen sich das Maul. Ich bewunderte meine Tante damals, wollte so schlank und schick sein wie sie. Meine Mutter und Tante Irmi hatten nicht viel gemein. Auch meine Mutter hatte das große Haus täglich vor Augen, doch Äußerlichkeiten interessierten sie nicht. Sie war die Pragmatische, die Bastlerin. Sie zimmerte sich ihre Hochbeete selbst, kroch auf allen vieren im Garten herum. Am Abend schmierte sie ihr Gesicht mit Nivea-Creme ein, das war ihr Schönheitsritual, Schminke trug sie nie. Dabei mochte Vati es, wenn eine Frau sich hübsch machte. Aber er hatte sich nun einmal in das Mädchen aus Thüringen verliebt, das am Strand Volleyball spielte.

Wenn Berlin Theresa im Herbst zurückholte, verschwand sie in ihr Großstadtleben und ließ mich mit dem verschlossenen Haus nebenan zurück, dem stillen See, den heruntergelassenen Rollläden im Ort. Wie ich die deprimierende Öde des Herbstes verabscheute!

Die Jahre vergingen. Mein Fernweh stillte ich mit den Romanen von Jókai, Dumas, Proust, Thomas Mann, ich schrieb Gedichte, hörte die Rocksongs des vergangenen Sommers und versuchte mich an Übersetzungen ins Ungarische aus dem Deutschen. Deutsch hatte ich von meiner Mutter gelernt, Tante Irmi brachte mir Bücher aus Berlin. Wir fuhren selten irgendwohin, ich erinnere mich an zwei oder drei Besuche bei meinen Großeltern in Thüringen, an den Zuckerkuchen, den dünnen Kaffee, das Schweigen zwischen Gesprächsfetzen, die Tränen meiner Mutter auf der Heimfahrt.

András war damals schon achtzehn. Er holte mich mit seiner Simson ab. Großmutter saß auf ihrem Hocker vor dem Haus und gab vor, es nicht zu bemerken, wenn ich aus dem Fenster stieg. Ich schwang mich auf den Sitz, schlang die Arme um ihn, und wir brausten davon.

»Bist du dir nicht zu schade!«, schrie Vati mit heiserer Stimme, als ich heimkam. Die Leute würden reden! Er hielt mich mit fünfzehn Jahren für zu jung für eine Beziehung, Mutter stritt mit ihm. Vati jedoch diskutierte nicht, rief nur »Basta!« und schmetterte die Faust auf den Tisch, dass die Hunde aufjaulten. Dieses Geheule der Viecher, wie auf einer Tonleiter, wenn ich die nächtliche Dorfstraße entlanglief, aus dem Haus verschwand wie so oft.

András nahm mein Gesicht in die Hände, verglich meine Augen mit Kornblumen und küsste sie. Beim Edda-Konzert grölten wir mit, *träumten uns eine Welt.* Mit ihm erlebte ich den ersten Kuss, unter seinen Berührungen das erste Zittern, das erste Alles. Als ich Theresa erzählte, dass ich meine Unschuld verloren hatte, sagte sie nur, das sei eine so altmodische und negativ belegte Formulierung: *Unschuld verlieren*, als hätte ich etwas verloren, was nicht ohnehin als eine lästige Gemeinheit von der Natur eingerichtet worden war. Sie hatte sich mit Tampons den Weg dort freigemacht, damit es beim ersten Mal nicht so schlimm wehtat, und dennoch hatte ihr damaliger Freund drei Anläufe gebraucht, bis es für sie halbwegs erträglich wurde, während er Genuss dabei empfand. Wie himmelhochschreiend ungerecht das doch sei!

Ich hatte trotz des Schmerzes dabei eine ungeheure Liebe für András empfunden, das sagte ich Theresa aber nicht. András wusste, was er tat. Er flüsterte meinen Namen, streichelte mich, bis ich bebte. Ich war geborgen bei ihm. Im Halbdunkel sah ich sein Gesicht und fand darin nicht Vergnügen, sondern Fürsorge. Unsere Körper einander so nah. Noch heute erfüllt mich der Gedanke an diese Augenblicke mit Liebe. Auch wenn es sich längst anders anfühlt.

*Was tust du noch hier?*, würde Theresa fragen. Warum verlässt du ihn nicht? Sie würde es nicht verstehen.

»Kommst du ins Bett?« Ich fahre herum, hatte nicht bemerkt, dass András ins Zimmer kam. Wie eine Festung steht er da und betrachtet mich. Ich sammle die Briefe vom Boden auf, falte sie zusammen, verstaue sie in dem Schuhkarton, in dem ich sie aufbewahre. Als ich zu ihm aufblicke, hat er sich abgewandt, knöpft sein weißes Hemd auf und streift es ab, das T-Shirt darunter kommt zum Vorschein. Ich mag ihn so, ohne das Förmliche, die Hemden, die er oft auch zu Hause trägt. Wenn ich meine Augen zusammenkneife, erkenne ich ihn noch, den alten András, im geschmeidigen Braun seiner Augen, diesem besonnenen Blick.

»Ich räume noch auf«, sage ich und gehe an ihm vorbei zur Tür, trage die Briefe zur Kommode im Flur, wo ich alte Unterlagen, Steuererklärungen und Tagebücher aufbewahre, Dinge, die ich seit Jahren nicht angefasst habe. Nur die jüngsten Briefe Theresas lege ich nicht zurück, die, die ich einst unbeantwortet ließ, ihre Briefe aus Wien – auch sie sind inzwischen fast zwei Jahrzehnte alt. Morgen im Zug werde ich sie noch einmal lesen, in der Hoffnung, etwas im Unausgesprochenen zu finden, das mir bisher verborgen blieb. Sie muss meine Gefühle für Konstantin gespürt haben. Vermutlich fehlt deshalb jede Erwähnung von ihm. Dabei hatte sie früher jedes Detail ihrer Beziehung mit mir geteilt. Ihr persönlicher Seelenklempner war ich gewesen, Tag und Nacht verfügbar. Ich kannte Konstantin besser, als Theresa ihn kannte, noch bevor er sich überhaupt für mich interessiert hatte. Ein paar Monate nach ihrer gemeinsamen Flucht in den Westen blieben ihre Briefe aus. Bis zu diesem letzten, unvollendeten, nie abgeschickten Brief, den Tante Irmi in ihren Sachen fand, als sie Theresas Wiener Wohnung ausräumte. Ich falte ihn auseinander, streiche über die Seite, die ihre Hände berührt haben, frage mich, warum sie ihn noch geschrieben hat, nach all den Jahren. Es ist, als hätte sie gespürt, dass ihre Zeit gekommen war.

*Ich stelle mich Deinen Fragen, Márta, stelle Du Dich meinen. Du liebtest ihn, nicht wahr? Du liebtest ihn von Anfang an.*

Ein Schauer läuft mir über den Rücken. Der Satz bricht einfach ab, als wäre Theresa in diesem Moment verstorben, einfach umgefallen beim Schreiben. Nur sie konnte mitten im Wortfluss den Stift aus der Hand fallen lassen, einem anderen Gedanken nachgehen. Vielleicht war ihr plötzlich eingefallen, was sie zum Abendessen kochen wollte, oder der Teekessel hatte zu pfeifen begonnen, mühelos fand sie später den Gedankenfaden wieder, nur diesmal hatte er sich verloren, für immer. Sie muss den Brief zur Seite gelegt haben, um ihn später zu beenden, vielleicht lag er noch tagelang unberührt zwischen den Papieren, die Tante Irmi auf ihrem Schreibtisch fand. Theresa hat allein gelebt. Kinderlos, wie ich.

Sie fuhr im Bus, als sich ihre Brust zusammenzog, der Atem stockte, sie rang nach Luft, der Boden unter ihren Füßen bebte, Tausende Stiche im linken Bein. So muss sich ein Schlaganfall anfühlen, das habe ich mal gelesen. Vielleicht verlor Theresa das Gleichgewicht, dann das Bewusstsein. Ich stelle mir den Schrecken im Gesicht der Fahrgäste vor, ihren Blick auf dem leblosen Körper, die Geistesgegenwart jenes Mannes, der die Wiederbelebung versuchte, den Alarm beim Ziehen der Notbremse. Tante Irmi rief mich nach ihrem Tod an und gab den Brief in die Post, den ich nun in den Händen halte.

Ich betrachte mein abgeschminktes Gesicht im Spiegel, das inzwischen eine Schicht Make-up am Morgen braucht, um so rosig zu wirken wie einst. Die Badezimmertür ist nur angelehnt. András hat das Licht bereits gelöscht. Ich kann nun ungestört meinen Gedanken nachgehen, András' Lügen, Theresas Tod, der mir in seiner Endgültigkeit noch immer unwirklich erscheint. Es fühlt sich so an, als lebe sie weiter in Wien, als bestünde die Möglichkeit einer Begegnung, aus Zufall vielleicht oder Vorsehung, obwohl ich an Letztere gar nicht glaube. Und da ist noch ein Gedanke, der mich nicht ruhen lässt, einer, den ich lange verdrängt habe, der nun alle anderen verblassen lässt.

Noch Wochen und Monate nachdem Theresa und Konstantin verschwunden waren, hatte ich versucht, mir den Klang von Konstantins Stimme ins Gedächtnis zu rufen. Es wollte mir nicht gelingen. Ich konnte mir auch seine Hände nicht mehr vorstellen und den Geruch seiner Haut. Über Nacht war auch er aus meinem Leben gegangen. Seit Jahren schon hatte ich nicht mehr an ihn gedacht, ich war geheilt von ihm gewesen. Ich stelle ihn mir an Theresas Grab vor, den Rücken mir zugewandt, so bleiben seine Züge mir verborgen, die nun vielleicht etwas reifer wirken, das einst geliebte Lächeln. Es zuckt in mir. Ich muss mich am Rand des Waschbeckens festhalten. Was tue ich da nur! Ich reiße mich zusammen, spritze mir kaltes Wasser ins Gesicht. Wasche mich unter den Achseln, im Schritt, rubble mich ab. Dann lösche ich das Licht und lege mich neben meinen Mann ins Bett.

Er schläft noch nicht, rückt näher zu mir. Seine Hand fährt meinen Rücken entlang. Ich schüttelte den Kopf im Dunkeln. »Noch nicht!« Es klingt forscher als beabsichtigt.

Sofort zieht sich die Hand zurück. Er brummt etwas und dreht sich auf die andere Seite.

In der Stille rühre ich mich nicht. Es sind Konstantins Hände auf mir, an die ich denke, ich kann seine Anwesenheit spüren. Vorsichtig drehe ich den Kopf zu András, er atmet leise und gleichmäßig. Ich darf keinen Laut von mir geben. Meine Hand fährt zwischen meine Schenkel, presst fest auf die pulsierende Stelle dort. *Du hast mich alleingelassen damals, verlassen. Es war dein Kind, Konstantin, das ich verloren habe! Hätte ich dir von der Schwangerschaft erzählen müssen damals in Wien? Nein – du hattest nur Augen für Theresa. Verraten hast du mich!* Habe ich das laut gesagt? Ich muss besser aufpassen. András aber atmet flach, er bewegt sich nicht. *Du würdest nie ein Kind in diese Welt setzen wollen. Das waren deine Worte, Konstantin. Ich wusste, ich würde dich verlieren, so oder so, weil du die Freiheit gesucht hättest oder nur aus Verpflichtung bei mir geblieben wärst. Es sei eine Frage von Leben und Tod gewesen? Der Staat hätte dir den Atem geraubt? Du warst feige, mein Lieber, genau das warst du! Feige, weil du nie gekämpft hast. Und feige, weil du nie erkannt hast, wer ich wirklich war. Für dich war ich immer nur die gute Márta, die Liebe, die Tugendhafte. Das Blöde an mir war, dass ich elendig recht hatte. Und du? Du warst immer der Schuldige. Theresa, unsere verrückte Theresa war voller Leben. Ja, bei ihr konntest du der Tugendhafte sein.*

*Jetzt lebt unsere Theresa nicht mehr.*

# 1

Es war kein schlechtes Leben, bis Mutter uns verließ. Wir lebten in dem Haus, das mein Großvater gebaut hatte. Wie bei einem Flickenteppich hatte Vati ausgebessert und erweitert, ein Badezimmer mit fließendem Wasser, ein viertes Zimmer neben Omas – mein Zimmer – und die Garage kam dazu, die später der Laden wurde. Es war nicht besonders vornehm, aber gemütlich bei uns. Manchmal half mir Vati bei den Matheaufgaben, oder wir spielten am Küchentisch Schach bis spät in der Nacht. Nach der Schule stand ich im Laden an der Theke, wog die Wurst, den Käse, verpackte alles in Butterbrotpapier und notierte den Preis. Mutter kassierte. Wenn die Aprikosen reiften, sammelte ich das Obst für Vati ein, die verdorrten, gammeligen Früchte, und scheuchte die Fliegen auf, die summend davonflogen. Daraus brannte er seinen Schnaps. Je reifer die Früchte waren, desto besser. Er brauchte den Klaren am Morgen, um in Gang zu kommen. Mutter stritt schon lang nicht mehr mit ihm, sie sagte nicht viel, nicht einmal zu mir – sie ging.

An jenem Abend servierte sie gefüllte Paprikaschoten in süßer Tomatensoße, mein Leibgericht, küsste mich auf die Stirn und nahm den Wagen mit. Bis ich begriff, warum sie gehen musste, vergingen Jahre. Verziehen habe ich es ihr bis heute nicht.

Ich hörte Vati nachts auf und ab durchs Haus gehen und leise weinen. Er betäubte den Schmerz mit Alkohol.

Tagsüber starrte er in den kleinen Fernseher in der Küche, rauchte und trank. Ich wollte da sein für ihn, wir schauten gemeinsam Fernsehen, stundenlang. Ich blieb, obwohl er mich nicht einmal wahrnahm. Bald ertrug ich sein Leid nicht mehr, hielt mir nachts die Ohren zu, wenn er schrie. Meine Familie war zerfallen wie die fauligen Früchte, die ich für Vati aufgesammelt hatte. András war da für mich, und ich fühlte mich schlecht dabei. Ich hatte jemanden, der mich wollte. Vati hatte niemanden, er war allein.

Es war im Sommer 1984, kurz nach meinem Abitur. Ich trennte mich von András, verließ meinen Vater und stand obdachlos vor Theresas Tür in Berlin.

»Komm erstmal zu uns!«, hatte Theresa am Telefon zu mir gesagt. Ich packte also meine Tasche, sagte Vati nichts, stieg an unserem kleinen Bahnhof in den Zug nach Budapest. Nach achtzehn Stunden mit Umsteigen kam ich in Berlin an. Es war nicht mein erstes Mal in der großen Stadt. Ich hatte Theresa in den Jahren zuvor öfters in den Ferien besucht.

Nun stand ich am riesigen Ostbahnhof, meine Sporttasche schnitt mir in die Schulter. Weit und breit keine Theresa. Der Bahnsteig leerte sich. Ich ging langsam in Richtung der Treppen – wusste, sie verspätete sich, sie verspätete sich immer –, setzte mich auf eine Bank und wartete dort. Eine halbe Stunde verging, dann suchte ich eine Telefonzelle.

»Márta, Liebe! Verzeih, ich hab's nicht geschafft, und jetzt bist du schon da!«

Mir kamen die Tränen. Es war ein Fehler gewesen, herzukommen.

»Du, ich will dich nicht länger warten lassen. Nimm einfach die S-Bahn zum Alex und von dort die Linie A zur Endstation Pankow (Vinetastraße). Es ist ganz einfach. Hast du Geld für den Fahrschein?«

Ich nickte, was sie nicht sehen konnte, und legte auf. Es war schon früher Nachmittag, mein Magen knurrte. Ich kaufte eine Fahrkarte und fand sogar die S-Bahn zum Alexanderplatz – dem Alexanderplatz! Von meinem letzten Besuch erinnerte ich mich an den Fernsehturm, der wie eine Discokugel über der Stadt schwebte. Angestarrt hatte ich ihn wie ein Kind den Weihnachtsbaum. Ich verlief mich in den unterirdischen Gängen der U-Bahn-Station. Es wimmelte von Menschen, die zielstrebig kreuz und quer, an mir vorbeieilten. Ich stand vor dem U-Bahn-Plan und sah nur Linien. Schließlich orientierte ich mich am Glitzer des schwarzen Betonbodens. Dort, wo es funkelte, musste der richtige Weg sein. Wie ich meine Bahn fand, ob ich jemanden nach dem Weg fragte – ich weiß es nicht mehr. Ich fuhr bis zur Endstation, stieg dort aus und ging, mächtig stolz auf mich, es bis hierher geschafft zu haben, die Treppen hinauf ans Tageslicht. Gleich erkannte ich die Pankower Hoffnungskirche vom letzten Besuch wieder, auch an die lindengesäumte Straße mit den drei- bis viergeschossigen Bauten erinnerte ich mich. Euphorisch rannte ich los. Dahinter schon lag die Neubausiedlung, in der Theresas Familie wohnte.

Theresa fiel mir um den Hals, drückte mich, streifte mir die Tasche von der Schulter und zog mich in die Wohnung. Diese Wohnung, ich liebte sie! Alles so modern, Zentralheizung und ein Badezimmer mit Wanne. Bei meinem letzten Besuch hatte ich die Badewanne bis zum Rand mit warmem

Wasser volllaufen lassen und eine ganze Stunde darin verbracht.

Nun zog ich die Schuhe aus, um die helle Auslegeware nicht zu beschmutzen. Die Dreiraumwohnung bekam Onkel Péter von der ungarischen Handelsvertretung gestellt, genau wie den Lada mit blauem Kennzeichen, keinem roten, wie dem der Diplomaten, aber einem, mit dem er an der Grenze zu Westberlin durchgewunken wurde.

»Mensch, Mädchen! Hättest du was gesagt, ich hätte dich abgeholt«, sagte Onkel Péter und schüttelte den Kopf, als ich kurze Zeit später im Wohnzimmer umringt von der ganzen Familie von meinem Ausreißen von zu Hause erzählen sollte. Da saßen sie alle, Theresa, Tante Irmi, die mich mit besorgtem Gesichtsausdruck musterte, und Onkel Péter. Seine Stirn warf Falten, der Schnurrbart aber lächelte. Als die Brüder später miteinander telefonierten, hörte ich Vati brüllen. Ich drehte den Kopf weg, schämte mich für meine Tränen.

Theresa nahm mich an der Hand und führte mich in ihr Zimmer. »Papa macht das schon«, sagte sie und verschloss die Tür hinter uns. Sie umarmte und drückte mich fest auf ihre überschwängliche Art. Ihr krauser Schopf wippte. Sie konnte einen mit ihrer Wärme und Liebe überfluten.

Ihr Zimmer sah verändert aus. Es war kein Mädchenzimmer mehr. Ich bestaunte die grau-schwarze Anbauwand und die Poster von Musikgruppen, die ich nicht kannte. Meine Hand glitt über ihren Schreibtisch, der voller Bücher war. Sie lernte für ihre Prüfungen an der Uni, fast hatte sie das erste Studienjahr an der Sektion Germanistik hinter sich.

»Nun erzähl, was ist mit András passiert?«

Ich unterbrach sie mit einem Kopfschütteln. »Habe ich doch schon, am Telefon.« Der Streit, die Trennung – war es eine? –, Vati wütend, das alles hatte mich ausgezehrt. Ich spürte nur Leere. Oder Hunger? Oder beides?

Da berührte sie mich an der Schulter. »Wollen wir uns kurz hinlegen, so wie früher?« Ich musste lächeln. Von ihrem Bett waren die Stofftiere verschwunden, ersetzt durch einen Haufen großer, bunter Kissen. Es war nichts wie früher, wir waren erwachsen geworden. Doch wir warfen uns zwischen die Kissen, zerwühlten das gemachte Bett, legten die Beine hoch an die Wand, wie wir es immer getan hatten. Auf dem Rücken liegend, musterte ich sie.

Plötzlich blitzten ihre Augen auf. »Wie wär's, wenn wir ausgehen? Der Verflossene einer Freundin liest aus seinen Gedichten. Eine Wohnungslesung. Er ist brillant.«

Sie betonte »Wohnungslesung«, als meinte sie die Oper damit. Ich wandte meinen müden Blick von ihr ab. Verstand sie denn nicht?

Sie stützte sich auf und schaute mich an.

»Ich dachte nur, es tut dir gut, unter Leute zu kommen. Selbstverständlich bleiben wir hier, wenn du zu müde bist!« Ihre Stirn kräuselte sich. Diese Stirn war verräterisch, Theresa hatte stets das Gefühl, dass sie das halbe Leben verpasste. Es war wie immer, Theresas Wünsche überrumpelten mich. Ich sah ihr an, wie sehr sie da hinwollte. Das aufkommende schlechte Gewissen, hier hereingeplatzt zu sein mit meinem Kummer, ließ sich nicht unterdrücken, genauso wenig wie mein Wunsch, ihr eine Freude zu machen.

»Sag, machst du dir Vorwürfe wegen deinem Vater?«, fragte sie unvermittelt.

»Wegen Vati? Natürlich. Er sitzt zu Hause allein in der

Küche und betrinkt sich.« An Theresas Gesichtsausdruck erkannte ich, was als Nächstes kommen würde. Es sei sein Leben, ich könne ihn nicht retten, er müsse es selbst wollen. Für Theresa waren die Dinge immer so klar und einfach. Vielleicht war ihr Leben klar und einfach. Zumindest lebte sie in einer intakten Familie.

»Du kannst nicht noch ein Jahr zu Hause bleiben, Márta, und darauf warten, dass es ihm besser geht.«

»Was soll ich denn tun? Ich habe die Aufnahmeprüfung an der Uni vermutlich verpatzt. Soll ich in Budapest Arbeit suchen?«

Theresa setzte sich auf.

»Na, was willst du tun, seinen Schnaps aufspüren und vor ihm verstecken, wie es deine Mutter jahrelang tat? Sie hat begriffen, dass es nichts bringt.«

Ich starrte die Decke an. Meine Mutter!

»Meine Mutter ist mit einem anderen Mann abgehauen.« Nun setzte auch ich mich auf, nahm eines der Kissen in die Arme und drückte es an mich.

»Bestimmt macht sie sich Vorwürfe. Sie ist hier in Berlin, nicht? Sprich mit ihr.« Theresa machte eine beschwichtigende Geste. »Ich wollte nur sagen, du bist nicht verantwortlich für deinen Vater.«

»Ich bin doch hier, oder nicht?«

»Na ja, du klingst wie András.«

Das verletzte mich. Sie wusste gar nicht, wie sehr ich nach András klang. Bei unserem gestrigen Streit hatte er mir mit ruhigem Ton ins Gesicht gesagt, dass ich mich für etwas Besseres hielte. Das Leben bei uns sei mir wohl zu provinziell. Man müsse nicht studieren, um zu wissen, dass man seiner Familie gegenüber Pflichten hätte. »Willst du dich wirklich in der Stadt vergnügen, während sich dein Vater hier zu Tode säuft?« Das waren seine Worte gewesen.

»Er weiß, wenn du studieren gehst, kommst du nicht zu ihm zurück. Er hat Angst, dich zu verlieren.«

»Du weißt nicht, was András alles für uns getan hat. Du warst nicht dabei, als Vati mich angefleht hat, ihn aus der Klinik zu holen. Dass er dort verreckt, hat er gesagt. András hat ihn abgeholt und ist bei uns geblieben. Ich konnte mit Vati nicht allein sein.«

Seit meine Mutter gegangen war, gab es nur noch András, Vati und mich. Ich hätte es ohne ihn nicht geschafft. Mitten in der Nacht fand ich Vati volltrunken in seinem eigenen Erbrochenen auf dem Küchenboden liegen. Das erzählte ich Theresa nicht. Ich konnte Vati nicht einmal bewegen. András hob ihn hoch – so abgemagert war Vati schon – und legte ihn ins Bett. Er hielt mich fest bis zum Morgen.

»Deinen Vater aus der Klinik zu holen, war falsch.«

»Wie kannst du so hart sein, Theresa, so leichtfertig urteilen? András hilft im Geschäft, jeden Tag kommt er nach der Werkstatt zu uns, er schmeißt praktisch den Laden.«

Theresa stand auf und schaute zur Tür hinaus. Tante Irmi hatte zum Essen gerufen.

Ich suchte Halt an dem großen Kissen. András fehlte mir jetzt. Nach unserem Streit hatte ich mir den Schlüssel der Villa geschnappt und war rausgerannt. Wenn ich allein sein wollte, ging ich rüber zum Haus von Theresas Familie. Tante Irmi hatte mir den Schlüssel dagelassen. Sie hatte nichts dagegen, wenn ich mir Bücher auslieh. Der Großteil ihrer Bibliothek war in Ungarn verblieben, weil in der Berliner Dienstwohnung für die vielen Bücher kein Platz war. Ich setzte mich gern zum Lesen in den Sessel am Fenster, ging aber nicht nur der Bücher wegen hin. Ich verbrachte herrlich ruhige Stunden allein an diesem Ort. Manchmal wandelte ich durch das Haus, die Hände am Geländer, ging ich die Treppen hinauf zum Schlafzimmer. Ich betrachtete mich im bodentiefen Spiegel. Im leeren Kleiderschrank hing der Morgenmantel meiner Tante, cremefarben, weich, seidenweich. Ich berührte gern ihre schönen Dinge, ließ die Hand über den Stoff gleiten. Dann zog ich meine Kleider aus, schlüpfte in die Seide und atmete den Duft ihres Parfums, der im Morgenmantel lebte. An ihrem Schminktisch betastete ich mein Gesicht und stellte mir vor, ich wäre sie. Meine Mutter besaß einen solchen Morgenmantel nicht. Ich stellte mir vor, sie wäre nie gegangen. Mütter verlassen ihre Kinder nicht. Es sind die Kinder, die gehen, aus dem Nest fliegen, über ihre Eltern hinauswachsen. Meine Mutter gönnte mir das nicht.

András und Vati schauten meist Fußball, während ich mich in ein anderes Leben träumte. Es lief seit Monaten nicht mehr zwischen András und mir.

Wenn du schon studieren musst, mach etwas Richtiges. Darin waren sich András und Vati einig. Genau genommen hatte András mich rausgeworfen, nicht ich hatte ihn verlassen.

Als ich nach unserem Streit von der Villa ins Haus zurückging, schlug mir der Geruch von gedünsteten Zwiebeln entgegen. András stand am Herd, mit dem Rücken zu mir, und machte etwas zu essen. Ich blieb an der Tür stehen. Er drehte sich nicht um.

»Neulich, nach der Abifeier am Strand«, begann ich und zögerte. »Ich bin mit diesem Jungen ins Zelt mitgegangen.« In der Stille, die folgte, vernahm ich das Zischen von Fett in der Pfanne. András zog sie bedächtig vom Herd. Er verlagerte das Gewicht von einem Bein aufs andere, dann drehte er sich zu mir um und sah mich stumm an. Er sagte kein Wort. Ich sah nur die Muskeln an seinem Hals zucken. Ich stand da und wartete auf seine Reaktion, empfand nichts in diesem Moment. Es fühlte sich an, wie wenn man mit der weißen Billardkugel mitten in den Haufen stößt und schaut, was passiert. Das Bild ordnet sich neu.

»Es ist wohl besser, du gehst studieren«, sagte er ruhig, wandte sich wieder um und rührte in der Pfanne weiter.

Das war gestern. Vati war nicht zu Hause gewesen. Ich packte meine Sachen, immer noch innerlich taub. Vom Bahnhof rief ich Theresa an. Jetzt waren es wohl nur noch András und Vati. Ich wusste nicht genau, was das bedeutete.

»Willst du ihn wiedersehen, diesen Jungen aus Berlin?« Ich schaute auf zu Theresa, die wieder ins Zimmer kam.

»Torsten? Mein Gott, nein. Die Sache hatte keine Bedeutung.«

»Na, immerhin insofern, als du András losgeworden bist. Und warum auch nicht, es ist Zeit, dass du auch andere Männer kennenlernst. In fünf Minuten gibt's Essen.«

Ihre Worte versetzten mir einen Stich. Torsten war aus Berlin, geistreich und unheimlich witzig, er hatte mich zum Lachen gebracht. Wir saßen nach der Abifeier in großer Runde am Strand. Rotwein mit Cola ging rum und Wodka. Er und sein Freund machten Urlaub am Balaton. Sie waren zu unserer Gruppe dazugestoßen. Weil ich Deutsch sprach, lernten wir uns schnell kennen, ich übersetzte für die anderen. Torsten griff mir ins Haar, einfach so, ich schmiegte mich in seinen Arm. Es fühlte sich gut an. Doch die Nähe zu András, die ich empfunden hatte, seit ich fünfzehn war, ließ sich nicht damit vergleichen. Hatte ich András tatsächlich verletzen wollen – weil ich sonst nicht von ihm losgekommen wäre?

»Technisch gesehen, ist gar nichts passiert«, murmelte ich und legte das Kissen beiseite. Theresa schielte ungläubig zu mir herüber und setzte sich wieder zu mir aufs Bett.

»Wir haben uns geküsst, heftig geflirtet, im Zelt Gürtel gelöst und gefummelt. Er sagte, er wolle nicht mit mir schlafen, weil ich in einer festen Beziehung sei. Er würde morgen schon abfahren.«

Theresa schüttelte den Kopf.

»Ich wollte es, Theresa. Ich wollte ihn wirklich! Er hatte tolle Hände, sie waren überall, auf mir, in mir, es hätte keinen Unterschied mehr gemacht.«

»Aber?«

»Für einen Mann mache es einen Unterschied, meinte er. Was guckst du so? Ich fand das romantisch. Fast hätte ich mich verliebt in ihn.«

Tante Irmi rief erneut zum Essen, diesmal ungeduldig. Wir standen auf, ich folgte Theresa hinaus in den Flur.

»Du willst mir sagen«, flüsterte sie und drehte sich dabei zu mir um, »seit Monaten bringst du nicht den Mut auf, dich von András zu trennen, und dann macht er Schluss, wegen einer Affäre, die nie stattgefunden hat?« Sie brach in Gelächter aus. Dann hörte sie auf zu lachen, weil es offensichtlich nichts zu lachen gab.

Theresa und ich gingen an jenem Juniabend zu dieser Dichterlesung in den Prenzlauer Berg. Die Straßen waren schlecht beleuchtet, die wenigen Laternen warfen fahles Licht auf die rußgeschwärzten Altbauten mit ihren kaputten Fassaden.

Ich war noch nie in diesem Teil Berlins gewesen und spürte eine Mischung aus Neugier und Beklemmung. Theresa bog zielstrebig in einen Hauseingang ein.

»Komm schon, gehen wir!« In ihrer Stimme lag eine Gewissheit, die mich beruhigte. Im Hinterhof, an den Mülltonnen vorbei, dann Parterre links. An der Wohnungstür war außen eine Klinke angebracht – wie ungewöhnlich. Theresa drückte sie herunter, die Tür ließ sich öffnen. Wir folgten einer dunklen Stimme ins Innere der Wohnung. Es war stickig, verqualmt und voll. Die Lesung war bereits im Gange. Die Leute lehnten an den Wänden, saßen auf Bänken, die aussahen, als stammten sie aus einer Kirche. Wir stiegen über jene hinweg, die auf dem Boden saßen und andächtig dem Dichter lauschten, der im Lesesessel im Schein einer Stehlampe las. Auch das Sofa war besetzt. Überall konzentrierte Gesichter, strähnige Haare, karierte Hemden, mir fiel auf, dass fast nur Männer anwesend waren.

Vielleicht stach mir auch deshalb die Frau auf dem Sofa ins Auge: die Beine übereinandergeschlagen, von Kopf bis Fuß in Weiß gekleidet, weiße Jeans, weißer Blazer. Sie wirkte älter als wir, um die vierzig vielleicht. Mit gedämpfter Stimme sagte Theresa, sie sei eine bekannte Schauspielerin in der DDR, und nannte einen Namen, den ich nicht kannte und sogleich wieder vergaß.

Der Zigarettenqualm biss in meinen Augen. Ich folgte Theresa, erntete irritierte Blicke, als wir uns durch die Anwesenden schlängelten. Wir setzten uns mit auf den Dielenboden. Erst auf den Knien, dann im Schneidersitz versuchte ich eine halbwegs bequeme Sitzposition zu finden. Theresa beugte sich zu mir, deutete zu einer zierlichen Frau am Fenster. Sie hatte so feine Gesichtszüge, als wären sie von Hand gezeichnet, dachte ich. Diese Frau und der Mann neben ihr mit der Nickelbrille seien die Gastgeber, sagte Theresa. Ihre Namen vergaß ich sofort. Dann nannte sie den Namen des Dichters: Konstantin Berger. Diesen vergaß ich nicht.

Ich versuchte, dem Vortrag zu folgen. Doch die kantigen Verse entglitten mir immer wieder wie willkürlich erdachte Satzfetzen ins Leere. Jedes Wort war mir bekannt – ich sprach mit meiner Mutter Deutsch, hatte mit dem Abitur auch das höchste Sprachdiplom abgelegt –, dennoch gelang es mir nicht, den Sinn dieser vertrackten Konstruktionen zu erfassen. Jeder Vers schien mir wie ein Rätsel, ein Labyrinth, dem ich nicht gewachsen war. Nach einer Weile schweiften meine Gedanken ab, wanderten zu dem Durcheinander aus Bildern, Theaterplakaten, Fotografien an den Wänden. Inmitten dieser fast schon erdrückend intellektuellen Kulisse versuchte ich nun nicht mehr die Verse, sondern das Gesicht des Dichters zu entschlüsseln. Was für ein Mann war Konstantin Berger? Ich betrachtete die Bewegung seiner Lippen, wie sie die Worte formten und wohlartikuliert mit kräftiger Stimme in den Raum entließen. Die Denkerstirn, die Brille, die hochgekrempelten Hemdsärmel – ein Hauch von Boheme umgab ihn.

Theresa flüsterte, sie müsse aufs Klo. Bevor ich hätte erwidern können, dass ich mitgehen wolle – raus aus der schwülen Enge –, war sie schon aufgestanden und huschte an mir vorbei. Anmutig bewegte sie sich, gänzlich ungerührt von der Stille, den konzentrierten Gesichtern im Raum, selbst als sie eine Bierflasche umstieß und es klirrte, bemerkte sie es nicht.

Der Qualm wurde immer dichter, die Dielen immer härter. Fünf Minuten vergingen, eine Viertelstunde. Theresa kam nicht zurück. Ich wandte mich um, vermutete, dass sie an der Tür auf mich warten würde. Doch ich konnte sie dort nicht sehen. Auch nach der Lesung fand ich sie nirgends, nicht in der Küche, wo ich nachsah, auch nicht im Hausflur. Ein paar Leute rauchten vor der Wohnungstür. Ich ging über den Hinterhof, schaute im Vorderhaus nach und auf der Straße. Es hatte geregnet, das Licht der Straßenlaternen glänzte auf dem Kopfsteinpflaster. Inzwischen strömten die Gäste aus dem Haus und verteilten sich in die Nacht, in Grüppchen kichernd, sich unterhaltend, in Paaren die Hände haltend. Ein Mann blieb vor dem Haus stehen und zündete sich in Ruhe eine Zigarette an. Nach einer Weile trat er den Stummel auf dem Boden aus, vergrub die Hände in den Jackentaschen und ging ebenfalls davon. Ich trat aus dem Hausflur heraus auf die Straße und wartete, bis auch die letzte Gruppe gegangen war.

Wie sollte ich nach Hause finden? Ich hatte mir den Weg nicht gemerkt. Ich sah mich um und versuchte mich zu erinnern, aus welcher Richtung wir gekommen waren. Die Straßenkreuzung war menschenleer, keine Autos weit und breit. Es knirschte unter meinen Schritten, als ich wieder auf das Haus zuging. Nur in der zweiten Etage brannte noch Licht. Auch das erlosch. Ich sah auf die Uhr und Panik erfasste mich. Hatte der Hauswart bereits dicht gemacht? Bestimmt war Theresa inzwischen aufgetaucht und suchte mich dort.

Mit zügigen Schritten ging ich zurück, durch den Hof bis ins Hinterhaus zur Wohnung, wo die Lesung stattgefunden hatte. Ich probierte die Klinke. Die Tür war noch offen, ich betrat die Wohnung, im Wohnzimmer brannte

Licht. Der Schriftsteller unterhielt sich bei Kerzenschein am großen Tisch mit den Gastgebern. Sie blickten sich zu mir um, als ich eintrat. Ich stammelte meinen und Theresas Namen, doch sie sagten ihnen nichts. Hier war ich nun in einer fremden Stadt unter Menschen, die mich nichts angingen, die ich nichts anging. Vermutlich sah ich aus wie der Scherbenhaufen, den ich zu Hause hinterlassen hatte. Schließlich erwähnte ich, dass ich nicht wüsste, wie ich nach Hause käme. Da erhob sich Konstantin Berger und fragte, wo ich wohnte. Ich schaute zu ihm auf, denn er war einen Kopf größer als ich. Ein sanftes Lächeln zeichnete sich in seinem Gesicht ab. Ein Ausdruck von Verständnis, fast zärtlich, trat in seine Züge. Ich spürte ein Vertrauen in mir aufsteigen, das jeglicher Grundlage entbehrte.

In diesem Augenblick platzte Theresa herein. Er hielt inne und sein Blick wurde abgelenkt. Theresa hatte schon immer ein Gespür für die falschen Momente gehabt, erst im falschen Moment zu verschwinden, dann im falschen wiederaufzutauchen, der in diesem Fall natürlich der richtige war, hatte ich sie doch verzweifelt gesucht. Was wäre geschehen, fragte ich mich später oft, hätte Konstantin sie in ebendiesem Moment nicht in der Tür erblickt, Theresa, groß und schlank, in ihren Bluejeans und hohen Absätzen mit einer Flasche Bier in der Hand? Natürlich wäre trotzdem alles genauso gekommen. Vermutlich.

Theresa eilte auf mich zu, warf ihren Kopf zurück. »Márta! Wo sind denn alle?«, rief sie, als sei ich *ihr* abhandengekommen und nicht umgekehrt.

»Ich dachte, du seist einfach gegangen!«, flüsterte ich.

»Ich war nur kurz bei Katja zwei Straßen weiter, ich hätte dich nie zurückgelassen, Liebes, niemals!«

Sie schloss mich fest in die Arme, vor allen, vor Konstantin Berger und den Gastgebern. Ich stand stocksteif da. Sie bemerkte wohl meine Verlegenheit, ließ mich wieder los und lachte auf. Es war ihr fremdes Lachen, das sie hatte, wenn wir unter Leuten waren. In der Öffentlichkeit wurde sie zu einer anderen Person, die Nähe zwischen uns war dann aufgehoben, vielleicht gerade weil Theresa sie in solchen Momenten für andere vorzuspielen schien. Eine Frau betrat hinter ihr den Raum. Halblange, schwarze Haare, stark geschminkte Augen, ebenfalls schwarz.

»Du, die sind alle schon weg!«, sagte Theresa nun auch zu dieser Frau wie vorhin zu mir.

Das musste diese Katja sein, bei der Theresa eben zu Hause gewesen war, dachte ich. Offenbar hatte sie die Szene zwischen mir und Theresa beobachtet, denn sie machte eine Handbewegung zu mir, als sei Theresa nicht ernst zu nehmen. Ihre Augen blitzten unter dem Pony hervor. Er fiel ihr wie ein Vorhang in die Stirn und weckte in mir das Bedürfnis, ihr Gesicht freizulegen.

»Wir gehen gleich, ja? Katja will mich nur kurz Konstantin vorstellen«, erklärte Theresa, sah mich erst flehend an, dann wandte sie sich ab und richtete ihren Blick direkt auf Konstantin, der überrascht wirkte, sie aber gleichzeitig interessiert musterte. Theresa löste ihren Blick von ihm und lachte plötzlich auf. Konstantin sah zu mir, ich vernahm ein leichtes, fragendes Zucken seiner Schulter. Für einen Moment spürte ich eine Verbindung zwischen uns. Ich senkte und hob wieder den Blick und versuchte ihm zu signalisieren, dass es mir leidtat um den Moment von zuvor. Tat es ihm auch leid?

Ich fragte mich manchmal, wie Menschen, die Theresa

nicht kannten, sie wahrnahmen. Wie Konstantin sie wahrgenommen hatte im diffusen Schein der Lampe, deren Schirm aus angesengten Notenblättern gebastelt war. Theresa strahlte, sie merkte von alldem nichts, kramte in ihrer Umhängetasche, leerte den ganzen Inhalt auf den Tisch und fand schließlich ihr Notizbuch, das vollgekritzelt war mit ihren Gedanken, Gedichten, Bleistiftzeichnungen. Sie wolle ihm ihre Gedichte zeigen, sagte sie, während sie die anderen Sachen wieder in die Tasche hineinstopfte. Die drei setzten sich mit dem Gastgeber um den Tisch und begannen sich zu unterhalten. Niemand hatte mich gebeten, auch Platz zu nehmen. Für einen Augenblick stand ich blöd daneben.

»Möchtest du einen Tee?«, fragte mich die Gastgeberin. Elke war ihr Name, nun erinnerte ich mich. Elke hatte die Ankunft der zwei Frauen beobachtet, nun wechselte sie die abgebrannte Kerze im Halter, als wäre die Nacht noch lang. Das Wachs war – vermutlich über lange Zeit – wie ein Bart in dicken Schichten um den Kerzenständer gewachsen. Ich schaute von ihren schlanken Fingern wieder in ihr Gesicht und nickte dankbar. »Sehr gerne, ein Tee wäre schön«, sagte ich und folgte ihr in die Küche, die an das Wohnzimmer grenzte. Ich blieb im Türrahmen stehen, während sie frisches Wasser im Kessel aufsetzte. Den alten, kaltgewordenen Tee schüttete sie in den Abfluss, spülte die Blechkanne aus, nahm ein Sieb und gab eine kleine Menge loser Teeblätter hinein. Ich beobachtete ihre besonnenen Bewegungen. Bei uns zu Hause gab es dieselbe, am Morgen gekochte, mit Zucker und Zitrone bereits angerührte Kanne Schwarztee den ganzen Tag. Wir wärmten ihn auf oder tranken ihn kalt. Kurz zog es in meinem Magen, als ich an Vati dachte, ganz allein im Haus, wer kochte ihm nun den Tee? Ich vertrieb den Gedanken und wünschte, wir könnten endlich gehen, doch die drei wirkten ins Gespräch versunken. Währenddessen betrachtete ich einmal mehr die mit Bildern tapezierten Wände und ging in der Wohnung umher. Bücher und Schallplatten füllten die Regale. Mein Blick blieb an Vasen und Skulpturen hängen. Elke sah mich herumwandern, kam zu mir und zeigte mir ihre Töpferwerkstatt, die im Nebenraum eingerichtet war. Kein Wunder, dass ihre Hände zu so ruhigen Bewegungen fähig waren, dachte ich.

Wir stellten Teeschalen auf den Tisch. Auch diese seien selbstgefertigt, sagte Elke und lächelte bescheiden. Der Kessel pfiff. Sie goss das sprudelnde Wasser über die losen Teeblätter. Anschließend füllte sie die Keramikschalen. »Milch und Zucker?« Ich hatte noch nie Tee mit Milch probiert. Es war wie ein Ritual. Überhaupt war alles in Elkes und Hans' Wohnung wie beseelt. Hans hatte sich offenbar zurückgezogen, nun sah ich ihn nicht mehr. Elke bot mir einen Platz an und setzte sich zu mir. Ihre kinnlangen Haare strich sie hinters Ohr. Ein riesiger Kater sprang in ihren Schoß und ließ sich von ihr kraulen.

»Sein Name ist Salami. Er ist uns in den Ferien zugelaufen. Wir haben ihn einfach im Auto mit nach Hause genommen«, erzählte sie und machte lange Streichbewegungen vom Kopf über den Rücken bis zum Rumpf des Tiers. Der Kater schnurrte genüsslich.

»Wie hat dir die Lesung gefallen?«, fragte sie mich leise. Ich blickte mich zu Konstantin um, der gerade auflachte. Theresa redete und redete. Die Hand dieser Katja ruhte dabei auf seinem Unterarm. Es stieß mir auf, wie wir alle um seine Aufmerksamkeit buhlten.

»Ich habe die Gedichte nicht wirklich verstanden«, antwortete ich ehrlich, nun wieder Elke zugewandt, und sah in ihr ruhiges Gesicht.

Sie nickte verständnisvoll. »Das hat hier keiner so genau. Wichtiger ist, welche Emotionen sie in dir hervorgerufen haben.«

»Sie sind verworren, irgendwie.« Ich wollte noch hinzufügen, dass mein Unverständnis nicht an meinem Deutsch lag, als Elke bereits weitersprach: »Konstantins Sprache ist aufwühlend«, sagte sie nachdenklich, als suchte sie noch ein passenderes Wort. Ich war erleichtert, dass auch sie so empfand. Ihr Blick ging kurz zur Decke. »Und rebellisch uneindeutig, findest du nicht?« Sie fragte das ohne ein Lächeln. Rebellisch uneindeutig. Ich überlegte, ob das ein Widerspruch war, was es überhaupt bedeutete.

»Konstantin geht es wie den meisten Dichtern, die heute hier anwesend waren. Seit Jahren geistern ihre Manuskripte durch die Verlage. Manche haben Glück, wie Konstantin, und haben einen Mentor, der für sie vermittelt. Seinen Meister, nennt er ihn. Oft geht das Veröffentlichen aber nur unter großen Kompromissen.« Elke nippte an ihrem Tee und sah mich an, als wartete sie auf eine Reaktion.

»Er hat vor einiger Zeit ein Stück geschrieben, dessen Aufführung nach wochenlangen Proben am Theater verboten wurde. All die Arbeit umsonst.«

»Warum wurde es verboten?«, fragte ich nach und ärgerte mich gleich, doch Elke schien meine Frage nicht für naiv zu halten.

»Konstantin ist niemand, der sich reinreden lässt. Er hat hohe Ansprüche an sich und seine Kunst.«

Ich probierte den Tee, er war noch zu heiß. Elke steckte sich eine Zigarette an, bot auch mir eine an. Ich winkte ab.

»Du bist Ungarin, nicht? Deshalb verstehst du das nicht.« Sie machte eine Geste, als wäre das alles nicht der Rede wert. Überrascht schüttelte ich den Kopf. Natürlich verstand ich. Auch in Ungarn gab es Schriftsteller in der Opposition, die nicht veröffentlichen konnten.

»Der Sozialismus in Ungarn ist ein anderer«, sagte sie mit einer resoluten Stimme, die nicht zu ihr passte. Sie machte einen Schlenker mit dem Handgelenk, als würde sie nicht näher darauf eingehen wollen. Ich war dankbar dafür, hatte keine Lust, über Politik zu reden. Wir sahen uns kurz in die Augen.

»Ich war mit Hans schon öfters in Budapest«, sagte Elke und lächelte nun. »Diese Fülle an Farben in der Markthalle! Die Kübel gelber, roter Margeriten und Nelken! Die Paletten mit Kirschen und Aprikosen. Ich habe während unserer Budapestreise eine Bindehautentzündung bekommen. Das kam von all den Sinneseindrücken!«

Ich lachte und schüttelte ungläubig den Kopf. Elke winkte ernst mit der Zigarette. Doch, doch, genauso sei es gewesen, beteuerte sie.

Konstantin stand zuerst vom Tisch auf, Theresa kam zu mir, wir konnten nun endlich gehen. Ich bedankte mich bei Elke und auch bei Hans, der uns nun an der Tür verabschiedete. Konstantin, Katja, Theresa und ich machten uns gemeinsam auf den Rückweg durch die nächtliche Stadt.

Katja und Theresa staksten auf ihren hohen Absätzen über das Kopfsteinpflaster, gingen mitten auf der Straße eingehakt voraus, laut wie alberne Schulmädchen. Konstantin und ich blieben einige Meter zurück. Er kümmerte sich um mich, als hätte ihn jemand darum gebeten. Wahrscheinlich hatte er Mitleid mit mir. Wir überquerten eine Fußgängerbrücke, die über Gleise führte – es musste ein anderer Weg sein als der, den wir genommen hatten. Der Gehsteig lag im Dunkeln, seitlich ragten die Mauern massiger Backsteinbauten empor. Die Gebäude wirkten verlassen. Konstantin zeigte in die Ferne, dort drüben sei schon die Schönhauser Allee. Offenbar entging ihm mein Unbehagen nicht. Er fragte mich aus, um mich abzulenken vermutlich, wo ich herkäme, was ich in Berlin vorhätte. Ich erzählte ihm von unserem Heimatort am Balaton, erwähnte meine mündliche Aufnahmeprüfung zum Literaturstudium an der Uni in Budapest und dass ich sie vermutlich verpatzt hatte. Was für eine Katastrophe das war und dass ich meinen kranken Vati nun ohne einen Studienplatz für nichts und wieder nichts hatte hängenlassen, erwähnte ich nicht.

»Ich habe noch keinen Plan«, sagte ich. »Den Sommer verbringe ich bei Theresa und im Herbst beginne ich entweder mein Studium, oder ich muss mir eine Arbeit suchen, bis ich die Prüfung nächstes Jahr wiederholen kann. Ich möchte Dolmetscherin werden.«

Konstantin blieb stehen. Die hochgezogenen Augenbrauen, das skeptische Stirnrunzeln – er sah mich an, als hätte ich gesagt, ich wolle Papst werden.

»So ein Quatsch!«

Ich starrte ihn an. Ich war ebenso schockiert von seinem Ausruf, wie er offenbar von meinem Berufswunsch war. Meine Überraschung entging ihm nicht, er wedelte mit den Händen, als ließe sich so das Gesagte zurücknehmen.

»Entschuldige«, sagte er mit diesem Blick, der mich auch später immer verunsicherte, der mir das Gefühl gab, ich hätte etwas zum Schreien Dummes gesagt.

»Sag ruhig: Berger, du Riesenarschloch!«

»Was ist so schlimm am Dolmetschen?«

»Nichts.« Er zuckte die Achseln. »Dolmetscher ist ein ehrenwerter Beruf. Aber für mich eine grässliche Vorstellung, die Gedanken anderer unkommentiert wiedergeben zu müssen. Man sollte erstmal lernen, selbst zu denken, eigene Gedanken zu entwickeln. Warum studierst du nicht Philosophie?«

»Von Philosophie kann man nicht leben«, gab ich reflexartig zurück.

»Materialistisch, das Mädchen. Ha!« Ich blickte zu ihm auf, mein ganzer Magen vibrierte. Seine Arroganz packte mich. Ich weiß nicht, warum mir diese Provokation so naheging. Wir kannten uns kaum. Ich war nicht materialistisch, was hatte ich Landei schon jemals besessen? Ich wusste nur, dass ich nicht ein Leben lang hinter Vatis Ladentheke stehen wollte, ich musste weg von ihm und seinem Schmerz, raus aus unserem kleingeistigen Dorf. Ich wollte die Welt sehen, mittendrin sein, aus erster Hand wissen, was passierte. Na und? Dafür lernte ich Sprachen. Es ging mir doch nicht ums Geld!

Offenbar sah er mir die Kränkung an.

»Für ein gutes Leben braucht man doch mehr als Geld. Ich finde es wichtiger, frei zu sein. Wenn du frei sein willst, lerne denken«, sagte er nun ruhig, in einem Ton, der – so schien mir – fast ins Gegenteil von vorhin, in Resignation kippte. Ich fühlte mich wieder selbstsicher, ihm sogar überlegen und sah ihm direkt in die Augen.

»Bist du denn frei?«

Meine Frage war gemein. Diese Dimension hatte im Denken eines DDR-Bürgers nicht zu existieren. Als Ungarin konnte ich überallhin reisen, auch in den Westen. Das wenige Geld, das ich gespart hatte, würde zwar kaum für den Sommer reichen. Aber grundsätzlich die Möglichkeit zu haben, machte mich freier als ihn.

»Ich lebe in einer Gemeinschaft eigenständig denkender Menschen, ja«, erwiderte er. »Mein Leben ist genauso, wie ich es möchte.«

Diese Antwort hatte ich nicht erwartet. Doch nicht nur die Antwort überraschte mich, auch die Art, wie er es sagte. Er klang so in sich ruhend, so sicher. Ich nickte, sah wieder zu ihm auf und da traf mich sein Blick. Keine Spur von Arroganz fand ich nun darin, sondern Neugier. Er neigte den Kopf leicht zur Seite, lächelte unmerklich und forschte in meinem Gesicht.

So gesehen, war mein Leben nicht frei. Es war nicht das Leben, das ich führen wollte, das spürte ich. Zugleich wusste ich im Grunde überhaupt nicht, was ich wollte. Ich schaute weg, konnte seinen Blick nicht länger ertragen. Sein plötzlicher Pfiff mit den Fingern ließ mich zusammenzucken und beendete unser Gespräch. Theresa und Katja wandten sich um. Sie waren offenbar in die falsche Richtung abgebogen. Konstantin winkte sie zurück, bald holten wir sie ein. Konstantin schlug vor, noch einen Absacker im Wiener Café auf der Schönhauser trinken zu gehen. Gerade fuhr eine Bahn auf der Hochbahntrasse aus der Haltestelle. Trotz der Dunkelheit erkannte ich jetzt die Station, an der Theresa und ich zuvor ausgestiegen waren. Ich war todmüde, wollte nach Hause, suchte den Blickkontakt mit Theresa, doch im Bann dieser Katja reagierte sie nicht auf mich. Auch Konstantin entging das offenbar nicht.

»Na, komm mit auf ein Bier!«, sagte er fast herzlich und legte einen Arm um meine Schultern. Das überzeugte mich.

Große Spiegel im Café, Holztäfelung und ein glanzloser alter Flügel, an dem keiner spielte. Die Eleganz vergangener Tage ließ sich erahnen. Konstantin und Katja gingen auf einen Mann zu, der allein an einem der runden Cafétische saß, das Gesicht in einem Buch vergraben. Als er die beiden sah, stand er auf und umarmte sie. Sie holten Stühle heran und rückten sie an seinem Tisch zurecht, an dem eigentlich nur Platz für zwei war.

»Das ist Bernd«, sagte Katja, »der witzigste Schriftsteller des Prenzlauer Bergs.«

»Der humorigste bitte, ich habe Humor, nicht nur Witz.« Bernd reichte mir die Hand, dann Theresa und nahm dann wieder Platz. Katja und Theresa verschwanden gemeinsam in Richtung Toilette. Konstantin bot mir den Stuhl neben Bernd an und setze sich neben mich.

»Lass dich nicht blenden, Márta, sein Humor ist reine Fassade.« Es klang nicht wie ein Scherz. Bernd machte eine beleidigte Miene, seine Augen aber lächelten. Er strich mit großer Ernsthaftigkeit über seinen Bart. Es war ein außergewöhnlicher Bart, widerborstig, scheinbar unzähmbar, ein Meisterwerk der Gesichtsbehaarung. Die Art von Bart, in dem man unweigerlich Überbleibsel von Mahlzeiten vermutete. Dieser Bernd war mir sympathisch. Er schien schon eine Weile da zu sein. Eine Untertasse diente ihm als Aschenbecher und quoll über vor Zigarettenstummeln und ausgequetschten Teebeuteln.

»Der große Bernd trinkt Kamillentee.« Konstantin amüsierte sich und schnorrte eine von Bernds Karos. Bernd bot auch mir eine an. Ich lehnte wie immer ab. Die Kellnerin kam an den Tisch, grimmig nahm sie unsere Bestellung auf, als wäre um diese Zeit jede Bestellung eine Beleidigung. Konstantin bestellte Bier für alle. Ich hakte ein und bat die Kellnerin um einen Tee. Ich war schon so müde. Alkohol hätte mich noch matter gemacht. Bernd schüttelte den Kopf, er wollte nichts mehr.

»Ich habe schon darauf gewartet, dass jemand auftaucht, um mit mir zu feiern«, murmelte er mit der Zigarette im Mund. Dabei tunkte er seinen Teebeutel im bestimmt noch lauwarmen Wasser auf und ab.

»Was gibt's denn zu feiern?« Konstantin studierte die Speisekarte.

»Die Weltbühne hat eine Rezension meines Gedichtbandes gebracht.«

Jetzt sah Konstantin auf, hob skeptisch die Brauen und prustete los vor Lachen. Ich sah verstohlen zu Bernd, der davon unberührt schien. Mit großer Ernsthaftigkeit drückte er den Teebeutel über der Tasse aus.

»Sein Gedichtband ist vier Jahre alt!«, sagte Konstantin zu mir, als er sich beruhigt hatte.

»Fünf, genau genommen, fünf Jahre.« Bernd zuckte mit den Schultern. Den Teebeutel quetschte er zu den anderen.

»Wo haben die deine Gedichte ausgegraben?« Konstantin wirkte nun ernst. Er hatte die Speisekarte zur Seite gelegt.

»Das frage ich mich auch«, sagte Bernd zu mir statt zu Konstantin und sah mich bedeutungsvoll an: »Man hört munkeln, unliebsame Werke wichtiger Autoren würden vollständig von der Volksarmee aufgekauft und irgendwo versenkt. Wie es aussieht, ist das eine Legende.«

»Wichtiger Autoren!« Spöttisch grinsend bedeutete mir Konstantin, Bernd nicht ernst zu nehmen. Dabei beugte er sich so nah zu mir, dass sich unsere Unterarme berührten. Ich zuckte leicht. Konstantin aber schien davon nichts zu bemerken.

Die beiden hatten eine seltsame Art, miteinander umzugehen. Konstantin war schroff, Bernd der Duldsame, der alles über sich ergehen ließ. Dennoch spürte ich Zuneigung zwischen ihnen.

»Ist es eine positive Besprechung?«, fragte ich.

»Ich habe sie nicht gelesen«, antwortete Bernd todernst.

Ich wusste nicht recht, was ich darauf erwidern sollte, da aber unterhielten sich die beiden bereits, es ging um Konstantins Erzählungen. Mit der Zigarette zwischen Zeige- und Mittelfinger machte Konstantin eine wegwerfende Geste, als wäre das Ganze aussichtslos. »Ich bin dabei, den Text gegen diese beschissene Einheitssprache zu verteidigen. Ich kloppe mich um jedes Wort mit diesen Vollidioten! Verzeih, Márta!«

Dass er Rücksicht auf mich nahm, machte mich verlegen. Ich senkte den Blick, doch Konstantin sprach längst weiter mit Bernd über den Lektor, den Verleger, ich hörte nur halb hin. Die Kellnerin brachte die Getränke.

Ich lehnte mich etwas zurück, nahm einen Schluck von meinem Tee, mein Blick wanderte zu Theresa und Katja, die inzwischen von der Toilette zurückgekehrt waren. Ich hatte die beiden fast vergessen. Sie tuschelten, als würden sie etwas Konspiratives planen. Ich beobachtete Katja, noch nie hatte ich jemanden erlebt, der derart körperlich war. Sie gestikulierte nicht nur stark, ständig berührte sie Theresa beim Sprechen, mal strich sie ihr über das Haar, mal streifte ihre Hand Theresas Schulter. Worüber redeten sie? Ich wünschte, wir hätten endlich gehen können, die Erschöpfung lag bleiern auf meinen Lidern.

»Bei mir zu Hause hängt der Strick fertig geknüpft mit Schlinge«, hörte ich Bernd neben mir und riss – wieder hellwach – den Kopf herum. Konstantin könne vorbeikommen, wenn er so weit sei. Als Bernd meinen entsetzten Gesichtsausdruck sah, machte er eine beruhigende Geste und lächelte. Dann drückte er die Zigarette auf der Untertasse aus, klopfte sich auf die Oberschenkel und schob geräuschvoll den Stuhl zurück.

»Nee, feiern wäre unter den Umständen eine Anmaßung.« Er warf Konstantin einen Blick zu. »Eigentlich habe ich nur darauf gewartet, dass jemand auftaucht und meine Zeche zahlt.«

»Kein Thema, Katja macht das!«, sagte Konstantin und schielte zu ihr rüber. Katja warf ihm einen bösen Blick zu. Ihr stummer Austausch wirkte, als wären sie noch immer ein Paar, dabei hatte Theresa von Konstantin als Katjas Verflossenem gesprochen.

»Meine Damen«, sagte Bernd und sah mich dabei an. »Es hat mich gefreut, bedauere, dass es an diesem Abend nicht sehr heiter zuging. Zu viel Kamillentee macht sentimental.«

Ich hatte gerade die Tasse an die Lippen gesetzt. Er zwinkerte mir zu, deutete einen Gruß an und ging.

Kaum hatte Bernd das Café verlassen, stand Katja auf, als hätte sie auf diesen Augenblick gewartet, und richtete erneut ihren vorwurfsvollen Blick auf Konstantin.

»Was?« Konstantin hob arglos die Hände, blickte sogar hilfesuchend zu mir.

»Du hast dich aufgeführt wie ein Arsch!«

Ich fragte mich – vermutlich wie Konstantin –, ob Katja die Unterhaltung der beiden überhaupt mitbekommen hatte, wo sie doch die ganze Zeit mit Theresa beschäftigt gewesen war.

»Du spielst deinen Erfolg herunter, kokettierst mit dem Image des Subversiven. Der Meister hat sich für dich eingesetzt. Du hast ein Verlagsangebot! Bernd würde sicher liebend gern an seinen Texten ein paar harte Kanten abrunden lassen, wenn er dafür einen Vertrag bekäme. Der Mann lebt seit seinem Rausschmiss aus dem Verband von der Hand in den Mund, praktisch fällt er unter den Asozialenparagraphen.«

Ich wunderte mich, den Vertrag hatte Elke nicht erwähnt.

»Ich kokettiere nicht. Das siehst du falsch, Katja«, gab er ihr zurück.

»Er kann seinen Tee nicht zahlen, und du gibst den Dandy! Auf meine Kosten!«

Konstantin warf sich die Lederjacke über. Bevor er ging, schenkte er mir einen Blick, der Bedauern auszudrücken schien.

»Da seht ihr's, kritisieren darf man ihn auch nicht.« Katja legte einen Schein auf den Tisch und schlug vor, noch einen Tee bei ihr in der Wohnung zu trinken, dann könnte sie Theresa dort ein paar Dinge zeigen.

In ihrer Wohnung? Ich sprang auf. Am liebsten hätte ich den Tisch umgestoßen. Alles zitterte in mir. Kurz blitzte die Erinnerung an András auf, wie er mich da am Herd angesehen hatte, mit seiner ewigen, unerschütterlichen Ruhe. Ich hielt mich an der Tischplatte fest, brauchte Halt. »Ich habe seit fast vierzig Stunden nicht geschlafen«, presste ich heraus. »Ich will ins Bett, Theresa!« Die beiden starrten mich erschrocken an. Theresa nannte mich Liebes, Katja rieb mir den Rücken, was kleine Schauer in mir auslöste.

»Wir machen das ein anderes Mal«, sagte Theresa zu Katja in einem Ton, als würde sie vor der Patientin lieber nicht über die Diagnose sprechen. Die beiden nickten sich zu. Ich wäre am liebsten vor Scham im Boden versunken.

Auf dem Weg zur U-Bahn gingen Theresa und ich in der milden Frühsommernacht still nebeneinanderher. Ich hatte mich beruhigt. Theresa war schweigsam, augenscheinlich plagte sie das schlechte Gewissen.

»Ich war heute Abend keine gute Freundin für dich«, sagte sie tatsächlich, machte dabei jedoch ein Gesicht, als wartete sie darauf, dass ich sie vom Gegenteil überzeugte. Ich erwiderte nichts, zuckte nur die Schulter und senkte den Blick auf meine Schuhe. Plötzlich blieb Theresa stehen. Ich wandte mich zu ihr um.

»Machen wir uns eine schöne Zeit, ja? Du sollst alles vergessen können.«

Ich seufzte und füllte meine Lungen mit der schwülen, schweren Luft – ein Zuviel an Luft für mich. Theresa, als wäre damit alles wieder gut, strahlte mich an mit ihren blühenden Wangen, dieser robusten, frischen Art, die wirkte, als wäre sie gerade aus der Sommerfrische heimgekommen.

»Ist die Luft nicht herrlich?«

Ja, herrlich, die klebrige Schwüle.

»Sag mal, bist du verliebt in diese Katja?«

Sie lachte auf und rief, als hätte sie im Lotto gewonnen: »Ich kann in ihre Wohnung einziehen, Márta! Und du mit mir, wir ziehen ein!« Als sie meinen verblüfften Gesichtsausdruck sah, breitete sie die Arme aus, um mich zu umarmen, doch in diesem Moment fuhr dröhnend die U-Bahn über uns in die Station ein. Theresa ließ die Arme abrupt wieder sinken. »Das ist die letzte nach Pankow!«, rief sie, und wir sprinteten los, rannten die Treppen zur Station hinauf, zwei, drei Stufen auf einmal nehmend. Außer Atem prusteten wir los. Jetzt rang ich nach Luft, sie war mir nun nicht genug, mein Herz pumpte das Adrenalin durch die Adern. Wir hatten Glück. Im letzten Moment sprangen wir in den Wagen, ließen uns in die Sitze fallen, blickten einander an und kicherten. Es war einer dieser Momente der Verbundenheit, die ich den ganzen Abend vermisst hatte.

»Ich fühle mich lebendig, Márta. Mein Leben geht endlich los. Es ist, als hätte ich all die Jahre im Vorzimmer gesessen und die Tür angestarrt.«

Und dann erzählte sie, dass Katja zum Studium ans Literaturinstitut nach Leipzig ging. Sie hatten abgemacht, dass Theresa ihre Wohnung für die Zeit übernahm. Ich betrachtete Theresa, während sie von der möblierten Wohnung sprach, ihrem Grundstipendium an der Uni, von dreißig Mark Miete, die sie aufbringen könne. Sie war mir schon immer voraus gewesen, manchmal nur um ein paar Erfahrungen, doch es kam mir oft wie Jahre vor. Sie war völlig angstfrei. Ich hingegen hatte stets das Gefühl, das Falsche zu tun, hinterfragte alles. Dabei hatte Theresa schon immer so viel mehr zu verlieren gehabt als ich.

## 2

Der Zug hätte längst abfahren müssen. Es gebe eine Verzögerung, heißt es in der Ansage, eine Erklärung gibt es nicht. Theresas Beerdigung beginnt erst in ein paar Stunden, mein reservierter Platz ist bequem, die Klimaanlage arbeitet. Eine junge Familie eilt über den Bahnsteig, der Vater voran, bepackt mit einem Koffer und einer Sporttasche über der Schulter, die Mutter zieht zwei kleine Kinder an der Hand hinter sich her. Das könnten András und ich in einem anderen Leben sein. In einem Leben mit Kindern. Sie sind eingestiegen. Die Mutter schiebt die Kleinen durch den Mittelgang, zum Tisch neben mir. Der Vater verstaut die Tasche, wuchtet den Koffer auf die Ablage. Der Kleine bleibt stehen. »Papa, wusstest du –?« Der Koffer klemmt fest, der Vater rüttelt dran.

»Wusstest du, dass die Dinosaurier gar nicht durch Meteoriten ausgestorben sind?« Der Vater nickt, nimmt die Sporttasche noch einmal heraus, wendet sie und zwängt sie in Position.

»Sie sind von der Asche der Vulkane gestorben, weil die Sonne nicht scheinen konnte, und die Pflanzen sind gestorben und dann die Pflanzenfresser.« Der Kleine ganz ernst. Ich muss lächeln. Die Mutter zieht ihn zu seinem Sitz. Das Mädchen sitzt schon und quengelt.

»Warte bitte!«, mahnt die Mutter. Sie wirkt erschöpft, drückt dem Mädchen einen Game Boy in die Hand.

Der Vater lässt sich in den Sitz neben dem Jungen fallen, wendet sich ihm nun zu und sagt: »Und die Fleischfresser hatten dann auch nichts mehr zu fressen, richtig?« Das Gesicht des Kindes leuchtet auf. Das Mädchen ist längst verstummt, vertieft in sein Videospiel. Der Kleine will auch spielen, die Mutter holt einen zweiten Game Boy hervor. Ruhe kehrt ein. Die Eltern sitzen sich gegenüber, die Kinder auf den Fensterplätzen. Die Mutter schließt die Augen und atmet hörbar aus. Er holt sein Telefon heraus, tippt darauf herum. Würde man ihm ansehen, dass er sie betrügt? Weiß er von ihrer Affäre? Man sieht es ihnen nie an. Das Geschwür zeigt sich erst, wenn es zu spät ist, wenn es im Inneren schon wuchert. Man muss wachsam sein, das ist wie mit der Krebsvorsorge. Ich wende den Blick ab. Der Zug setzt sich in Bewegung. Ich sollte mal wieder hingehen, auch zur Mammographie. Wird man nicht ab vierzig automatisch eingeladen? Oder erst ab fünfundvierzig?

Der Zug nimmt Fahrt auf, auch ich schließe die Augen. Zum tausendsten Mal rekapituliere ich jenen Tag vom vergangenen Wochenende.

❖

Ich sah András' Handy daliegen, eine eingegangene Nachricht leuchtete auf. Nach der Party lag es zwischen den leeren Flaschen und Gläsern. Ohne ersichtlichen Grund griff ich danach.

*Ich bin noch ganz wund von dir,* stand da.

Ich erstarrte.

In diesem Moment trat András auf die Terrasse. Hastig ließ ich das Telefon zusammen mit den benutzten Servietten auf den Tisch zurückgleiten. András wirkte angespannt, suchte offenbar sein Telefon, ging an mir vorbei, umarmte mich nicht, versuchte nicht, mich vom Aufräumen abzuhalten, wie sonst nach gelungenen Festen, mich ins Schlafzimmer zu lotsen, mir das Kleid hochzuschieben. Ich atmete tief ein, nahm das volle Tablett hoch und ging wortlos damit an ihm vorbei.

Als ich ihn Tage danach fragte, ob es eine andere gäbe, reagierte er nicht empört oder gar beleidigt. Ganz ruhig sagte er mir, ich würde mir Dinge einbilden und solle ihm bitte nicht einen Fehler, den er vor Jahren begangen habe, ewig vorhalten. Er sagte, dass er mich liebe. Gern hätte ich seine Hand, die dabei zärtlich über mein Gesicht fuhr, weggeschoben, aber ich stand nur da und schwieg. Dass ich herumgestöbert hatte, wollte ich nicht zugeben.

András hatte jenen Morgen vor unserem Sommerfest damit verbracht, seinen neuen Gasgrill per Montageanleitung zusammenzubauen. Ich war um fünf Uhr früh aufgestanden, hatte das Haus geputzt und marinierte das Schweinefleisch, als er mit umgebundener Grillschürze hereinplatzte: »Der Grill ist einsatzbereit, die Gäste können kommen!« Ich lachte. Er umarmte mich, schob die Hand unter mein Shirt. Ich wand mich, noch immer lachend, aus seiner Umarmung, roch meinen eigenen Schweiß, hatte noch nicht einmal geduscht am Morgen.

Die Partys in unserem Freundeskreis folgen derselben Choreographie, der unsere Leben folgen: Jeder versucht, die anderen zu übertrumpfen. Ein Haus im Grünen in den Budaer Bergen, auf dem Gellértberg oder am Rosenhügel reichte András nicht, es sollte eine Villa weit draußen am

Schwabenberg sein. Unsere alten Freunde Paula und Janó sind nun unsere Nachbarn.

András zog mich an der Hand hinaus auf die Terrasse, wo der neue Supergrill nun seinen festen Platz haben sollte. »Was sagst du?« Er klang, als würde er sich vergewissern wollen. Sprach er zu seinem Freund Janó, lag nie Unsicherheit in seinem Ton, im Gegenteil, es schwang immer ein Hauch väterlicher Bevormundung mit, obwohl sie im gleichen Alter waren. Auch ich kannte diesen Ton von ihm.

Bewundernd nickte ich, betrachtete das Ungetüm aus Stahl und Chrom, das den Blick auf meine blühenden Hortensien versperrte. Ich ahnte nicht, wie der kommende Abend mein über Jahre wieder mühsam aufgebautes Grundvertrauen in uns erschüttern würde. Mir war nicht bewusst, dass wir noch immer zu erschüttern waren. Da stand ich vor dem monströsen Ding und lächelte. András wollte beeindrucken, ebenso wie ich. Seit Tagen hatte ich gehungert, um in mein Kleid zu passen. Als Paula und Janó gemeinsam mit Irén und Lacus eintrafen, löffelte ich gerade den Kartoffelsalat in mich hinein, der für den Abend bestimmt war. Irén sah umwerfend aus in ihrem Kleid. Es hatte die Farbe von Kornblumen, die Farbe meiner Augen. Irén sah immer umwerfend aus. Ihr Haar leuchtete im Kontrast zum Blau noch heller, ihre Blässe wirkte nahezu gläsern. Einen halben Kopf größer als ihr Mann blickte sie sich um, als wäre sie nicht von dieser Welt. Irén konnte nicht die Absenderin dieser Nachricht gewesen sein, sie war die personifizierte Anmut, keine Frau, die man auf einer Party vögelte. Mutter von drei Kindern und ohne Frage die schönste Frau unter uns. Ich bewunderte ihre Porzellanhaftigkeit, wie man eine Skulptur, ein Gemälde bewundert, ich verglich mich nicht mit ihr, hatte es gar nicht nötig. Ich fühlte mich gut an diesem Tag, hübsch in meinem Kleid, alles war perfekt vorbereitet. Das Wasser im Pool glitzerte klar, die Tischtennisplatte war aufgestellt, das Bocciafeld bereitet für das übliche Sportprogramm der Männer. Mit spitzen Mündern reichten wir Frauen uns Küsschen, als hätten wir uns nicht erst letzte Woche gesehen.

Paula trug Sandalen mit Absätzen, in denen sie kaum gehen konnte.

»Schick«, bemerkte ich dennoch.

»Bally«, sagte sie und zwinkerte.

Kriszta traf wie immer verspätet ein, ihr traute ich alles zu, nur meinem András nicht, dass er eine Kriszta nötig gehabt hätte. Sie kam allein. Mit Tamás sei es aus, flüsterte sie – ohne dass ich gefragt hätte – und machte eine Geste, als könne sie darüber jetzt nicht reden. Ihr gewelltes Haar streifte mein Gesicht, der Duft von Haarspray stieg mir in die Nase. Sie war adrett zurechtgemacht. Wenn Kriszta gefallen wollte, kam sie mir immer vor wie ein frühreifes Mädchen in Schuluniform. Sie hatte eine üppige, schwüle Art, aufdringlich wie der Duft von Moschus, trug Männerhemden, die das Überbordende an ihr bändigen sollten. Das Gegenteil war der Fall, die Hemden spannten an der Oberweite.

András servierte den Damen Bellinis, die Föhnfrisuren schaukelten. So manche dieser gelegten Locken habe ich schon beim Kotzen über dem Klo gehalten. Ich trug die Sektflaschen ins Haus und stellte die Blumen ins Wasser. Paula folgte mir in die Küche und half mir, die Drinks und Snacks rauszutragen. Ich fürchtete, sie würde stürzen.

»Was ist mit Krisztas Banker passiert?«, fragte ich aus Neugierde. Sie verdrehte die Augen. Wie immer war sie über alles informiert.

»Verheiratet. Blöd gelaufen.« Wir hörten Krisztas lautes Lachen. Sie stand mit András am Grill, der schon das Fleisch auflegte. Er gefiel mir in seinem kurzärmligen Leinenhemd, der hellen Hose, gab ganz den Gatsby. Janó und Lacus hatten sich bereits ihrer Hemden entledigt und schmetterten Bälle. Ein unvorteilhafter Anblick, pralle Bäuche, die hängenden Männerbrüste in Aufruhr. Paula und ich sahen uns an und mussten lachen über die brüllenden, schnaufenden Männer. Schimpfworte flogen hin und her wie der Tischtennisball. Wir setzten uns zu Irén in die Hollywoodschaukel. Kriszta kam dazu und erzählte nun allen von ihrem Ex. Er hätte Frau und Kind nicht erwähnt, weil sie nicht danach gefragt habe! Allgemeine Empörung. Plötzlich erhob sich Irén, lockerte den Gürtel an ihrem Kleid, das Kornblumenblau fiel zu Boden. Ein knallroter Bikini kam zum Vorschein.

»Kommt jemand mit in den Pool?« Schon schwebte sie davon. Wir sahen ihr nach und dachten alle das Gleiche.

»Diese Brüste haben drei Kinder genährt!«, sagte Kriszta erschüttert.

»Haben sie nicht. Sie hat nie gestillt. Lacus hat es nicht erlaubt. Er wollte keine ausgesaugten Dinger an ihr haben. Schaut euch diese an!«

»Du musst jammern!«, erwiderte Kriszta. »Was glaubst du, wie es hier baumelt ohne Halt!« Sie wackelte mit dem Oberkörper, die schweren Brüste, prall in Form gebracht unterm Männerhemd, da baumelte nichts. Ich blickte zwischen ihnen hin und her. Als kinderlose Frau kam ich mir völlig fehl am Platz vor. Meine Brüste waren intakt, was hatte ich zu melden?

Kriszta und Paula hatten beide fast erwachsene Kinder. Während ihr Gespräch vor sich hin plätscherte, fühlte ich mich immer weiter entfernt. Sie waren mir fremd geworden.

War das wirklich alles, was wir uns zu sagen hatten, Gespräche über Männer, die Kinder, unsere Körper, mit denen wir gefallen wollten? Im Grunde beschränkten sich unsere Begegnungen auf einen Austausch von Belanglosigkeiten. Selbst Paula war in den letzten zwei Jahrzehnten neben Haushalt und Kindern das Interesse an der Welt abhandengekommen, nichts war übrig von dem debattierenden, wissensdurstigen Wesen, das ich im Literaturstudium kennengelernt hatte. Wobei ihr Hunger nach Neuem auch damals eigentlich nie dem Gegenstand selbst galt, sondern dem jeweiligen Mann, der sie dafür begeisterte.

Kriszta streckte sich und gähnte. »Ob dein András auch was Stärkeres hinkriegt als einen Bellini?« Sie ging sich einen neuen Drink holen. Paula und ich blieben allein. Ich erzählte ihr von meiner Freude über den neuen Auftrag, den Roman einer bekannten deutschen Autorin ins Ungarische zu übersetzen. Paula lächelte anerkennend, sie kannte die Autorin nicht. Dann Stille.

»Ich bewundere deine Unabhängigkeit«, sagte sie nach einer Weile, starrte vor sich ins Gras, auf ihre nackten Füße – die sündhaft teuren Sandalen hatte sie längst abgestreift. Ich betrachtete ihr noch immer schönes Gesicht im Profil, suchte darin das quirlige Mädchen von einst, mit den aufblitzenden schwarzen Augen und dem Pferdeschwanz, der bei jeder Kopfbewegung mitwippte. Paula war ein unscheinbares Landei gewesen, genau wie ich, aber im Vergleich zu mir hatte sie schon immer ein riesiges Mundwerk gehabt. Jetzt war sie ganz still, der Stimmungswechsel überraschte mich. Ich fragte mich, ob zwischen Janó und ihr etwas vorgefallen war oder ob sie wieder davon anfangen würde, dass sie auf die vierzig zuging, die Kinder sie nicht mehr bräuchten, ihr Mann sie nicht mehr als Frau wahrnähme. Vor Jahren schon hätte sie sich von ihm trennen sollen oder etwas mit sich anfangen. Auch ich schlüpfte aus meinen Schuhen und ließ die Füße über das Gras streichen.

»Du bist unverwundbar, Márta. Du hast dein Schreiben, ich habe Kinder«, sagte sie gedankenverloren. Ich fuhr herum, vergewisserte mich, dass ich richtig verstanden hatte.

»Auch ich wollte Kinder, Paula. Alle beide habe ich tot zur Welt gebracht. Hast du das vergessen?« Ich stand auf, ertrug ihr Gejammer nicht mehr. Paula ergriff meinen Arm. »Verzeih, so meinte ich das nicht!« Aufgebracht standen wir uns gegenüber. Da rief jemand meinen Namen, ich löste meinen Blick und drehte den Kopf.

»Wo bleibt der Whiskey, Márta?«, rief Janó. Paula sah mich flehentlich an. Ich fragte mich, ob ihre schuldbewusste Miene ihrer eigenen Entgleisung oder der ihres Mannes galt. Das Tischtennismatch war offenbar beendet und die Herren bekamen Durst. András kam schon mit der Whiskey-Flasche, er deutete mir, ich solle nur bleiben. Ich ließ mich auf die Schaukel zurücksinken.

Janó und András waren seit Jahrzehnten beste Freunde und Geschäftspartner. Janó war Arbeitersohn, aber interessierte sich schon im Sozialismus in erster Linie für die

Vermehrung seines Privateigentums. Zusammen mit seinem Vater führte er damals neben seinem Soziologiestudium eine kleine Werkstatt, die dringende Reparaturen für die Csepel-Werke besorgte. Als András mir dann nach Budapest gefolgt war und sein Maschinenbaustudium begann, brauchte er Geld. Ich stellte sie einander vor. Nach der Wende gründeten die beiden gemeinsam eine Firma. Es waren vor allem Janós Gespür und seine Kontakte, von denen ihr Unternehmen profitierte. Paula und ich fingen nach dem Studium zusammen im Korrektorat eines Verlags an. Als Paula nach einigen Monaten schwanger wurde, gab sie die Stelle auf. Janó verdiene gut, sagte sie, sie müsse nicht arbeiten. Sie erklärte mir stolz, ihr Mann könne seine Familie ernähren.

Ich kannte Janó gut nach all den Jahren. Als die einzigen verbliebenen Raucher im Freundeskreis war es uns zur Gewohnheit geworden, gemeinsam nach dem Essen eine Zigarette auf der Terrasse zu rauchen. Er erzählte mir dann von ihren Geschäften und lästerte über meinen András. Ich sprach von meiner Arbeit und schätzte es, dass er sich das nächste Mal noch erinnerte und darauf zurückkam.

Neulich nach einem gemeinsamen Abendessen zu viert – es war ein paar Wochen vor besagtem Sommerfest – unterhielten wir uns auf der Terrasse. Er kam mir gereizt vor, hielt die Zigarette zwischen Daumen und Zeigefinger, das glimmende Ende schützend in der Hand, und zog hastig an ihr. Mit der anderen Hand rieb er sich die Schläfe.

»Es läuft nicht gut mit uns«, sagte er. Ich dachte, er meinte András – erst, als er weitersprach, wurde mir klar, dass es um Paula ging.

»Ständig nörgelt sie an mir herum. Nichts ist ihr gut genug. Dabei rackere ich mich ab für die Familie.«

Es war mir unangenehm, mit ihm über sie zu reden. Wir wurden sonst nicht auf diese Weise persönlich miteinander, und schließlich war Paula meine Freundin. Es war das uralte Spiel, dachte ich.

»Paula beklagt sich nur, weil du nie da bist«, sagte ich.

Er drückte den Stummel aus, nahm sich eine neue Zigarette aus der Packung, klemmte sie sich zwischen die Lippen. In der Hohlhand versuchte er sie anzuzünden. Sein Feuerzeug versagte. Ich gab ihm Feuer. Dabei umfasste er mein Handgelenk und beugte sich über die Flamme. Seine Hand war kalt.

»Wir haben eine Vergangenheit miteinander, du und ich«, sagte er und sah zu mir auf. Unsere Gesichter waren einander so nah, sie berührten sich fast. Dann richtete er sich auf, zog an der Zigarette und blies genüsslich den Rauch aus, mein Handgelenk noch in seiner Hand. Mit einer unerwarteten Bewegung zog er mich an sich und küsste mich. Ich wich zurück, entzog ihm die Hand und lachte verlegen auf.

Ich habe András nie von diesem Vorfall erzählt. Was hätte er damit anfangen sollen, ihre berufliche Partnerschaft und jahrzehntelange Freundschaft aufkündigen? Doch als Freundin wollte ich es Paula nicht verschweigen, als wir uns ein paar Tage danach in einem Kaffeehaus trafen. Sie bewahrte die Ruhe, ihre lackierten Fingernägel zeichneten die Holzmaserung der Tischplatte nach. Kein Zug regte sich in ihrem Gesicht.

»Janó ist ein guter Mann«, sagte sie, »er braucht eben ein wenig Aufmerksamkeit von Frauen. Für dich hat er immer ein Faible gehabt, das wissen wir ja.« Ein Schulterzucken, mehr nicht. Ich rührte in meinem Milchkaffee und schwieg, stellte mir vor, wie sie gleich in Tränen ausbrechen und mit der Papiertüte voll Kuchen, den sie sich gerade hatte einpacken lassen, aufspringen und gehen würde. Sie hatte das Haus ihrer Mutter renoviert und zahlte ihr auch Unterhalt – beides von Janós Geld. Jede Woche brachte sie ihr Kuchen, nur von den besten Konditoreien, sie konnte es sich leisten. Cremeschnitten und *Eszterházy*. Man könne das übertrieben finden, doch so sei sie eben, sie wolle den Menschen, die sie liebte, Freude bereiten. Ich hatte diese Reden tausendmal von ihr gehört und verstand sie. Was sollte sie nach einer Scheidung allein in einer siebzig Quadratmeter großen Wohnung mit ihren zwei halberwachsenen Kindern anfangen? Paula hatte nie überwunden, dass sie die zweite Wahl für Janó gewesen war. Er hatte mich gewollt damals.

Nun saß Paula neben mir in der Hollywoodschaukel und begann tatsächlich zu schluchzen. Ich legte den Arm um sie, vermutete, Janó hätte ihr eröffnet, sich scheiden lassen zu wollen. Seinem Leben eine neue Richtung geben, sich ein Segelboot anschaffen, die Welt bereisen, Midlife-Crisis, so nennt man das, oder nicht?

»Ich habe mich verliebt«, sagte Paula unvermittelt. Ich reichte ihr ein Taschentuch.

Sie hatte sich verliebt?

❖

Der Zug fährt ein. Ich tauche aus meinen Gedanken auf, sehe Vati schon von weitem auf dem Bahnsteig stehen. Der alte Anzug, der einst über seinen stattlichen Bauch passte, hängt nun an ihm herunter. Schmal ist er geworden. Wir umarmen uns. Sein Gesicht wirkt eingefallen, die Furchen auf der Stirn sind noch tiefer. Ich denke an die Bilder von ihm als junger Mann. Vati in der Uniform der Wasserpolizei. Die kurzen Hemdsärmel spannten an den Oberarmen, wenn er mich hochhob. Wie zerbrechlich er doch geworden ist.

»Na, was sagst du, sehe ich aus wie fünfzig?« Er klopft sich auf den nicht vorhandenen Bauch. Sein Schnurrbart zeichnet einen lustigen Schlenker nach oben.

»Du siehst gut aus«, lüge ich.

»Wo ist András?«

»Er muss arbeiten.« Ich weiche seinem fragenden Blick aus.

»Selbst deine Mutter hat Péter und Irmi kondoliert.«

»Sie hat dich angerufen?«

»Ich habe sie angerufen.«

»Ihr redet?«

Er bejaht mit einem Achselzucken, als wäre es keine große Sache, dass er wieder Kontakt zu der Frau hat, die uns beiden das Herz brach. Wir steigen ins Auto. Nervös kramt er eine Schachtel Zigaretten aus der Jackentasche.

»Muss das sein. Es schadet dir nur.« Ich versuche, nicht bevormundend zu klingen.

»Es hält mich am Leben«, antwortet er und steckt sie wieder weg. Er lässt den Motor an, legt den Rückwärtsgang ein, der Wagen rollt vom Parkplatz auf die Straße. Der See schimmert grün in der Ferne. Das Freilichtkino, die *Lángos-*

und Palatschinkenbuden sind verschlossen, die Rollläden heruntergelassen. Die Saison hat noch nicht begonnen. Wie viele Filme haben Theresa und ich in den Sommern hier gesehen. Nach Stephen Kings *Christine* standen wir fest eingehakt an der Landstraße und hielten den Daumen raus. Wir hatten eine Scheißangst. Immer nur zu zweit per Anhalter fahren, hatte meine Mutter gesagt.

Am Bahngleis blinkt das Warnlicht. Die Schranke senkt sich. Vati hält den Wagen an und stellt den Motor ab.

»Und du?«, fragt er. »Wie geht es dir? Ich höre so selten von euch.«

Ich antworte nicht gleich.

»So schlimm?« Er boxt mir liebevoll in den Arm. Ich fasse an die Stelle.

»Hattet ihr noch Kontakt?«

Er meint Theresa. Ich könnte so tun, als wäre das alles. Als wäre das nicht genug.

»András hat eine Affäre«, bricht es aus mir heraus. Warum erzähle ich ihm das?

Vati nickt nachdenklich, seine Stirn kräuselt sich.

»Er sagt, er liebt mich.«

Vati macht ein Gesicht, als wäre das schon der halbe Sieg. Ich erwähne die Textnachricht nicht, auch nicht, dass András so tut, als gäbe es sie nicht.

Der Schnellzug braust durch, ich bin dankbar für den Lärm, so muss ich nicht reden. Die Schranke öffnet sich. Inzwischen hat sich eine kleine Autoschlange hinter uns gebildet. Wir fahren über die Gleise. Im Ort haben nur der Gemüsehändler und der ABC-Markt geöffnet. Er wirkt verlassen, im Sommer sieht es hier aus wie auf dem Jahrmarkt mit all dem ausgehangenen Kitsch, den Schwimmreifen und Badetieren, den Bikinis auf Bügeln, dem billigen Schmuck und dem ganzen Plastikspielzeug, das wir früher als Kinder so liebten.

Ich habe nicht bemerkt, dass zwischen uns etwas nicht stimmte, denke ich. Wir hatten immer Sex in all den Jahren. Das sage ich nicht laut. Vati fährt, sein Blick ist auf die Landstraße gerichtet. András liebt meinen Körper, stellt mir nach wie eh und je. Es ist nach all den Jahren vielleicht kein Feuerwerk mehr, doch er ist da unkompliziert, ich hatte nie den Eindruck, dass ihm etwas fehlte. Wie hatte ich davon nichts mitbekommen können? Jede seiner Gesten gegenüber Kriszta, jeder seiner Blicke in ihre Richtung auf der Party kommen mir nun in den Sinn. Da standen sie miteinander am Grill und schwatzten. Krisztas aufdringliches Lachen tönte bis zu uns in die Küche. Später tanzte er ausgelassen mit ihr, fasste sie eng um die Taille, drehte und wirbelte sie zu *Twist and Shout* der Beatles. András ist der beste Tänzer unter den Männern, auch Irén und Paula tanzen immer gern mit ihm. Ich verliere den Halt. Jede unserer Unterhaltungen, jede Intimität muss ich nun neu denken, neu bewerten seit jenem Abend. Die Enge in der Brust ist die schiere Angst, mein Leben, wie ich es kenne, zu verlieren, András zu verlieren. Ist das Liebe?

»Manchmal wünschte ich, ich hätte nie davon erfahren«, sage ich. Vati hält den Wagen an. Jetzt bemerke ich erst, dass wir da sind. Das Tor ist verschlossen wie immer. Stünde es weit offen, würden die Leute sich wundern. Ich will aussteigen, um es zu öffnen, bestimmt steckt nur der Haken drin.

»Damals, als deine Mutter gegangen ist …«, beginnt er, und ich verharre in der Bewegung mit der Hand an der Autotür und drehe mich zu ihm um. »Ich hatte mir nichts sehnlicher gewünscht, als dass sie ihre Affäre für mich beendet hätte. Doch sie hat ihn geheiratet«, sagt er leise.

Seine Offenheit rührt mich.

»Nun mach schon das Tor auf!« Er lächelt etwas gequält.

Ich steige aus.

»Und lass es ruhig offen«, ruft Vati, »wir fahren gleich weiter.«

Ich ziehe den Haken aus der Öse. Die Kirchenglocke beginnt zu läuten. Laut und penetrant. Es ist noch nicht zwölf, denke ich, dann fällt mir Theresa ein. Als Kinder horchten wir auf, wenn die Glocke außerhalb der Mittagszeit läutete. Es bedeutete, dass jemand gestorben war. Nun läutet sie für Theresa. Jahrelang hatten wir keinen Kontakt. Ich wusste nur von meiner Tante, dass Theresa noch immer in Wien lebte. Wie zufrieden wir sind in unserer Ignoranz. Sie in ihrer, ich in meiner. Nie haben wir uns ausgesprochen. Der Wagen rollt durch die Einfahrt. Ich lasse das Tor offen und gehe hinterher. Das Haus ist unverändert, zwei Fenster wie Schlafaugen zur Straße, nur die Rollläden hat Vati grün gestrichen, früher waren sie dunkelbraun. Im Sommer sind sie heruntergelassen, damit es in den Schlafzimmern nicht zu heiß wird. Nach hinten zum Hof die Anbauten, das Badezimmer und die Garage, die nie eine war. Heute werkelt Vati darin an Steinen. Ein spätes Hobby. Auch das hält ihn am Leben.

Im Haus ist es warm. In die Gerüche meiner Kindheit aus Zigarettenqualm, gebratenen Zwiebeln und Paprika mischt sich ein neuer, süßlicher Duft. Lili, Vatis Partnerin, kommt mir entgegen, breitet die Arme aus. Ihr Parfum ist aufdringlich.

»Ist es Jasmin?«, frage ich. Lili lächelt stolz. Sie ist liebreizend und rundlich, trägt Absatzschuhe und schminkt sich, das genaue Gegenteil meiner Mutter. Dem Anlass entsprechend trägt sie Schwarz. Und einen Rock, der am Hintern spannt. Vati mag es so. Er hatte zu meiner Mutter immer gesagt: »Mari, zieh doch mal was Frauliches an.« Lili ist fraulich. Doch es geht mich nichts an, sie ist gut für ihn. Ohne sie hätte er es nicht geschafft.

Auch sie fragt nach meinem Mann. Bevor ich antworten kann, kommt Vati herein und bringt die Nachricht, die Trauergäste seien drüben eingetroffen. Ich bin froh, dass ich nicht antworten muss. Durch das Küchenfenster sehe ich das Haus meines Onkels. Schon seit Jahren trägt die Fassade statt dem grellen Gelb einen dezenten Vanilleton. Die Fenster und Türen sind weiß gestrichen, das Haus reiht sich nun hübsch ein ins dörfliche Straßenbild, als schämte es sich und wolle nie mehr auffallen. In der Einfahrt stehen die Wagen, schwarz gekleidete Gäste umarmen sich innig.

»Sind Bekannte aus Berlin gekommen?«, frage ich.

»Mehrere«, ruft Lili aus der Küche. »Den ganzen Morgen habe ich gebacken, damit Irmi sich nicht plagen muss, die Arme. Willst du einen Kaffee?«

Ich stelle den Koffer in meinem alten Zimmer ab, das nun Lilis Näh- und Bügelzimmer geworden ist, nur mein Bett steht noch drin und der Schreibtisch. Auch die Tapete mit dem überdimensionalen Waldmotiv ist verschwunden, überdeckt von weißer Raufaser. Auf dem Tisch steht Lilis Nähmaschine. Das breite Fensterbrett, auf dem einst Sitzkissen lagen, ist mit Topfpflanzen vollgestellt. Ich erinnere mich an Großmutter, wie sie vom Garten aus ans offene Fenster trat, um nach mir zu sehen, sich einen Hocker heranholte und dort mit mir saß, wenn ich meinen Stubenarrest verbüßte oder das Zimmer so lange nicht verlassen durfte, bis die Hausaufgaben erledigt waren. Manchmal brachte Großmutter mir heimlich einen Kakao. Wir redeten nicht. Sie schloss ihre Augen und machte ein kurzes Schläfchen.

»Ich möchte keinen Kaffee, ich gehe zu Fuß schon vor zum Friedhof«, rufe ich hinaus. Ich will allein sein.

# 3

Im Inneren des Leichenhauses liegt Theresa aufgebahrt, ein Blumenmeer umkränzt den offenen Sarg. Die auf dem Vorplatz aufgestellten Stühle sind der Familie vorbehalten. Die Leute stehen bis zum Maulbeerbaum, um der Abtrünnigen die letzte Ehre zu erweisen, die nun in der heimischen Erde begraben wird, der sie vor Jahrzehnten den Rücken gekehrt hatte. Es sind mehr Leute da, als ich erwartet habe. Doch so ist das auf dem Land, zu Hochzeiten und Beerdigungen wird das halbe Dorf eingeladen.

Als Kinder kletterten wir auf diesen Maulbeerbaum und malten uns die Lippen blau mit seinen Früchten. Wir stellten uns den Jungen vor, der im Kindergrab zwischen den zwei angrenzenden Tannen begraben liegt. Die dritte Tanne, von der er gestürzt war, haben sie gefällt. Wir schauten von der Baumkrone in die Tiefe, blickten uns an und schauderten.

Die Mutprobe bestand darin, durch das Fenster des Leichenhauses zu spähen. Die verwitterten Lamellen der alten Fensterläden ließen sich nur schwer hochschieben, drinnen der gefliese Boden, der leere Tisch, sonst war nie etwas zu sehen. Theresa war mutiger als ich, ich wartete ab, hielt mich im Hintergrund, bis ich sie rufen hörte: *Komm schon, Márta! Hab keine Angst, Márta.* Eben dort liegt sie nun aufgebahrt und flüstert: *Hab keine Angst, Márta. Jetzt kannst du eine echte Leiche sehen.*

Soll ich mich hinten anstellen in der Schlange der Trauernden? Für dreißig Sekunden mit meiner Verstorbenen, damit die Erkenntnis ihres Todes bis in die hintersten Winkel meines Unterbewusstseins sickern kann? Soll ich das reglose Gesicht beäugen, geschminkt und aufbereitet für den letzten Auftritt, die vertrocknete Haut berühren, sie vielleicht ansprechen, mich mit ihr aussprechen: *Du verstehst mich doch, nicht?*

Von außen sehe ich einen Mann am Sarg, den Rücken mir zugewandt, die Hände vor dem Körper verschränkt. In ebendieser Pose habe ich mir Konstantin vorgestellt. Es flimmert vor meinen Augen, meine Sicht verschwimmt für einen Moment.

❖

Ich erinnere mich an ihn, wie er dastand, breitbeinig, und bebte. Es war die Beerdigung des Meisters damals vor Jahren in Berlin. *Wandlung. Wahrheit. Wahrhaftigkeit. Ernst. Würde.* Diese Worte erklangen in der Trauerrede. Mit dem Tod des großen Schriftstellers würde es still in diesem Land, sagte die Rednerin. Für die jungen Autoren sei er ein Anwalt gewesen, ihr Kritiker, Förderer, für Konstantin war er ein Freund, ein Ersatzvater, sein Lehrer.

Katja war aus Leipzig zur Beerdigung angereist. Sie war zur Stelle, wenn Konstantin sie brauchte. Nun stand sie an seiner Seite, anspruchslos wie eine biegsame Birke.

Nie im Leben hatte ich mich so fehl am Platz gefühlt wie bei dieser Beerdigung. Ich kam mir wie eine Hochstaplerin vor zwischen den Trauernden, umgeben von den märkischen Kiefern. Ich kannte den Toten nicht, ebenso wenig kannte ihn Theresa, die dennoch mit den Tränen kämpfte. Ihre Anteilnahme war nicht gespielt, nur galt sie nicht dem Toten, sondern Konstantin. Wegen ihm waren wir gekommen.

Theresas Behauptung, ich hätte ihn schon von Anfang an geliebt, ist eine Lüge. Ich hatte ihn, als er an der Tür zu Katjas Wohnung stand und die Nachricht vom Tod des Schriftstellers brachte, nur hereingebeten, weil er mir so verloren vorgekommen war.

»Ist Katja da?«, fragte er, den Blick auf seine Schuhe gerichtet, die Schultern eingefallen.

»Sie ist früher als geplant nach Leipzig gefahren«, sagte ich zu ihm und sah zu, wie sich sein Gesicht verdüsterte. Er trat verunsichert auf der Stelle, was nicht zu ihm passte. Ich machte die Tür weiter auf. Theresa und ich seien schon eingezogen, sagte ich, obwohl ich nur Gast hier war. Ihre Sachen wolle Katja am Wochenende holen. Er schien mich kaum zu hören, trat in den kleinen Flur, auch von Theresa, die aus dem Wohnzimmer kam, nahm er kaum Notiz, sondern blickte hinauf zu dem Hängeboden, wo Katja Koffer aufbewahrte, schaute in die Küche rechts, als suchte er sie, marschierte an uns vorbei durch ins Zimmer und blieb vor dem kleinen Wald aus Topfpflanzen, der um das Hoffenster wucherte, stehen. Dort standen schon einige von Katjas Umzugskartons. Auch hier blickte er sich um, als glaubte er mir nicht. Alles war noch an seinem Platz. Das Mobiliar bestand aus ihrem geräumigen Bett, einer Kleiderkommode, einem Tischchen mit geschwungenen Beinen und zwei Stühlen, einem Bücherregal, Gründerzeitmöbeln, die Katja selbst von der Vormieterin übernommen hatte – einer frisch verheirateten jungen Frau, die mit ihrem kubanischen Mann kurzfristig in dessen Heimatland gezogen war. Ein Kachelofen mit einer gemütlichen Ofenbank zierte die Ecke. In der Küche fand sich ein Waschbecken, eine Dusche gab es nicht. Die Toilette, eine halbe Treppe höher, teilte sich Katja mit der Nachbarin. Vor unserer Besichtigung hatte Katja dieses Detail nicht erwähnt. Ich erinnere mich, wie arglos Theresa sich nach einem Badezimmer umschaute. Katja zeigte mit einer Handbewegung zum Waschbecken. Dort, wo sich in einer Waschschüssel schmutziges Geschirr stapelte, wusch sie sich jeden Morgen und Abend. Und sie gehe schwimmen, erwähnte sie, die Schwimmhalle in der Oderberger sei nur ein paar Straßen entfernt.

»Du gehst in die Schwimmhalle zum Duschen?«, fragte Theresa perplex. Spätestens mit dieser Erkenntnis hätte ihre Vorstellung von Unabhängigkeit wie die Fassade dieses Altbaus bröckeln müssen. Doch von Zweifel fand ich in ihrem Gesichtsausdruck keine Spur, in ihren Augen flackerte die Entschlossenheit, das wahre Leben kosten zu wollen, um jeden Preis, wenn auch ihr Vater sie im Notfall bestimmt hier herausholte. Es sei alles ganz unkompliziert, versprach Katja, Theresa müsse sich nur bei der KWV, der Kommunalen Wohnungsverwaltung, als Untermieterin anmelden und die Miete von dreißig Mark weiterzahlen. Ob Katja selbst noch hier wohne, kontrolliere keiner. Dann überreichte sie Theresa die Kohlenkarte, mit der sie noch rechtzeitig, am besten noch jetzt im Sommer, Kohlen für den Winter bestellen müsse. Damit war zwischen den beiden alles geklärt. Offenbar wusste Konstantin von dieser Abmachung nichts.

»Und jetzt wohnt ihr hier?«, fragte er und starrte auf das

Bett, als glaubte er nicht, dass wir zusammen darin schliefen. Er ging in der Wohnung umher, als würde sie ihm gehören. In der Küche ließ er sich auf einen Stuhl fallen. Da saß er nun, den Kopf in die Hände gelegt. Theresa machte mir Zeichen, er dürfe nicht bleiben. Doch weil ich es gewohnt war, gastfreundlich zu sein, bot ich Konstantin ein Bier an. Bei uns zu Hause wäre im Handumdrehen der Tisch gedeckt gewesen. Mit einer abweisenden Handbewegung versuchte Theresa, mich davon abzuhalten, eine Flasche aus dem Kühlschrank zu holen.

»Konstantin möchte sicher gleich wieder gehen«, sagte sie. Ich schob ihm die Flasche dennoch zu, verstand Theresas Feindseligkeit nicht. Was zwischen Katja und ihm geschehen war, ging uns nichts an. Ohnehin kannten wir nur Katjas Version der Geschichte. Hier am Küchentisch hatte sie uns einige Tage zuvor erzählt, sie müsse weg aus der Stadt, weit weg von Konstantin, auch deshalb wolle sie ans Literaturinstitut nach Leipzig. Und das habe ihm gar nicht gepasst. Neulich im Wiener Café hatte ich schon den Eindruck gehabt, dass es Spannungen zwischen ihnen gab. Konstantin würde es immer wieder schaffen, sie zu erniedrigen, hatte Katja gesagt, so habe er ihr auch ihre Entscheidung, nach Leipzig zu gehen, vermiesen wollen. Es waren harte Anschuldigungen.

Theresa fixierte ihn mit einem aggressiven Blick. »Du hältst also das Literaturinstitut für eine Kaderschmiede, ja?«

Konstantin hob den Kopf. »Wie sonst zähmt man widerspenstige Literaten, wenn nicht durch kontrollierte Freizügigkeit?«

Theresa antwortete nicht. Sie wandte sich ab und zündete sich eine Zigarette an. Ich betrachtete ihre schlanken Hände, während sie sich ein Haar oder einen Krümel Tabak von der Zungenspitze zupfte. Hätte ich Theresas Hände, ich würde ständig mit ihnen gestikulieren, sie demonstrativ im Gespräch einsetzen, Kreise in die Luft zeichnen wie eine Dirigentin, ich würde sie vor mir auf dem Tisch liegen lassen und sie bewundern. Wo Katja vor ein paar Tagen noch gesessen hatte, saß nun Theresa in der gleichen Pose Konstantin gegenüber, ein Bein hochgezogen, den Kopf leicht zur Seite geneigt, und maß ihn mit ihren Blicken. Man hätte sie mit der gleichen geschwungenen Kopf-Hals-Schulter-Linie zeichnen können. Das schräg sitzende Shirt, es war von Katja, entblößte ihre Schulter. Konstantin muss die Ähnlichkeit auch aufgefallen sein. Er nahm seinen Blick nicht von ihr. Die Verbindung zwischen ihnen, wenn auch feindselig, war so stark, ich war kaum anwesend im Raum. Erst mit dem Plopp-Geräusch, mit dem ich mein Bier öffnete, löste er seinen Blick.

»Der Meister ist tot«, sagte er plötzlich und schaute mich dabei an.

»Wer ist gestorben?« Ich verstand erst nicht, dann erinnerte ich mich, dass Katja diesen Meister erwähnt hatte. Ich sah zu Theresa. Die Feindseligkeit wich aus ihrem Gesicht, sie löste ihre verschränkten Arme und lehnte sich vor. Konstantin stand wortlos auf und ging aus der Küche. Ich warf Theresa einen Blick zu, dann schaute ich ihm nach und sah, wie er nebenan Katjas Bücherregal absuchte. Kurze Zeit später kam er zurück und reichte mir ein schmales Reclam-Bändchen.

»Reisenotizen aus Ungarn, ein Tagebuch?«

Konstantin nickte. »Es ist ein guter Einstieg in sein Denken, eine Art Tagebuch, das während seiner Budapest-Reise entstanden ist. Es wird dir gefallen.« Er lächelte mich an. Ich wendete das Buch, überflog den Text auf der Rückseite und blätterte etwas hinein.

»Es war Krebs«, sagte er derweil zu Theresa.

Ich sah zu ihm auf und klappte das Buch wieder zu, als wäre es unpassend, sich bei einer Todesnachricht zu sehr für ein Buch zu interessieren. Eine Pause entstand, in der sich Konstantin zum Gehen wandte.

»Du wolltest mir deine Texte mitgeben«, sagte er, sich noch einmal zu Theresa umdrehend, die sich nicht von der Stelle gerührt hatte. Sein Ton kam mir herablassend vor. Theresa schien überrascht, dass er sich erinnerte. Ich konnte zuschauen, wie sie einen Kampf in sich austrug. Da sie keine Anstalten machte, versenkte Konstantin die Hände in den Hosentaschen, zuckte die Schultern. Dann bedankte er sich bei mir für das Pils, das er nicht angerührt hatte. Ich brachte ihn zur Tür.

»Habt ihr euch nahegestanden?«, fragte ich noch. Nachdenklich nickte er. Ganz kurz sagte er: »Tschüss, du Liebe.«

Ich sah ihm nach, wie er mit schweren Schritten die Treppen hinunterging. Theresa fing an, panisch in einem Umzugskarton zu suchen. Dann schob sie mich beiseite und lief ihm mit der Mappe ihrer Erzählungen nach. Die Tür knallte, ich blieb allein in der Wohnung. Die unangetastete Bierflasche stellte ich wieder in den Kühlschrank und nahm einen Schluck von meiner. Am offenen Fenster sah ich Konstantin über den Hof gehen, die Mappe unter dem Arm – *Tschüss, du Liebe*. Ich spürte einen Stich.

An der Art, wie Theresa mich ansah, als sie außer Puste

wieder reinkam, erkannte ich, dass sie sich nicht nur für Konstantins literarisches Urteil interessierte.

❖

Jemand tippt mir auf die Schulter, ich muss den Blick vom Mann am Sarg abwenden, es ist eine alte Schulfreundin. Als ich mich wieder umdrehe, hat der Mann das Leichenhaus schon verlassen, geht den Feldweg entlang zum Friedhofstor an der Straße. Er trägt eine schwarze Jeans und ein leichtes Sakko. Ein paar Raucher stehen dort am Tor. Ich sehe ihm nach, zögere. Einen Augenblick später ist er verschwunden.

❖

Mehr als die provokanten Blicke, das bisschen Schwingen der Luft, Gedanken vielleicht, die Kapriolen schlugen, hatte es zu Anfang zwischen Theresa und Konstantin nicht gegeben. Es war selbstverständlich für mich, dass Konstantin sich für Theresa interessierte, jeder interessierte sich für Theresa. So fiel es mir nicht schwer, mich zurückzuziehen. Wie eine Auster am Meeresgrund, die sich bei jeder Berührung verschließt, verbarg ich meine Gedanken an ihn, ja, ich stopfte sie zurück, dahin, wo sie entstanden waren. Augenscheinlich hatte auch er eine Wirkung auf sie, auch wenn sie das abstritt oder sich nicht eingestehen wollte.

Theresa fand keine Ruhe, nachdem sie ihm ihre Texte gegeben hatte. Sie verließ die Wohnung nicht, aus Sorge, er könnte vorbeikommen. Während ich schlief, schrieb sie die Nächte durch, produzierte seitenweise Text, wirre Monologe, die sie am Morgen verwarf und wieder umschrieb, dabei Kette rauchte.

Wir lagen im Bett, mein Blick folgte dem Muster der Tapete, während sie mir aus ihrem Text vorlas, der in der letzten Nacht entstanden war. Plötzlich hörte sie zu lesen auf.

»Ich tanze am Abgrund, Márta. Ich lese und lese und weiß nicht mehr, ob er gut ist oder belanglos.« Ich drehte den Kopf zu ihr und betrachtete das schöne Gesicht – die Augenbrauen, die sich in eine schmerzliche Kurve wölbten.

»Du verliebst dich gerade in Konstantin, nicht?« Nun zogen sich die Brauen zusammen und bildeten eine kleine Furche in der Stirn. Die Lippen fest aufeinandergepresst, sagte sie: »Du verstehst mich nicht.«

»Zeig her«, beschwichtigte ich und nahm ihr sanft die Blätter aus der Hand. Dann begann ich laut vorzulesen. Es waren rhythmische Experimente, kreisende Gedanken, irre Monologe.

Tage vergingen ohne eine Nachricht von ihm. Ich kam mit den Einkäufen nach Hause und fand Theresa auf dem Boden sitzend in einem Berg von zerknüllten Manuskriptseiten. Sie könne gar nicht schreiben, heulte sie. Die Tränen hatten ihr Gesicht aufgeweicht. Das alles sei himmelschreiender Schrott, Konstantin würde ihre Texte bestimmt für banal halten. Unreif seien sie und peinlich. Sie zitterte, ihre Wangen glühten. Mit aufgerissenen Augen starrte sie mich an, schnappte nach Luft.

»Theresa, beruhige dich!«, flehte ich. »Atme ruhig, tief ein und aus.« Doch es war, als würden meine Worte nicht zu ihr durchdringen. Sie presste ihre Hand auf die Brust, ihr Gesicht war verzerrt. Dieser panische Blick! Sie bekam offenbar keine Luft. War es ein Notfall? So hatte ich sie noch nie gesehen.

Ohne weiter nachzudenken, trat ich auf sie zu und zog sie in meine Arme. Ich hielt sie fest, spürte ihr Zittern und das hektische Auf und Ab ihres Atems. »Ich bin da«, flüsterte ich, und obwohl ich selbst Angst hatte, versuchte ich, ruhig zu bleiben. Ich wiegte sie leicht hin und her, dann legte ich ihre Hand auf meinen Brustkorb. »Atme mit mir, ganz langsam.« Ich sah ihr in die Augen, und sie erwiderte meinen Blick, als wäre er ihr Anker. Langsam begann sie sich zu beruhigen, ihre Brust hob und senkte sich gleichmäßiger. Ich hielt sie weiter fest, spürte, wie sie langsam zur Ruhe kam, als würde meine Nähe sie erden. Die Minuten dehnten sich, doch schließlich ließ ihre Anspannung nach. Es war, als ob der Sturm in ihr allmählich verebbte.

❖

Der Friedhof befindet sich auf einer Anhöhe, die Glocken läuten fern im Dorf. Die Mitarbeiter des Bestattungsunternehmens haben Theresas Sarg verschlossen und zusammen mit ein paar Kränzen auf dem Vorplatz des Leichenhauses aufgestellt. Der Pfarrer bittet die Familie, Platz zu nehmen. Ich muss mich setzen, Vati winkt schon. Er hat mir einen Sitz zwischen sich und Tante Irmi freigehalten. Sie drückt sanft meine Hand. Die Augen rot geweint, das Gesicht ungeschminkt und aufgedunsen. Wie gut, dass Großmutter das nicht miterleben muss. Auch sie war im vergangenen Jahr hier bestattet worden. Auf ihren Wunsch wurde sie in das Grab ihres verstorbenen Mannes gelegt. Auf dem Grabstein musste man nur das Todesdatum nachtragen, Name und Geburtsdatum waren bereits, wie üblich bei Eheleuten, eingemeißelt gewesen. Als Kinder schauderte uns vor der Vorstellung, dass eines Tages beim Friedhofsspaziergang auf dem Familiengrabstein plötzlich unsere Namen samt Lebensdaten auftauchten! Auf diesem Friedhof wurde Theresa nun beerdigt, obwohl sie schon seit Jahrzehnten nicht mehr hierhergehörte, nicht einmal zur Beisetzung unserer Großmutter war sie gekommen. Der Kantor singt. Vorn am Friedhofstor steht niemand mehr. Sich still von ihr verabschieden und das Zeremoniell den anderen überlassen, das würde zu Konstantin passen. Der Pfarrer hält seine Predigt, ich höre sie kaum. Wir beten für die Seele Theresas, oder für unsere? Ich weiß nicht, was all das mit ihr zu tun hat, nur eines weiß ich, sie lebt nicht mehr. Das Unausgesprochene zwischen uns wird ihre Ruhe nicht mehr stören, doch die Last ist nicht gewichen, nein, sie liegt nun allein auf mir, bis auch ich eines Tages unter der Erde verschwinden werde und all dieses Gewicht zu Staub wird. Die Sinnlosigkeit des Ganzen entlockte mir ein schmerzliches Lächeln.

❖

Theresa verkroch sich in den darauffolgenden Tagen in den Laken, ging weiter durch ein Tal aus Selbstzweifeln und Selbstmitleid.

Wir spielten die Platten von Karat, die sie so liebte, auf Katjas Plattenspieler hoch und runter. Sie fühle sich manchmal, sagte Theresa, wie in dem Song *Über sieben Brücken musst du gehn*, immer nur im Kreis gehend, das Leben stünde still. Wir verbrachten die Tage im Pyjama, hörten die

Charts auf RIAS 2 und nahmen Songs auf. Von Konstantin und ihren Erzählungen hörten wir nichts. Ich lenkte Theresa ab. Im Bett fläzend, las ich ihr die Balladen von János Arany vor, die wir als Kinder auswendig lernen mussten. Ich liebte jede Stunde.

Ich stand als Erste auf, hielt es nie so lange im Bett aus wie sie, die den ganzen Tag dort verbringen konnte. Ich ging zum Bäcker und machte uns Kaffee. Wir lebten von Zuckerschnecken und Spaghetti. Mein Dank war die wieder lächelnde, im Bett mampfende Theresa. Zwei, drei Tage verbrachten wir so, dann fing sie wieder an zu schreiben, das war wie ein Ventil für sie. Ich nahm mir das Regal voller Bücher vor, die Katja dagelassen hatte, und setzte mir das Ziel, diesen Sommer alles zu lesen, was ich an Klassikern der deutschen Literatur in die Hände kriegen konnte. Ich war überzeugt, die Aufnahmeprüfung an der Uni in Budapest vermasselt zu haben, und wenn ich mir schon ab Herbst eine Arbeit in der Stadt suchen musste und Vati sich selbst überließ, wollte ich das Jahr nutzen, um mich auf die neue Aufnahmeprüfung vorzubereiten. Nichts war mir wichtiger als dieses Studium. Ich genoss diese friedliche Zeit lesend in Zweisamkeit mit Theresa. Sie war eine neue Version unserer scheinbar nie endenden, sorglosen Sommer – der Katja nun ein abruptes Ende bereitete.

Denn an jenem Wochenende, an dem die Beerdigung des Meisters stattfinden sollte, kam sie nach Berlin und holte wie verabredet ihre Sachen ab. Die Beisetzung fiel auf den Sonntag. Sie übernachtete nicht bei uns. Konstantin brauche sie in dieser schweren Zeit, sagte sie und strahlte. Ich hatte den Eindruck, der Todesfall hatte Katja und Konstantin wieder zusammengebracht. Sie erzählte jedoch nichts.

Wie ein Wirbelwind fegte sie durch die Wohnung, sortierte, packte Bücher, Kleider, auch das ganze Geschirr in Umzugskartons und schimpfte, Theresa hätte ihre Klamotten ruhig waschen können, wenn sie sie sich schon ausgeborgt habe. Selbst den kleinen Dschungel um das Hoffenster nahm sie mit. Das gemütliche Nest, in dem Theresa und ich es uns in den letzten Tagen bequem gemacht hatten, war zerstört. Offenbar hatten die beiden nicht genau besprochen, was mit möblierter Wohnung gemeint war.

Wie in den Tagen nach ihrem Zusammenbruch lag Theresa auch jetzt, mitten im Umzug, zwischen den bunten Kissen im Bett, genau genommen auf der große Matratze, die vom Bett übrig geblieben war, und verkündete, sie fühle sich krank. Ich ahnte den Grund. Katja hatte Konstantin und ihren Bruder mitgebracht. Sie trugen die Umzugskisten nach unten. Theresas Anwesenheit schien Konstantin kaum aufzufallen – wie auch meine nicht. Katja dirigierte, was blieb und was mitkam. Sie packte alle Bücher ein, auch den Plattenspieler. Die Kleiderkommode und das Tischchen mit den geschwungenen Beinen blieben, den orientalisch anmutenden Teppich rollte sie ein. Die Wohnung wirkte nun kahl und ungemütlich. In den Küchenregalen, wo sich zuvor ein Sammelsurium aus Geschirr, Töpfen und Vorräten befunden hatte, herrschte nun gähnende Leere. Wir werden uns nun eine ganze Küche neu einrichten müssen, dachte ich und sah meine Ersparnisse zur Neige gehen. Theresas Eltern hätten die Kosten ohne Weiteres übernommen, sie zahlten ihrer Tochter alles, aber ich wollte ihnen nicht auf der Tasche liegen.

Theresas Kohlen für den Winter bezahlte ich, obwohl

ich nur die Wochen des Sommers hier verbrachte, und zwar zum vollen Preis, weil wir Ende Juni sogar schon zu spät dran waren mit der Bestellung. Ich fragte mich, wie Theresa ohne mich zurechtkommen würde. Im Augenblick tat sie mir einfach nur leid. Sie sah erbärmlich aus, wie sie dort im Bett lag. Konstantin und Katjas Bruder schleppten einen Umzugskarton nach dem anderen aus der Wohnung. Unten stand der Barkas, den Konstantin organisiert hatte. Da erfuhr ich erst, dass er im wahren Leben sein Geld als Möbelpacker verdiente. Katja und ihr Bruder wollten mit dem Barkas am Montagmorgen zusammen nach Leipzig fahren.

Katja machte ab und zu ein bedauerndes Gesicht in Theresas Richtung, mehr aber nicht. Ich wollte Konstantin auf Theresas Erzählungen ansprechen, nicht nur Theresas wegen, ich hoffte auf ein Lächeln von ihm, auf eine Geste der Verbundenheit, die ich zwischen uns gespürt hatte an dem Abend im Wiener Café und kürzlich hier in der Wohnung – doch eine Gelegenheit ergab sich nicht. Er zog drei Bierflaschen aus dem Kasten in der Küche und reichte Katja, ihrem Bruder und mir jeweils eine, dann holte er sich selbst noch eine Flasche raus. Ich hätte ihn gern beiseitegenommen, ihm etwas vorgeworfen, was genau, wusste ich nicht. Doch da saßen wir nun: Katja, ihr Bruder und ich unterm offenen Fenster, am kleinen Küchentisch inmitten von Umzugskisten, und tranken Bier. Theresa nebenan stellte sich schlafend.

Es klingelte. Konstantin ging zur Wohnungstür und öffnete. Da stand sie plötzlich in der Küche. Meine Mutter! Ihre Handtasche hielt sie mit beiden Händen vor dem Körper. Sie trug ein Sommerkleid mit großem Blumenmuster und war geschminkt. Sie sah ganz anders aus. Einige Augenblicke lang starrte ich sie nur an. Mein Herz klopfte heftig, der Brustkorb tat mir weh. Hilfesuchend blickte ich zu Konstantin, erst dann kam ich auf den Gedanken, mich zu rühren. Ich erhob mich und ging auf sie zu, ohne die Bierflasche wegzustellen. Ich wollte nicht respektlos wirken, doch ich brauchte etwas, an dem ich mich festhalten konnte. Woher wusste sie überhaupt, wo ich wohnte? Ich bat sie, mit mir vor die Wohnungstür zu gehen. Ich wollte nicht, dass die anderen uns hörten. Wir traten hinaus, und ich lehnte die Tür hinter uns an.

Jetzt standen wir da. Ich sah ihr gequältes Lächeln. Wartete auf das, was nun kommen würde. Reue? Eine Entschuldigung? Oder wollte sie mir auch persönlich erklären, was sie mir bereits mehrfach geschrieben hatte, warum sie uns damals im Stich lassen musste?

»Dein Vater hat mich angerufen.«

Sie hatte sich eine Dauerwelle machen lassen, meine Mutter, die das Frauliche an sich immer affig fand. Die mir nur Sport-BHs kaufte und mir nicht erlaubte, mich zu schminken, weil sie der Meinung war, eine Frau sollte sich nicht auf ihr Äußeres reduzieren lassen.

»Ich wollte sicher sein, dass es dir gut geht«, sagte sie.

Ich wunderte mich, dass ich keine Wut in mir spürte, da war nur Leere. Ich verschränkte die Arme, wollte nicht mehr hier sein, ihr gegenüberstehen müssen, in diese hellen Augen schauen, das Blau von Tränen verwässert.

»Ich dachte, da du jetzt in Berlin bist – könnten wir uns ab und zu treffen, vielleicht. Etwas ändern. Ich weiß, ich war dir keine gute Mutter.«

»Eine Mutter nennst du dich?«, brach es aus mir heraus. Ich erschrak ob meiner eigenen Heftigkeit. Schweigen. Die

Worte hatten sie offenbar getroffen, das sah ich deutlich an ihrem Blick. Es lag etwas Gebrochenes darin.

»Bitte geh jetzt«, sagte ich noch. Mein Herz raste. Meine Worte klangen härter, als ich sie meinte, sie duldeten keinen Widerspruch. Wollte ich denn, dass sie ging? Schweigend drehte sie sich um. Hielt noch einen Moment inne. Ich hätte sie zurückhalten können. Ich tat es nicht. Sah zu, wie sie die Treppe hinunterging. Das Klackern ihrer Absätze auf dem Betonboden hallte durch das Treppenhaus. Es war ein ruhiger und gleichmäßiger Ton, immer entfernter, leiser, bis er im Erdgeschoss erstarb. Dann Stille.

Ich konnte nicht fassen, was gerade geschehen war. Spürte nichts, gar nichts. Da war kein Schmerz, keine Erleichterung, keine Reue. Noch immer hielt ich mich an dieser Bierflasche fest, so fest, dass die Knöchel schon weiß waren. Ich schüttelte die Hand, um den Krampf zu lösen, wollte die Flasche wegstellen, sie war mir plötzlich zu einer Last geworden, doch wohin mit ihr, auf dem Boden würde sie jemand umstoßen. Meine Hand, der ganze Arm zitterte inzwischen. Meine Knie wollten nachgeben.

Da ging die Tür auf.

Konstantin sah wohl den erschütterten Ausdruck in meinem Gesicht, nahm mir instinktiv die Flasche aus der Hand, auf die ich starrte, und legte einen Arm um mich, so ruhig und selbstsicher, als wüsste er genau, was ich gerade brauchte. Ich fand Halt. Das Zittern hörte auf.

»Seine Mutter sucht man sich nicht aus, nicht?«

Ich sah ihn an, dankbar für diesen Satz.

»Alles klar?«

Da zogen sich seine Mundwinkel sanft nach oben, und seine Augen wurden dabei ein wenig schmaler, als ob er mehr dachte, als er aussprach. Es war ein stilles, warmes Lächeln, das einen Moment zwischen uns entstehen ließ. Ich löste mich aus seiner Umarmung. Etwas verlegen standen wir da.

»Theresas Texte, ich habe sie auf den Tisch gelegt. Ein Brief ist mit drin für sie.«

»Sie hat darauf gewartet«, sagte ich.

Er nickte, dann ging er wieder hinein. Ich wischte mir mit dem Ärmel die Augen trocken, der Stoff wurde ganz schwarz von der Wimperntusche. Ich atmete ein paar Mal durch, da ging die Tür wieder auf. Katjas Bruder und hinter ihm Konstantin kamen mit weiteren Umzugskisten heraus. Ich machte Platz, huschte neben ihnen hinein in den Flur und verbarg mein verschmiertes Gesicht. Katja stand auf der Leiter zum Hängeboden und war noch immer mit dem Ausräumen beschäftigt. Theresa kam mir mit fragendem Gesichtsausdruck entgegen. »Was ist passiert?«, wollte sie wissen, doch ich schüttelte nur den Kopf. Ich sah die Mappe auf dem kleinen Tisch mit den geschwungenen Beinen und schob ein paar Zeitschriften drüber, die auch dort lagen. Ich spürte, es wäre klüger, Theresa nicht vor Katja auf die Mappe hinzuweisen.

❖

Die Männer vom Bestattungsunternehmen lassen Theresas Sarg in die Grube hinab. Tante Irmi, den Stiel ihrer Rose fest in der Hand, schaut hinab in die Tiefe, sie scheint zu wanken. Onkel Péter gibt ihr Halt, eine Hand hat er sanft um ihre Taille gelegt, die andere stützt sie am Ellenbogen. Sie lässt die Rose fallen. Der Reihe nach regnet es nun weiße, gelbe, rote Rosen, der bunte Haufen wächst, bedeckt den hölzernen Sarg. Ich stelle mir Theresa vor, wie sie mit einem Armvoll Rosen durch die Straßen Wiens zog, verdeckt von der leuchtenden Pracht. Dort unten liegt ihr Leichnam, nun zugedeckt von einem Blütenmeer, auf das nun Erde fällt, dann mit dumpfen Laut Erde auf Erde.

Ich sehe den Mann nicht mehr, am Tor nicht, auch am Grab nicht.

❖

Konstantins Brief las Theresa erst allein. Ich sah ihre Gesichtsmuskeln zucken, kleine Grübchen bildeten sich zwischen ihren zusammengezogenen Augenbrauen. Da sah sie zu mir auf.

»Noch nie hat jemand so etwas Schönes zu mir gesagt!« Sie war überwältigt. Ihre Erzählungen seien von kristalliner Härte, schrieb Konstantin. Ihr unaufgeregter Stil lasse auf Erfahrung schließen, die Theresa aufgrund ihres jungen Alters nicht besitzen könne; es müsse innere Reife sein. Ihre Erzählungen seien schön im Sinne des Wahren, zugleich böse und intelligent, und von einer glühenden Dringlichkeit geprägt.

Ich wandte mich abrupt von ihr ab, ertrug ihr freudetrunkenes Gesicht nicht. Spürte, dass ich ungerecht war. Doch während sie vor sich hin grinste, hallten in meinem Kopf noch immer die entschwindenden Schritte meiner Mutter im Hausflur nach wie ein Echo, das nicht verstummen wollte.

»Warum guckst du so? Was ist los?« Theresas Stimme holte mich ins Jetzt zurück.

»Meine Mutter war hier«, sagte ich, ohne sie anzusehen. »Vorhin, als du geschlafen hast.« Theresas Gesichtszüge wurden auf einmal ernst. Ihre Augen suchten meine. Sie musterte mich.

»Und?«, fragte sie nach.

Ich hob die Schultern in einer hilflosen Geste. Ärgerte mich, dass ich davon angefangen hatte.

»Ich habe sie weggeschickt«, murmelte ich und brachte es nicht über mich, ihr zu erzählen, mit welcher Kälte ich das getan hatte. Theresa seufzte leise, dann ließ sie sich auf die Matratze fallen. »Komm!« Sie schob die großen Kissen beiseite, um mir Platz zu machen. Ich folgte ihr widerwillig, legte mich neben sie. Wir starrten beide die Decke an. So lagen wir eine Weile da.

»Weißt du«, begann sie zögerlich, und ich spürte, dass sie nach den richtigen Worten suchte, »ich habe damals gar nicht richtig mitbekommen, wie dein Vater zum Alkoholiker wurde, wie krank er schon war.«

Ich drehte den Kopf zu ihr, überrascht, dass sie das Thema wechselte, auch erleichtert.

»In all den Sommern«, fuhr sie fort, »war es mir nie bewusst. Ich sah ihn nie betrunken. Er torkelte nicht, lallte nicht, schrie nicht rum. Er trank Wein zum Abendessen oder Bier, Schnaps, wenn Besuch kam. Ich weiß noch, wie dein Vater immer sagte: Ein Mann trinkt doch kein Wasser!«

Ich schloss die Augen. Ein Lächeln stahl sich mir auf die Lippen. Ich erinnerte mich daran.

»Es war bei Papas 50. Geburtstagsfest letzten Sommer«, sprach sie weiter, »als ich ihn das erste Mal so sah. Ich war auf der Suche nach Wein. Und da stand er vor dem Kühlschrank. Der Kopf gesenkt, die Schultern eingefallen. Plötzlich der gezielte Handgriff zur Tür, Flasche geschnappt, entkorkt, er zögerte nicht, hob sie an die Lippen und in einem Zug trank er sie aus wie ein Verdurstender. Ich habe noch nie einen Menschen so schnell eine Flasche Wein leeren sehen.«

Ich stellte mir Vati vor, wie er Theresa nicht einmal bemerkte, als er an ihr vorbeiging, den Mund am Handrücken abwischend, im festlichen Anzug, als wäre nichts geschehen.

»Später sah ich deine Eltern sich streiten«, sagte sie.

»Du hast mir das nicht erzählt«, sagte ich erstaunt

»Wozu? Du hast getanzt. András war da. Du warst glücklich. Und das meine ich. Du hast von alldem doch auch kaum etwas mitbekommen.«

»Wie bitte? Natürlich habe ich das. Sie stritten ständig«, meine Stimme klang scharf.

»Du verbrachtest in den letzten Jahren doch mehr Zeit bei András als zu Hause.«

»Ja und? Ich war verliebt, mit meiner eigenen Zukunft beschäftigt. Zu Recht.« Ich setzte mich auf und schnaubte. »Und dann haut Mutter einfach ab. Überlässt mir ihr kaputtes Leben.«

»Genau, und da erst hast du bemerkt, was sie all die Jahre mitgemacht hatte mit deinem Vater. Die Kotze im Bett – das war bis dahin nicht deine Last gewesen. Verstehst du mich jetzt?«

Ihre Worte trafen mich. Für einen Moment konnte ich nichts erwidern. Ich sah sie an und schüttelte den Kopf. »Du verteidigst sie auch noch? Sie ist einfach gegangen, Theresa. Sie hätte mit mir reden können. Sie hat es nicht getan. Sie ist mit diesem Mann abgehauen.«

Theresa sagte nichts, aber ich spürte, dass sie mich nicht verstand. Ich starrte an die Decke, doch der Kloß in meinem

Hals wuchs. Ich brauchte Luft. Bevor sie etwas erwidert hätte, stieg ich aus dem Bett und trat zum Fenster, schob den Vorhang zur Seite. »Sie hätte doch was sagen können«, flüsterte ich, mehr zu mir selbst als zu Theresa. Ich spürte ihren Blick im Rücken, doch es war, als hätten wir die Verbindung verloren. Ich ließ den Vorhang los und lehnte mich ans Fensterbrett. Draußen lag der Hinterhof im Halbdunkel. In einigen Wohnungen gegenüber brannte schon das Licht. Jemand ging hastig über den Hof. Das Licht einer Lampe flackerte kurz auf – und erlosch.

## 4

Es war spätabends nach der Beerdigung des Meisters. Von einer Verbundenheit Katjas und Konstantins war in dem schummerigen Licht der Bar nichts zu bemerken. Katja erschien mir ungewöhnlich schweigsam, nur mit dem Mann hinter der Bar hatte sie sich lange unterhalten. Joe sei der beste Barmann der Welt, stellte sie ihn mir vor. Sie wollten auf ihren Umzug nach Leipzig anstoßen.

Bernd war mit René gekommen. René mit den Glitzeraugen. Ich konnte meinen Blick nicht von dem Eisblau abwenden. Solche Augen hatte ich noch nie gesehen. Er bestellte eine Flasche vom Erlauer Stierblut, dem ungarischen Wein. Sie sei zu Ehren des Meisters, rief er in die Runde, viel zu laut und aufgedreht für den Anlass. Die blonden Haare über dem Kragen ungekämmt, das Hemd über der Brust offen. Alles Ungarische hätte den Meister fasziniert, sagte Konstantin zustimmend und richtete seinen Blick dabei auf Theresa. Sie neigte leicht den Kopf und ließ den Rauch ihrer Zigarette entweichen. Jeder Zug glich einem sinnlichen Ritual, ihre geschmeidigen Bewegungen einer Verführung. Ich saß direkt neben ihr und fühlte mich unsichtbar, gleichzeitig bewunderte ich sie. Konstantin, der schon leicht angetrunken war, schien diese Nuancen zwischen uns zu übersehen, ihm entging auch, wie aufrecht Katja dasaß. Sie sagte kein Wort. Hinter ihrer Schminke und dem Pony, der wie ein Vorhang halb die Augen verdeckte, blieb jede Regung ihrer Gesichtszüge verborgen.

»Es sind die Minis der Ungarinnen, die sind eben kürzer«, sagte dieser René und strich sich die Strähnen aus dem Gesicht.

Konstantin hob sein Glas zum Toast. »Brecht die Tabus! Ihr wisst ja, der Preis soll hoch sein, aber sie müssen zu brechen sein.«

Alle taten es ihm gleich, nur Katja hob ihres nicht. Konstantin und Bernd erzählten abwechselnd Anekdoten aus alten Zeiten, die Atmosphäre war ausgelassen, ich war mir nicht sicher, ob sie sich angemessen anfühlte nach einer Beerdigung. Die Stimmung kippte erst, als dieser René Bernds abgelehnten Ausreiseantrag erwähnte. Offensichtlich wusste Konstantin davon nichts. Er fuhr Bernd böse an.

»Mensch, du hattest noch einen gestellt? Wie oft willst du es denn noch versuchen? Glaubst du, du findest im Westen einen besseren Nährboden für deine literarischen Selbstzerfleischungen? Dir geht noch die Sprache abhanden!« Er war wirklich aufgebracht.

»Offenbar geh ich ja nirgendwo hin«, antwortete Bernd in einem ruhigen, resignierten Ton. Alle saßen da und starrten die beiden an. Ich weiß, Konstantin machte sich später Vorwürfe deshalb. Aber Bernd muss gespürt haben, dass sein Freund verletzt war, dass er ihm etwas bedeutete. Konstantin traf keine Schuld. Nicht damals. Sein Verrat war der spätere Verrat an sich selbst und an seiner eigenen Überzeugung. Ich frage mich, ob Konstantin im Westen die Sprache abhandengekommen war. Nach der Veröffentlichung seines Romans, der in einem kleinen Wiener Verlag herauskam, ist nichts mehr von ihm erschienen.

Bernd schob seinen Stuhl zurück, stand auf und ging ohne ein Wort. Totenstille lag über der Runde wie unlängst bei der Beerdigung. Es kam mir vor, als befänden wir uns unter einer Glasglocke. Die Geräuschkulisse des Lokals drang nur gedämpft durch sie hindurch. Katja brach die Stille, sagte etwas Abfälliges zu Konstantin, dann ging sie auf die Toilette. Alle sahen ihr nach. Konstantin mit einem Blick, in dem von Zuneigung und Achtung nichts zu finden war.

»Schätzchen! Bring noch ne Runde Korn!«, rief René über die Schulter der Kellnerin zu. Unsere Blicke gingen zu der rauchenden Dame an der Bar. Sie nahm noch zwei, drei Züge, drückte dann die Zigarette in aller Ruhe aus und sah zu ihm herüber.

»Pass ma uff, Süßer«, sagte sie, während sie zu ihm herüberschlenderte, dann beugte sie sich über ihn und drückte ihm die schweren Brüste fast ins Gesicht.

»Wenn du mir nochma so ne Ansage machst, kriegste hier nix mehr.«

René nahm seine Brille ab und funkelte sie an. Mit den Händen auf ihren drallen Hüften zog er sie auf seinen Schoß. Keiner beschäftigte sich mehr mit Konstantin, Bernd oder Katja. Auch ich konnte nicht wegsehen, als er mit der Zunge in ihrem Mund herumwühlte. Ich fragte mich, ob die beiden sich kannten oder ob das hier immer so lief. Später brachte sie den Schnaps. Das war mein Signal aufzubrechen. Hochprozentiges rührte ich nicht an. Viel zu lange hatte ich Vati dabei zugesehen, was das Zeug mit ihm machte.

Die Unterhaltung war wieder im Gange, als ich aufstand. René behauptete, er habe Verlagskontakte in Westberlin, man müsse ja nicht gleich das Land verlassen. Theresa fragte nach, ich wollte sie nicht unterbrechen und ging erstmal auf die Toilette.

Katja war noch da, sie stand vor dem Spiegel und zog sich die Augen nach. Ich ging wortlos an ihr vorbei in eine der Kabinen. Als ich herauskam, wusch sie gerade ihre Hände. Ich seifte meine ein, spülte sie ab, kramte im Hirn nach einem Satzfetzen, einer Beiläufigkeit, mir fiel nichts ein. Das Schweigen wurde peinlich, ihre Anspannung offensichtlich.

»Ich müsste heute bei euch übernachten, wenn das in Ordnung geht«, sagte sie auf einmal.

»Es ist deine Wohnung«, erwiderte ich, ohne nachzudenken. Gleich ärgerte ich mich über die fehlende Empathie in diesem Satz. Wir gingen nebeneinander zur Tür. Ich hielt sie ihr auf.

»Ich wollte sowieso gerade gehen, wenn du willst, können wir aufbrechen«, sagte ich, da küsste sie mich auf die Wange. Sie traf mich so unerwartet mit diesem Kuss, ich stand nur da, noch immer die Tür haltend, und sah ihr nach.

Am Tisch sprach Konstantin gerade von einem Notfallfonds für junge Autoren, die nicht veröffentlichen konnten. Theresa hörte ihm aufmerksam zu. Ich wartete kurz, tippte ihr auf die Schulter.

»Die Idee ist doch futschikato«, unterbracht ihn René. »Ohne einen unabhängigen Verband ist sie nicht zu verwirklichen.« Theresa saß inzwischen neben Konstantin. Als ich ihr zuflüsterte, dass ich ginge, nickte sie nur.

»Leg den Schlüssel unter die Matte, ja?« Ich wollte ihr noch sagen, dass Katja bei uns übernachtete, doch sie hatte sich bereits wieder Konstantin zugewandt, der ihr etwas erklärte. Ich grüßte in die Runde. Auf einmal drehte Konstantin den Kopf, er streckte sogar einen Arm zu mir aus und drückte kurz meine Hand. Seine Berührung durchzuckte mich wie ein Stromschlag. Ich zog sie schnell zurück. Katja wartete schon.

Auf dem Weg zur Wohnung sprach sie kaum ein Wort. Ich fragte nicht nach, drängelte ungern, mag es selbst nicht, wenn man mich drängt. Wenn sie sich mir anvertrauen wollte, würde sie es tun, dachte ich. Es war ungewohnt, ihre Tür für sie aufzuschließen. Ich schaltete das Licht an, legte den Schlüsselbund wie besprochen unter die Matte, streifte die Handtasche von der Schulter. Katja stand reglos auf der Schwelle, ihre schwarz bemalten Augen weit aufgerissen.

»Mir ist nicht gut«, stöhnte sie. Ihre Mundwinkel bebten, sie stützte sich auf die Türklinke, senkte den Blick zu Boden, als wäre ihr schwindelig geworden.

»Soll ich einen Tee machen?«, fragte ich.

Sie sah zu mir auf. »Hast du Zigaretten?«

Theresa hielt eine Packung auf Vorrat im Küchenregal. Katja ließ sich auf der Matratze nieder. Wie sie ihre langen Beine unter sich faltete, den Kopf zur Seite neigte, erinnerte sie mich an ein verwundetes Reh. Sie hätte das Rauchen aufgegeben, rief sie zu mir herüber. Ich fand die Zigaretten und brachte sie ihr. Eilig fingerte sie eine aus der Schachtel und steckte sie sich zwischen die Zähne. Sie bedankte sich nicht.

»Feuer?«

Ich hatte keines. Nervös die Zigarette auf und ab im Mund bewegend, kramte sie in ihrem bauchigen Wanderrucksack erfolglos nach Streichhölzern, fluchte und schnipste die Zigarette weg. Sie landete auf den Dielen. Ich hob sie nicht auf, obwohl sie in meiner Reichweite war. Katjas Augen glänzten, sie krümmte sich und umarmte die Knie wie ein großes Kind, das nochmal ganz klein sein wollte. Ich setzte mich zu ihr, legte eine Hand auf ihre Schulter. Nach einer Weile – sie reagierte nicht auf meine Berührung – zog ich verlegen meine Hand wieder zurück. Da hob sie den Kopf, sah mich an, als hätte sie mich das erste Mal richtig wahrgenommen. Sie berührte meine Wange. Automatisch wich ich mit dem Kopf etwas zurück. Ihre Fingerspitzen rochen ganz leicht nach Nikotin. Der Daumen fuhr meine Lippen entlang. Sie befühlte meinen Mund, das Fleisch gab nach. Mein Atem stockte. Ich spürte, wie meine Lippen sich ganz ohne mein Zutun öffneten. Mit leichtem Druck am Kinn zwang Katja mich, sie anzusehen. Ich fühlte, wie mir der Schweiß unter den Achseln ausbrach, fürchtete, sie würde es riechen. Noch nie hatte eine Frau mich so berührt. Noch nie hatte mich je ein Mensch mit solcher Ernsthaftigkeit gestreichelt. Ihre Fingerspitzen wanderten meinen Hals, dann am Schlüsselbein entlang, sie fuhren behutsam die Knochen nach, ihre Hand schmiegte sich um meinen Nacken. Ich bebte innerlich.

»Du hast so weiche Haut«, flüsterte sie.

Weiche Haut? Ich schlug die Augen nieder, ertrug ihren Blick nicht länger, sah an meinen nackten, fleischigen Armen herab, meine Hände, weiß und teigig, ruhten im Schoß. Ich fühlte mich massig und ekelhaft neben ihrer Gazellenhaftigkeit, zog den Bauch ein, der sich durch mein Shirt abzeichnete. András fehlte mir auf einmal. Er hatte meinen weichen, fraulichen Körper geliebt, fand mein Gesicht bildschön, er schloss seine Hände um meine Brüste, er begehrte sie. Ich wollte, dass auch Katja sie begehrte, und spannte das Rückgrat durch, streckte sie ihr entgegen. Doch nun zog sie ihre Hand zurück und griff sich in den eigenen, langen Nacken, um ihn genießerisch zu massieren.

»Dich kann nichts aus der Ruhe bringen, wie?«, sagte sie und betrachtete mich lang.

Wie schlecht sie mich doch las! Im Gegenteil, alles in mir befand sich in Aufruhr.

»Ich mag dich, Márta. Mir kommt es vor, als könntest du in mich hineinsehen.« Ihre rauchige Stimme war voller Dringlichkeit. Es war ungewohnt, meinen Namen aus ihrem Mund zu hören. Ich glaube, sie sagte ihn zum ersten Mal. Sie beugte sich wieder vor zu mir, betrachtete mich mit diesen samtschwarzen Augen, als könnten sie mich umarmen.

»Nimm dich vor solchen Leuten wie mir in Acht, Márta!«

Schon wieder mein Name.

»Wir wälzen alles auf dich ab, wir haben eine Menge zum Abwälzen. All die Verletzungen, die Komplexe, solange du es zulässt, kommt immer mehr, bis wir dich zugrunde gerichtet haben.«

Was redete sie da? Ihre Worte bereiteten mir Unbehagen. Vermutlich stand mir die Befremdung ins Gesicht geschrieben, denn sie verstummte. Eine Weile verharrten wir in Stille. Seltsamerweise war diese Stille nicht unangenehm. Katja ließ sich hinabsinken zwischen die Kissen und schob ihren Kopf einfach in meinen Schoß. Ich wusste erst nicht, wohin mit meinen Händen, dann legte ich wieder eine Hand auf ihre Schulter. Sie fühlte sich fest an und kräftig. Eine Schulter aus Marmor. Mit der anderen strich ich über die schwarzen Haare, die hinten in einem »V« zusammenliefen. Ich streichelte ihren Nacken.

»Mach weiter«, sagte sie. Ich gehorchte, kraulte den Nacken, fuhr über die zarten Härchen dort, vergrub die Finger in ihren Haaren. Ich hörte sie leise stöhnen. Dann fing sie plötzlich zu schluchzen an. Ich zog erschrocken die Hand zurück.

Sie sprach von Konstantin. Sie hätte ein Kind mit ihm gewollt, eine Familie. Sie sei fünfundzwanzig, hätte nicht ewig Zeit. Sie sah mich an, als wünschte sie sich Bestätigung von mir. Ich empfand Zärtlichkeit für sie in diesem Moment, strich ihren Pony zur Seite und legte die Stirn frei, ihr Gesicht schien endlich befreit, weicher, offener. Sie protestierte nicht, ließ den Kopf in meinen Schoß zurücksinken, rollte sich zusammen wie eine Katze und schloss die Augen. Ich streichelte ihre Haare, trennte eine Haarsträhne ab und noch eine und noch eine und begann zu flechten. Seidig weich glitten die Strähnen durch meine Finger, ich legte sie übereinander, eine von links, eine von rechts und immer so weiter, ließ mir Zeit dabei, bis ich die Spitzen erreicht hatte. Als ich losließ, löste sich das Geflecht von allein, die Strähnen fielen durcheinander, als wollten sie sich nie binden lassen.

»Ich habe die Pille abgesetzt«, erzählte sie und starrte in die Luft dabei. »Wir haben es besprochen. Ich dachte, Konstantin würde auch ein Kind wollen.«

Wieder hob sie den Kopf und vergewisserte sich, dass ich ihr zuhörte. Ich nickte.

»Es ging sehr schnell. Ich wurde gleich schwanger. So rasch hatte ich es nicht erwartet.«

Sie schüttelte meine Hand ab, stützte sich auf und fixierte mich mit ihrem durchdringenden Blick.

»Weißt du, was er gesagt hat, als ich ihm von der Schwangerschaft erzählt habe?«

Von ihrer plötzlichen Heftigkeit erschrocken, schüttelte ich nur den Kopf.

»Es sei bedauerlich, das hat er gesagt!« Sie senkte den Blick, kratzte mit dem Fingernagel an einem Fleck auf dem Kissen. Er sah aus wie ein Schokoladenfleck.

»Er würde nie ein Kind in diese Welt setzen wollen. Dann wollte er abhauen, wie bei jeder Auseinandersetzung. Ich wollte ihn aufhalten. Er schrie mich an, ob es ein Verbrechen sei, allein sein zu wollen, was ich denn mit ihm machen wolle, ob ich ihn bestrafen wolle? Ihm die Decke über den Kopf ziehen und ihn treten, bis er wimmert? Ob es das sei, was ich wolle?« Ihre Wangen glühten, ihr Brustkorb hob und senkte sich sichtbar vor Aufregung. »Ich hatte Angst vor ihm, Márta. Er war wie irre. Tagelang hörte ich dann nichts von ihm. Ich wusste nicht, ob er saufen war, durch die Gegend lief oder zu Hause ins Kissen heulte.«

Katja legte ihre langen Beine auf eine Seite, Tränen rannen über ihre Wangen.

Erst viel später verstand ich, wie sie sich gefühlt haben musste. Dort im Wald, allein mit Konstantin in Bernds Hütte, als er mich dabei erwischte, wie ich sein Manuskript las. Die Art, wie er mich da ansah, sich über mich beugte, es lag Hass in seinen Augen. Nie zuvor hatte ich ihn so erlebt.

»Ich habe das Kind wegmachen lassen«, sagte Katja. Ich rührte mich nicht. Mir fehlten die Worte.

Auf einmal lachte sie laut auf. Es war ein unangenehmes, künstliches Lachen. Dabei kramte sie manisch in ihrem großen Rucksack und zog eine Flasche Kadarka heraus. Sie hielt sie hoch wie eine Trophäe.

»Joe hat sie mir mitgegeben. Selbst ihm ist aufgefallen,

wie sich Konstantin an Theresa rangeschmissen hat. Alle haben es gesehen. Joe hat wohl gedacht, dass ich Alkohol brauche und mich jetzt allein betrinke. Aber ich habe ja dich, meine Márta!«

Sie sah mich eindringlich an mit einem Blick, den ich nicht deuten konnte. Ich flüchtete vor ihr, holte zwei Wassergläser und einen Korkenzieher aus der Küche. Sie nahm ihn mir aus der Hand, entkorkte routiniert die Flasche und goss uns ein. Man merkte, dass sie darin Erfahrung hatte.

»Auf dich!«, sagte sie und erhob das Glas, wir stießen an. Sie trank zwei, drei große Schlucke auf einmal. Ich nippte nur dran.

»Hast du daran gedacht, das Kind zu behalten?«, fragte ich.

»Natürlich habe ich das.« Ihre Stimme klang nun gefasster. »Ich habe die Schwangerschaft nicht nur wegen Konstantin abgebrochen.« Gedankenversunken führte sie das Glas wieder zu den Lippen. »Meine Eltern haben mir ihre Hilfe angeboten. Aber ich ertrage es nicht daheim. Und dann kam die Chance, am Literaturinstitut zu studieren. Es ist das Beste, was mir je passiert ist.« Sie sah mich lange an. Ich nickte. Natürlich, sie hatte sich in einen Mann verliebt und wünschte sich eine Familie mit ihm. Ein Kind allein großzuziehen, war etwas anderes, dazu hätte mir damals auch der Mut gefehlt. Sie trank das Glas aus, stellte es auf dem Boden ab und legte sich mit einer Ungezwungenheit wieder in meinen Schoß, als wäre nichts weiter dabei. Sie vergrub ihren Kopf dort, schlang die Arme um meine Hüften und hielt sich an mir fest wie eine Ertrinkende. Sie begann wieder zu schluchzen. Es war mir etwas unangenehm, die Art, wie sie mich in der Zange hielt. Dennoch begann ich ihren

Rücken zu streicheln. Eine Weile verweilten wir so. Ihr heißer Atem brannte in meinem Schoß. Ihr Griff war fest, als trüge sie einen Kampf mit sich aus, mit mir als ihrem Anker. Sie umklammerte mich, vergrub ihre Widerhaken in meiner Seite. Mir wurde die Nähe immer unangenehmer. Ich richtete mich auf, nahm die Hände hoch, ließ sie unschlüssig in der Luft hängen. Das Schluchzen hörte auf, sie lockerte ihren Griff. Offenbar hatte sie bemerkt, dass es mir zu viel geworden war. Doch entließ sie mich nicht aus der Umarmung, ihre Hände lagen noch immer locker um meinen Rücken. Mit den Fingerkuppen schrieb sie kleine Kreise auf meine Haut, als kritzelte sie gedankenverloren auf einem Stück Papier. Mit sanftem Druck traf sie genau auf die Stelle über dem Steißbein, die mir immer wehtat. Ein betäubendes Gefühl machte sich dort breit. Ich schloss die Augen, atmete ein und wieder aus, ließ die Hände wieder auf ihren Rücken sinken. Ihre Kreise wurden kleiner, zirkelten monoton um das Steißbein. Mir wurde fast schwindlig. Sie hörte nicht auf. Ließ die Kringel wieder größer werden, tiefer, bis an die Stelle, an der sich die Gesäßhälften treffen. Ich zuckte. Die Fingerspitzen fuhren sanft zwischen meine Hinterbacken. Da hob sie den Kopf und blickte vergewissernd zu mir hoch. Ich wusste nicht mehr, was ich wollen sollte. Die Lust schwemmte den Zweifel fort, ich war unfähig, ihre Hand wegzuschieben. Wellen der Erregung jagten durch meinen Körper. Ihre Augen glühten, als sie erneut in mein aufgewühltes Gesicht sah. Ich rang nach Luft. Sie entließ einen Schh-Laut, richtete sich auf und drückte sanft meinen Oberkörper in die Kissen. Ich ergab mich ihrem Verlangen, sie war die Stärkere, von sicherem Willen gelenkt. Was wusste ich schon? Wie ein erlegtes Tier lag ich da, als sie sich über mich beugte, unsere Haare sich ineinanderkräuselten. Ich sehnte mich nach diesen Lippen, wollte nun den heißen Atem spüren, wenn sich unsere Münder berührten, in der Berührung aufgingen und einander verschlangen. Ihr zielstrebiges Tasten und Suchen steigerte meine Erregung noch mehr. Ich begann meinerseits zu entdecken, in fremde Sphären sanfter Hautstellen vorzudringen. Bald waren mir ihre Küsse nicht mehr genug, das Pulsieren und Brennen zwischen den Beinen wurde unerträglich. Ich leitete die Hand bei ihren Erkundungen, wies ihr den Weg, um mir Linderung zu verschaffen. Plötzlich Schritte. Geräusche an der Tür.

Katja schoss von mir hoch, wir hielten den Atem an.

Jemand hantierte am Schloss. Gekicher. Dann wieder Schritte, die sich entfernten. Die Geräusche verstummten. Offenbar hatte sich jemand in der Tür geirrt. Wir brachen in Gelächter aus. Die Erregung, die Anspannung, die Scham, alles entlud sich.

»Ich habe Hunger wie ein Wolf«, sagte Katja, als wir uns beruhigt hatten. Ich prustete wieder los, doch ihr Gesichtsausdruck wurde ernst, ihre Augen suchten in meinem Gesicht, wanderten an meinem Körper herunter.

»Du bist eine schöne Frau, Márta«, sagte sie. Manche Sätze machen etwas mit einem. Das war so einer.

❖

Die Erde über Theresas Sarg wird aufgeschüttet, die Trauergesellschaft setzt sich in Richtung Dorf in Bewegung. Ich stehe noch am Grab, die Männer vom Bestattungsunternehmen arbeiten. Die Totengräber – ein Wort wie aus Shakespeares *Hamlet*.

Die Rosen sind nun vollständig von dunkler Erde bedeckt. Theresa ist begraben. Ein Gefühl der Endgültigkeit sickert durch. Ich muss Frieden finden mit dem Gedanken, dass sie, die schon längst aus meinem Leben verschwunden war, nun tatsächlich für immer gegangen ist. Was zwischen uns stand, wird nun für immer zwischen uns stehen.

Ich frage mich, wenn ich hier und jetzt tot umfiele, man mich gleich neben Theresa unter den Rosenhaufen bettete, wie sähe dann meine Lebensbilanz aus? Hätte ich meine begrenzte Zeit auf Erden sinnvoll genutzt? Hätte man mein Leben ein glückliches nennen können? Was ist schon Glück, das kleine und das große? Und ist das überhaupt die entscheidende Frage? Müsste sie nicht viel eher lauten: Will ich weiterhin so leben wie bisher?

Ich stehe vor der Grube wie vor einem Abgrund. Etwas hat sich in mir verschoben, nicht erst seit der Textnachricht, die nach dem Sommerfest auf András' Telefon aufleuchtete. Veränderungen geschehen in unmerklichen kleinen Schritten, nicht über Nacht, wir bemerken sie erst, wenn sie bereits unumkehrbar sind. Ich weiß nicht mehr, wer ich bin. Dieses undeutliche Bild von meinem zukünftigen Ich bereitet mir Angst. Wer bin ich ohne András? Ich stelle mir das vertrauteste aller Lächeln vor. Es ist dieses Lächeln, das ihn mir zurückbringt, sich aus seinem Gesicht herauszulösen scheint, alles andere im Hintergrund verschwimmen lässt.

»Márta!«

Ich drehe mich um. Mir stockt der Atem. András zieht mich an sich, mein Kopf sinkt auf seine Brust, ich ergebe mich der Geborgenheit, lasse mich von ihm halten.

»Warum bist du hier?«, frage ich.

»Weil du mich brauchst.«

Dankbar hake ich mich bei ihm ein, wir laufen gemächlich zurück, nehmen die Abkürzung ins Dorf über die Weinberge. Ein letztes Mal sehe ich mich um. Am Grab ist niemand mehr. Der Friedhof hat sich geleert. Nur die Raucher stehen noch in einem Grüppchen am Tor zur Straße. Seltsam. Ich beobachte eine Frau mit schwarzen Haaren. Sie sieht aus wie Katja.

»Sie warten schon auf uns«, sagt András, »bei Irmi gibt es noch etwas zu essen.«

Ich nicke, beeile mich, um mit ihm Schritt zu halten, erleichtert, dass er da ist. Doch der Gedanke lässt mich nicht los, ich löse mich von seinem Arm, bleibe noch einmal stehen und sehe über die Schulter. Ja, sie ist es, die große Katja, dieselbe Frisur, schwarze Haare, der Pony im Gesicht.

»Entschuldigst du mich kurz?« Ich warte seine Antwort nicht ab. Wie könnte ich eine solche Begegnung ziehen lassen? Ich gehe zurück, mit eiligen Schritten am Grab vorbei in Richtung Tor. Fast angekommen, werden meine Schritte langsamer. Auch sie hat mich gesehen und kommt auf mich zu. Wir bleiben in einiger Entfernung voneinander stehen.

»Márta? Bist du es?« Sie macht die letzten Schritte auf mich zu, greift nach meinen Händen, umfasst sie mit ihren. Sie sind warm.

Ihre Unmittelbarkeit bringt mich in Verlegenheit, wie sie es immer schon getan hat. Wir haben uns nach jener Begegnung in ihrer Wohnung nie wiedergesehen. Ich unterdrücke den Impuls, meine Hände zurückzuziehen, ihre Vertraulichkeit ist mir zu viel, doch ich erinnere mich an die Körperlichkeit, die Katja auch damals schon besaß. Auch sonst hat sie sich kaum verändert. Sie ist ebenso groß und schlank wie einst, nur wirkt ihr Gesicht reifer, die Züge tiefer, markanter. Ob sie auch an unser intimes Geheimnis denkt?

»Theresa sprach oft von dir«, sagt sie, »besonders in letzter Zeit, sie hat sich gewünscht, dass ihr euch wiedersehen würdet.«

»Ihr hattet Kontakt?«

»Sie hat mich vor ein paar Jahren in Berlin aufgesucht, es war nach Konstantins Absturz. Theresa und ich sind uns damals wieder nähergekommen.«

»Ich dachte einen Augenblick lang, ich hätte Konstantin vorhin in der Totenhalle gesehen.«

»Er ist nicht gekommen, nein.«

Ich warte, dass sie eine Erklärung anfügt, doch sie spricht nicht weiter. Ihr Gesicht wirkt jetzt sanft, Traurigkeit liegt darin.

»Schade, Márta, ich muss los, sie warten auf mich.«

»Bleibt doch zum Essen!«

Sie winkt ab. »Das ist für die Familie. Wir wollten noch etwas in der Gegend rumfahren und uns ein Gasthaus suchen. Einige von uns haben sich auch seit Jahren nicht gesehen. Wenn du mal in Berlin bist, melde dich!« Sie holt ihr Notizbuch hervor, reißt eine Seite heraus, darauf notiert sie ihre Nummer. So viele Fragen in meinem Kopf. Wir nicken uns zu. Dann eilt sie davon.

❖

Katja und ich lagen stumm nebeneinander im Bett. Sie muss gedacht haben, ich schliefe schon. Doch auch ich fand keinen Schlaf. Ich wusste, woran sie dachte. Theresa war nicht nach Hause gekommen. Plötzlich stand Katja auf, knipste die Nachttischlampe an und begann, hastig ihre Sachen zusammenzupacken. Dann sah ich, wie sie am Tischchen mit den geschwungenen Beinen etwas schrieb.

»Márta«, flüsterte sie. Ich tat, als wäre ich gerade aufgewacht.

»Ich kann nicht länger hierbleiben. Auf dem Tisch liegt eine Nachricht für Theresa.« Ich setzte mich auf und nickte ihr zu. »Sie soll die Wohnung räumen, kann den Schlüssel bei der Nachbarin hinterlassen.« Ich nickte erneut. Dann stand ich auch auf und begleitete sie zur Tür. Wir umarmten uns, lange und innig, bevor sie ging.

Theresa kam erst gegen Mittag nach Hause, tänzelte *99 Luftballons* summend in die Wohnung und drückte mir einen Kuss auf die Wange. Dann erzählte sie, wie sie und Konstantin durch die Straßen spaziert waren, die ganze Nacht. Der Duft von frischem Brot an der Bäckerei im Morgengrauen hätte sie beide hungrig gemacht. Sie hielt mit einem breiten Lächeln eine Papiertüte mit Zuckerschnecken in die Höhe und ließ sich auf den Küchenstuhl fallen. »Sind leider nicht mehr warm, wir sind dann nämlich noch zu ihm gegangen«, grinste sie.

Natürlich hatte ich mir, wie Katja auch, gedacht, dass Theresa und Konstantin die Nacht miteinander verbracht hatten. Und dennoch traf es mich, ohne dass ich genau verstand, weshalb. Ich stellte stumm die Milch auf den Tisch. »Kaffee?«

»Mmh, gerne!« Sie begann wieder zu singen. Mit ihren nackten Füßen malte sie gedankenverloren Kreise auf den Boden wie eine Ballerina beim Üben.

»Katja hat hier übernachtet«, sagte ich wie beiläufig, als

der Espressokocher, den Theresas Eltern mitgebracht hatten, aufgeregt zu zischen begann. Ich zog den Kocher vom Herd. Theresas Singen war verstummt.

»Katja war hier?«, fragte sie perplex.

Ich reichte ihr den Zettel, den Katja für sie hinterlassen hatte. Sie überflog die Zeilen, ihre Lippen bewegten sich ohne einen Laut.

»Ich soll ausziehen? Dann weiß sie, dass ich mit Konstantin ...«

»Was hast du erwartet?«

»Sie sind schon lange kein Paar mehr, Márta«, sagte Theresa mit einem flehenden Ton und klang selbst nicht überzeugt.

Ich setzte mich ihr gegenüber an den Tisch, suchte den Blickkontakt, Theresa aber starrte auf ihre Füße.

»Sie war schwanger von Konstantin, wusstest du das?«

Theresa riss den Kopf hoch und presste die Hand auf den Mund. Offensichtlich hatte sie das nicht gewusst. Ich verspürte eine seltsame Genugtuung.

»Sie hat's abgetrieben, weil er es nicht wollte.«

»Eine Schwangerschaft hat sie nie erwähnt, mit keinem Wort. Ich dachte, sie war froh um mich, weil sie dann die Wohnung nicht aufgeben musste. Offenbar hat sie ihre Meinung nun geändert.« Sie verstummte kurz. »Hätte ich das mit dem Kind gewusst, ich hätte nie ...«

»Mit dem Kind hast du nichts zu tun, Theresa. Katja ist verletzt, deshalb benimmt sie sich so, das wollte ich damit nur sagen.« Jetzt tat es mir leid, dass ich es erwähnt hatte.

»Und sie hat hier übernachtet?«, wiederholte sie resigniert.

Ich bejahte mit einem Kopfnicken, doch Theresa sah es

nicht, sie verbarg ihr Gesicht in den Händen. »Ich muss zu ihr«, sagte sie plötzlich, »ich muss das wiedergutmachen.«

»Sie ist bestimmt schon auf dem Weg nach Leipzig.«

»Dann fahre ich eben nach Leipzig. Du verstehst mich doch, Márta, nicht?«

Das war wieder typisch Theresa, ein Schnellschuss. Ich versuchte sie zurückzuhalten, schlug ihr vor, erstmal mit Konstantin zu sprechen, seine Version anzuhören. Doch sie sagte nur, auch Konstantin hätte die Schwangerschaft nicht erwähnt, ihr gesagt, es sei längst vorbei mit Katja. Eine halbe Stunde nachdem sie gekommen war, war sie auch schon wieder verschwunden.

*Du verstehst mich doch, Márta, nicht?*

Noch so ein Satz.

Am folgenden Tag erhielt ich zwei Nachrichten von Tante Irmi, die alles veränderten: Vati war in eine Klinik eingewiesen worden, und ich hatte die Aufnahmeprüfung an der Universität bestanden. Die Freude darüber, dass ich mein Studium im Herbst beginnen konnte, blieb aus. Ich fing sofort an zu packen und machte mir Vorwürfe, dass sich Vatis Zustand meinetwegen verschlechtert hätte. Ich hatte ihn sich selbst überlassen und tingelte in Berlin herum. Und suchte hier nach – was? Theresa war nicht einmal hier. Ich hatte bereits die Abfahrtszeiten der Bahn herausgesucht und kochte mir ein Mittagessen, bevor ich zum Zug musste. Da saß ich, während die Kartoffeln blubberten, vor einem Bogen Papier, um Theresa eine Nachricht zu schreiben, die sie bei ihrer Rückkehr vorfinden würde. Ich berichtete von Vati und wollte ihr danken, doch die rechten Worte fielen mir nicht ein. Ich legte das Blatt beiseite und pikste mit der

Gabel in eine Kartoffel, um zu prüfen, ob sie schon gar war. Plötzlich klingelte es an der Tür. Ich dachte, Theresa wäre wiedergekommen. Doch es war nicht Theresa. Konstantin stand da, die Hände hinter dem Rücken verschränkt, als hielte er einen Blumenstrauß. Mit einem lauten »Hallo« drückte er mich fest an sich. Sein Erscheinen, diese Begrüßung überrumpelten mich. Und obwohl ich wusste, dass er nicht meinetwegen gekommen war, kränkte es mich, seinen Gesichtsausdruck zu sehen, als ich ihm mitteilte, dass Theresa nach Leipzig gefahren war. Er hielt ein Flugblatt in der Hand, keinen Blumenstrauß, eines, das auch unten im Hausflur hing – der Protestaufruf gegen die Sprengung der Gasometer. Ob ich mit ihm hingehen würde? Mir war klar, dass er mich nur aus Höflichkeit fragte, also erzählte ich ihm von Vati, der im Krankenhaus lag.

Er musterte mich aufmerksam und marschierte dann wortlos an mir vorbei in die Küche und setzte sich einfach hin, legte den Kopf in den Nacken, schloss die Augen und seufzte. Ich wurde unruhig, wollte eigentlich nur rasch essen und dann bald aufbrechen. Hatte er mir nicht zugehört? Dennoch bot ich ihm mein Mittagessen an. Holte einen Teller und schaufelte die Kartoffeln drauf.

»Theresa ist nach Leipzig gefahren, um sich mit Katja auszusprechen«, sagte ich schließlich, »wegen euch.«

»Wegen uns? Katja und ich sind längst nicht mehr zusammen.«

Ich setzte mich ihm gegenüber an den Tisch und sah ihn an.

»Die Frau ist voller Komplexe. Es ist unmöglich, mit ihr zusammenzuleben.«

»Katja? So wirkt sie gar nicht.«

»Es ist schon lange vorbei mit uns. Sie hat vor der Beerdigung bei mir übernachtet, aber da lief nichts, wir sind seit Monaten getrennt. Und jetzt soll ich der Arsch sein? Am Ende wird auch Theresa mich noch hassen.«

Ich sagte ihm nicht, wie glücklich Theresa nach Hause gekommen war. Er bediente sich von der Butter und dem Quark, die bereits auf dem Tisch standen.

»Wenn es nach Katjas Vater gegangen wäre, hätte sie Außenhandel studiert, wusstest du das?«

Ich zuckte mit der Schulter. Warum erzählte er mir das? Was ging mich das an? Ich hatte keine Zeit für solche Gespräche – ich musste los. Oder sollte ich ihm sagen, was ich von Katja gehört hatte? Aber Konstantin sprach einfach weiter: »Stattdessen entschied sie sich fürs Schreiben und verliebte sich in einen renitenten Versager. Ich bin ein sogenanntes schwer erziehbares Kind gewesen. Das wusstest du bestimmt auch nicht.« Er zerdrückte grob eine Kartoffel mit der Gabel und begann zu essen. Er erzählte, dass er mit zwölf Jahren das erste Mal von zu Hause abgehauen und mit sechzehn während einer Veranstaltung aus der FDJ ausgetreten war. »Dann haben sie mich ins Heim abgeschoben. Weißt du, was meine Mutter unternommen hat, um mich da rauszuholen? Sie hat ein paar Eingaben geschrieben. Immerhin sogar an das Ministerium für Volksbildung. Was sollte sie auch tun, sie hätte ihre schöne Stelle am Gericht verloren.« Er schaufelte sich Kartoffelstücke in den Mund. Ich wusste nicht recht, was ich antworten sollte.

»Katja hat gestern hier übernachtet«, sagte ich schließlich. Dann nahm ich meinen ganzen Mut zusammen und fügte hinzu: »Sie hat mir auch von der Schwangerschaft erzählt.«

Konstantin hörte auf zu essen.

»Sie hat dir sicher erzählt, dass ich das Kind nicht wollte.«

Ich sah ihn fragend an.

»Sie hatte das Kind doch selbst nicht mehr gewollt, nachdem ihr Plan mit mir nicht aufgegangen war.«

»Welcher Plan?«, fragte ich.

Er legte die Gabel beiseite, als erforderte dieser Gedanke seine volle Aufmerksamkeit, holte Luft, setzte zum Sprechen an, aber dann schwieg er doch.

»Welchen Plan hatte sie denn?«, fragte ich noch einmal. Er antwortete nicht. Als hätte er meine Frage überhört, begann er einfach wieder zu essen.

»Na, die Schwangerschaft«, sagte er schließlich doch. »Es war kein Unfall, sie hatte es darauf angelegt. Sie sagte, sie würde die Pille nicht vertragen, und setzte sie ab. Dabei war alles gelogen, sie wollte schwanger werden, um eine größere Wohnung beantragen zu können. Was sie nicht alles getan hätte für ein Innenklo und ein eigenes Schlafzimmer, nur raus wollte sie aus dem Hinterhof, am liebsten in eine der hochmodernen Neubauten wie der ihrer Eltern. Sie hatte alles schon geplant, nur hat sie dabei vergessen, mich zu fragen, was ich eigentlich will. Ich durfte die Rolle des asozialen Freundes spielen. Ihre Eltern hassen mich. Diese verlogenen Leute! Was glaubst du, warum ihr Vater die Aufnahme in das Literaturinstitut eingefädelt hat?«

Er redete und redete, sah mich nicht einmal an dabei. Ein Gefühl der Erschöpfung überkam mich. Auf einmal hatte ich es satt, der Mülleimer für den Seelenkram all dieser Leute zu sein. Ich wollte weg aus dieser Wohnung, weg von Theresa, weg aus Berlin. Warum bekam ich alles ab? Katjas Worte kamen mir in den Sinn. *Wir haben eine Menge zum*

*Abwälzen ... solange du es zulässt, kommt immer mehr und mehr ...* Da hörte er auf zu reden. Ich dachte, er würde sich nun entschuldigen. Aber er schob nur seinen Stuhl zurück, saß zurückgelehnt da, satt von meinem Mittagessen, und betrachtete mich, als versuchte er in mir zu lesen. Sein Blick brachte mich in Verlegenheit.

»Warum glaubst du, dass ihr Vater involviert war?«, fragte ich nach, nur, damit er mich nicht weiter so ansah.

Er steckte sich eine Zigarette zwischen die Lippen, zündete sie an und legte das Feuerzeug auf den Tisch.

»Ihr Vater hat mir selbst gesagt, ich solle mich aus Katjas Leben verziehen.« Er zuckte mit der Schulter. »Wir sind von Grund auf verschieden, Katja und ich. Sie hat genaue Vorstellungen vom Leben, will was werden, will Sicherheit, ein schönes Zuhause. Dafür bin ich nicht der Richtige. Tief im Inneren würde Katja gern ausbrechen aus ihrem angelernten Baukastenprinzip, aber so tickt sie nun einmal. Es funktioniert nicht mit uns. Und als sie das gemerkt hat, wollte sie abtreiben. Auf ihr Bitten habe ich sie dann in die Frauenklinik im Friedrichshain gefahren. Sie wollte allein sein, im Wartezimmer, sie hat mich aufgefordert zu gehen.«

Ein furchtbar lautes Krachen ließ den Boden beben. Ich drehte den Kopf zum Fenster, aber im Hinterhof war nichts zu sehen.

»Die Gasometer«, sagte er in aller Ruhe, »die Wahrzeichen des Prenzlauer Bergs.« Er lächelte – das Lächeln eines Zynikers. »Jetzt können viele schöne Neubauten entstehen. Noch mehr Platte!«

Die Menschen brauchen Wohnungen, dachte ich, aber ich sagte nichts, wollte ihm nicht widersprechen. In Konstantins Anwesenheit fühlte ich mich wie auf einem Minenfeld, als könne jederzeit ein falscher Schritt, ein dummes Wort schreckliche Folgen haben.

Erneut ließ er seinen Blick auf mir ruhen. Dann aber, als hätte er eine Eingebung gehabt, hob er plötzlich die Hände über den Kopf. »Mein Gott, Márta, wie führe ich mich auf! Was erzähle ich dir alles? Das liegt daran, dass ich mich aufgehoben fühle bei dir.«

Lächelnd betrachtete er mich. Ich wandte den Blick ab. Die Worte klangen schön, aber ich traute ihnen nicht. Was wusste er schon über mich? So beschäftigt, wie er gerade mit sich selbst war! Ich erhob mich und begann, den Tisch abzuräumen.

»Was fehlt deinem Vater?«, fragte er schließlich.

Ich drehte mich zu ihm um. Offensichtlich hatte er bemerkt, dass er die ganze Zeit nur von sich geredet hatte, und versuchte nun, höflich zu sein.

»Mein Vater kämpft mit schwerem Alkoholismus. Er ist im Krankenhaus.« Ich wandte mich wieder von ihm ab und schämte mich für diesen Satz, weil ich eine perfide Genugtuung dabei empfunden hatte, ihm zu zeigen, dass es in meinem Leben auch schwerwiegende Probleme gab. Jetzt wollte ich nur noch schnell den Abwasch erledigen und raus aus dieser Wohnung. Ich ließ Wasser in die Spüle laufen und gab etwas Fit dazu.

»Komm, ich mach das!« Konstantin stand plötzlich hinter mir und schob mich an der Hüfte sanft beiseite. Wie eine Schockwelle fuhr seine Berührung durch meinen Körper, gleichzeitig blitzte die Erinnerung an Katjas Küsse in meinem Kopf auf. Verwirrt trat ich zur Seite, entfernte mich von ihm, fast erleichtert darüber, ihm nicht mehr ganz so nahe zu sein. Vermutlich hatte diese Berührung auch nicht mir gegolten, sondern entsprang einfach seiner direkten Art. Katja war genauso, so gesehen passten sie wunderbar zusammen.

»Ich muss noch packen«, log ich und verließ die Küche, dabei hatte ich längst meine paar Bücher in den Rucksack und meine Klamotten in die Sporttasche gepackt, mehr hatte ich nicht. Es war alles bereits vorbereitet.

»Ich kann dich zum Bahnhof fahren. Wir können uns Bernds Trabi ausleihen. Er wohnt um die Ecke.« Konstantin, den nassen Teller in der Hand, blickte kurz über die Schulter. »Der Wagen gehörte seinem verstorbenen Vater. Bernd ist immer pleite, aber verkaufen würde er den Trabi nie. Sein alter Herr hatte immer daran herumpoliert, ihn gehegt und gepflegt. Also, was ist?«

Ich war schon im Zimmer, gab vor, zu packen, und rief ihm zu, ich müsse noch herausfinden, wann die Züge fuhren, weil ich seine Hilfe nicht annehmen wollte. Tatsächlich suchte ich nach meinem Pass. Ich konnte mich nicht erinnern, ihn eingepackt zu haben, wusste nicht, wann ich ihn überhaupt das letzte Mal gesehen hatte. Ein kleiner Angstschauer lief mir über den Rücken, während ich in der Sporttasche kramte. Da hörte ich plötzlich die Tür ins Schloss fallen und fuhr herum.

Konstantin war gegangen. Er war weg. Einfach so.

Ich stand auf und trat in den Flur, starrte auf die verschlossene Tür. Das saubere Geschirr türmte sich in der Küche im Gestell, das Wasser tropfte von der Ablage, der Lappen lag achtlos zurückgelassen in einer Lache. Der haut einfach ab! Ohne ein Wort? Heult sich bei mir aus wie ein Kind und geht. Ich fühlte mich benutzt. Die Wut kochte in mir hoch. Ich trat an das Waschbecken, griff mir den Lappen, wischte damit über die Fläche, wrang ihn aus, wischte erneut, hin und her, rieb hektisch, rubbelte an den Rändern der Spüle, wo der Schimmel schon sichtbar wurde, und feuerte das alte Ding in die Ecke.

Dann atmete ich durch und beruhigte mich. Ich hob den Lappen wieder auf, und hängte ihn an den kleinen Haken über der Spüle. Dann trocknete ich den großen Topf ab, den Teller, eins nach dem anderen, und stellte das Geschirr in die Regale zurück. Ich wollte die Wohnung makellos hinterlassen, ordentlicher, als Theresa sie hinterlassen hätte. Als ich mit allem fertig war, verschloss ich meine Tasche. Da fiel mir der Pass wieder ein, ich fand ihn schließlich eingeklemmt zwischen meinen Büchern. Noch einmal ging ich durch die Wohnung, schaute, ob ich etwas vergessen hatte. Nichts und niemand hielt mich mehr in dieser Stadt. Plötzlich klopfte es wieder. Und da stand Konstantin mit triumphierendem Gesichtsausdruck vor der Tür.

»Wo bist du denn hin? Wo warst du?«

»In der Telefonzelle.« Er krempelte seinen Hemdsärmel hoch und hielt mir seinen Unterarm vors Gesicht. Dort hatte er die Abfahrtszeiten mit einem Stift notiert.

»Der nächste Zug fährt in einer Stunde vom Ostbahnhof. Schaffen wir das?«

# 5

Meine erste Begegnung mit Bernd im Wiener Café war mir in angenehmer Erinnerung geblieben. Ich folgte Konstantin in den zweiten Hinterhof, im Seitenflügel die Treppen hoch in die vierte Etage. Die Wohnungstür war nur angelehnt. Konstantin klingelte. Es rührte sich nichts. Wir gingen hinein. Konstantin voraus durch den Flur, einen langen, schmalen Schlauch. Es standen Kästen mit leeren Bierflaschen und gebündelte Stapel Altpapier darin herum. Der Flur wirkte mehr wie ein Abstellraum als wie ein Bestandteil der eigentlichen Wohnung, die seltsam geschnitten war – es gab nur eine einzige, verschlossene Zimmertür am Ende. Über die gesamte Fläche der geweißten Wände zogen sich Kritzeleien und Geschriebenes. Mir war unwohl dabei, hier einfach einzudringen. Ich bemerkte einen unangenehm süßlichen Geruch. Störte sich Bernd nicht daran? Ich wusste nicht, was Konstantin längst ahnte. Dass eine offene Wohnungstür ihm als Zeichen genügte. Vielleicht hatten sie eine Abmachung, ich habe ihn nie danach gefragt.

»Bleib hier«, sagte er plötzlich zu mir. Ich tat wie geheißen. Mitten in dem seltsamen Flur wartete ich mit verschränkten Armen. Es war kalt hier drin, obwohl draußen ein warmer Sommertag war. Mir fielen nun erneut die Kritzeleien an den Wänden auf, darunter welche in akribischer Schönschrift, mit Tusche gemalt, Verse, Zeichnungen. Dann hörte ich das Stöhnen, ein dumpfes, langes, entsetzliches Stöhnen.

Ich ging auf Konstantin zu, der mit dem Rücken zu mir im Zimmer stand, und sah dahinter Bernd, die nackten Füße einen Meter über dem Boden baumelnd. Dann das aschgraue, aufgedunsene Gesicht. Es wirkte entstellt, fast unnatürlich, die Lippen bläulich verfärbt. Noch nie hatte ich eine Leiche gesehen. Es war offensichtlich, dass Bernd nicht mehr lebte, eindeutiger hätte es nicht sein können, dennoch ging ich auf ihn zu, als müssten wir ihm helfen, ihn da herunterholen. Konstantin hielt mich auf, fasste meinen Arm und drückte mich an seine Brust, seine Hand schützend auf meinem Hinterkopf. Er hielt mich fest. Aber ich glaube, in Wahrheit suchte er Halt bei mir.

»Er hat sich umgebracht.« Ich sah zu ihm auf. Meine Stimme so dünn, es war kaum mehr als ein Flüstern. Er nickte schweigend und schob mich aus der Wohnung. Wir riefen den Rettungsdienst. Auch die Polizei traf bald ein und befragte uns.

*Fertig geknüpft mit Schlinge.* Ich erinnerte mich an Bernds Einladung an Konstantin, vorbeizukommen, wenn er so weit wäre. Nun war er wohl selbst so weit gewesen. Seit Jahren schon hatte er den Galgenstrick in seiner Wohnung bereitgehalten. War es Zynismus? Ein Ausweg? War es leichter, das Leben zu ertragen, wenn man wusste, dass es immer eine Entscheidung gab, die einem gehörte – eine Wahl, die niemand einem nehmen konnte, selbst inmitten all der Unwägbarkeiten und Demütigungen?

Bernds Ausreiseantrag war zum wiederholten Mal abgelehnt worden. Den einen drängten sie hinaus, dem anderen wurde der Abgang verwehrt. Es war ein zynisches Spiel, ein

System, das auf Willkür beruhte, auf Schikane und Unsicherheit. Das alles erzählte Konstantin der Polizei nicht, die wussten das gar zu gut. Er erzählte es mir, als wir später bei ihm waren. Ich hatte meinen Zug verpasst und wartete nun auf die Nachtverbindung, die erst in ein paar Stunden fuhr. Konstantin hatte uns Tee gemacht und reichte mir eine Tasse. Ich umfasste sie mit beiden Händen und wärmte mich an ihr. Ich fröstelte noch immer.

»Ist dir kalt?«

»Etwas.« Er legte fürsorglich eine Decke um meine Schultern. Ihre Schwere und Wärme taten mir wohl.

»Ich habe Teewurst, Schmelzkäse und Brot, hast du Hunger?«

Der beißende Geruch in Bernds Wohnung lag mir noch immer in der Nase. Ich erwähnte es nicht und bejahte, denn auch wenn ich den Hunger nicht spürte, so hatte ich seit dem Frühstück nichts gegessen. Während Konstantin das Essen zubereitete, ging ich, die Decke um mich gehüllt, in der Wohnung umher. Ähnlich wie Katjas bestand sie aus einem einzigen Raum und einer kleinen Küche. Allerdings war dieses Zimmer länglich, und es fehlte das große Doppelfenster, sodass es bereits düster in der Wohnung geworden war, obwohl draußen noch die Sonne schien. Neben dem Kachelofen stand sein Bett, eine Doppelliege mit braunen Polstern. Mein Blick blieb an den zerwühlten Laken hängen, und mir wurde bewusst, dass Theresa in diesem Bett gelegen hatte.

Er kam herein und stellte ein Tablett auf dem Sofa ab. Hatte er mich dabei erwischt, wie ich das Bett anstarrte? Wir würden dort essen, entschuldigte er sich, der Tisch diene ihm als Arbeitsfläche. Tatsächlich lagen Stapel von

Papier, vermutlich Manuskriptseiten, darauf. Im Vorbeigehen spähte ich auf das eingespannte Blatt in der Schreibmaschine, es war leer. Konstantin trat zum Regal und zog eine Renft-Platte heraus. Dass ich die berühmte DDR-Musikgruppe nicht kannte, überraschte ihn. Er nahm sie vorsichtig aus der Hülle. »Dieses Lied wirst du aber kennen: *Wer die Rose ehrt*«, sagte er und legte die Platte, den Tonarm an die richtige Stelle setzend, auf. Ein leises Knacken – ein Orgelsolo ertönte. Ich stand da, hörte der Musik zu und bekam Gänsehaut. Konstantin sah mir die Ergriffenheit an und nickte wissend.

»Komm essen.«

Wir setzten uns auf das Sofa, das Tablett zwischen uns. Er reichte mir ein Bier. Auch sich selbst machte er eins auf, legte den Kopf zurück. Wir lauschten der Musik. Die Melodie kam mir tatsächlich bekannt vor, ich wusste nur nicht woher.

»*A Whiter Shade of Pale*«, murmelte Konstantin. Ich verstand nicht recht und sah ihn fragend an. »Ein Lied von Procol Harum aus den 60ern. Renft haben sich inspirieren lassen.« Und da ging es mir auf. Nun dachten wir beide wohl an dasselbe – an das aschgraue Antlitz Bernds. Und so bekam dieser Song für immer eine neue Bedeutung.

»Magst du was essen?« Ich sah auf die Teewurst und schüttelte den Kopf. Er nahm das Tablett und stellte es auf den Boden. Wir rückten etwas näher aneinander und lauschten der Musik.

Irgendwann begann Konstantin zu erzählen, einfach so, als gäbe es Bernd noch, als könnten sie mich zu einer ihrer gemeinsamen Radtouren in die Uckermark mitnehmen, oder zum Angeln an den See. Konstantin erwähnte ihre gemeinsame Heimvergangenheit in Alt-Stralau, dann Torgau. Was diese Orte bedeuteten, wusste ich nicht. Ich fragte nicht nach. Es erschien mir damals nicht wichtig. Stattdessen erwähnte ich noch einmal den Ausreiseantrag. Warum bloß ließen sie Bernd nicht gehen? Konstantin winkte mit einer großen Geste ab. Bernd hätte sich vom Leben betrogen gefühlt. Aber das wäre im Westen, wo andere Zwänge wirkten, wohl nicht anders gewesen. Ich sah eine unheimliche Wut hinter der hohen Stirn brodeln und spürte auf einmal den Impuls, sie wegzustreicheln. Er spielte einen Song von Karussell, *Wie ein Fischlein unterm Eis*. Es sei der traurigste Song der Welt, sagte er.

Und ich sah, wie er weinte, ohne dass ihm Tränen kamen. In diesem Moment empfand ich Zärtlichkeit für ihn und spürte, wie dieses Gefühl immer stärker wurde, mich zu überschwemmen drohte.

Wir hörten still der Musik zu. Nach einer Weile ließ ich die Decke von meinen Schultern gleiten und stand auf.

»Ich sollte meinen Nachtzug nicht verpassen.«

## 6

Aus Budapest schrieb ich Theresa von Bernds Selbstmord, erwähnte jedoch meine Unterhaltungen mit Konstantin nicht, oder die Nähe, die zwischen uns entstanden war – auch erwähnte ich nicht, wie wir am Bahnsteig unschlüssig voreinander gestanden hatten und er mich schließlich in einer unbeholfenen Bewegung an sich zog, irgendetwas zwischen einer unverfänglichen und einer echten Umarmung, als wäre das eine zu wenig und das andere zu viel. Wärme lag in der Art, wie er mich an sich drückte. Er blieb stehen, bis ich in den Zug eingestiegen war. In der Tür drehte ich mich noch einmal um.

»Mademoiselle!«, sagte er und hob die Hand zur Stirn in einer Geste, als tippte er an die Krempe seines Hutes. »Schreib mir, wie es dir geht und deinem Vater! Und leg ein gutes Wort bei Theresa für mich ein, wenn du mit ihr sprichst!« Die Tür schloss sich und der Zug setzte sich bereits in Bewegung. Er sah nicht, wie mein Lächeln erstarb. *Ein gutes Wort bei Theresa ...* Ich ging durch den Waggon, während wir langsam aus dem Bahnhof rollten, ließ mich in meinen Sitz sinken und zerfiel innerlich.

Theresa antwortete mir kurze Zeit später, dass sie die Sache mit Konstantin beendet habe, das sei sie Katja schuldig. Ich verspürte eine verbotene Freude, die wie ein Stachel zwickte. Ihr Verlangen nach ihm sei ohnehin nichts als

Chemie, schrieb sie, ein Hormon-Cocktail im Gehirn, der ihre Gedanken um das Objekt der Begierde kreisen ließe ... ihre Gedanken, meine Gedanken, im Kreise, ja, wir kreisen, auch ich kreiste, noch immer. Dabei waren mehrere Wochen vergangen. Es war höchste Zeit, anzuhalten und einen Weg zu finden, der irgendwo hinführte.

Unter den alten Kastanien im Park der Entzugsklinik ging ich neben Vati her. Die schlimmsten Tage im Krankenhaus lagen hinter ihm, hier in der Klinik hatte er sich erholt und Kraft gesammelt. Seine baldige Rückkehr nach Hause rückte in greifbare Nähe. Dies war nicht zuletzt Lili zu verdanken. Lili war Licht und Wärme. Vati hatte in ihr mehr als eine Pflegerin gefunden. Man mag behaupten, Liebeleien mit dem Kurschatten seien selten von Dauer, doch wer die beiden miteinander erlebte, verstand, warum sie es wagen mussten.

»Ohne Lili hätte ich nicht überlebt«, sagte Vati, während wir nebeneinander hergingen.

»Ich weiß«, erwiderte ich leise. Der Ausdruck in seinen Augen verriet mir, dass er es ernst meinte. Es war nicht nur seine Genesung, sondern auch meine eigene Freiheit, die ich Lilis Warmherzigkeit verdankte. Dass sie bei uns einzog, ermöglichte mir, ihn in guten Händen wissend und ohne Gewissensbisse zum Studium nach Budapest zu gehen. András war nun nicht mehr da, er half auch nicht mehr im Laden aus. Seit meiner Abreise nach Berlin hatten wir keinen Kontakt mehr gehabt. Ich war gegangen. Ich wusste, dass er sich nicht bei mir melden würde. Offenbar fehlte es ihm an nichts. Eine alte Schulfreundin erzählte mir, er treffe sich mit einer Frau. Ich kannte sie sogar flüchtig. Eszter war drei Jahre älter als ich, so alt wie András, und arbeitete im Friseurgeschäft im Ort. Sie war Mutter eines zweijährigen Jungen und mir schon immer sympathisch gewesen. Ihre Anmut lag in ihrer Freundlichkeit und stillen Zurückhaltung. Als ich davon hörte, wurde es mir eng in der Brust. Es war nicht so, dass ich davon ausging, András würde lange allein bleiben, aber die Vorstellung, dass er mit einer so bescheidenen und dazu noch hübschen Frau wie Eszter zusammen war, traf mich unerwartet. Eszter war nicht nur ein Abenteuer. Die Erkenntnis, dass ein Kapitel meines Lebens nun endgültig geschlossen war, erschütterte mich. Mein Zimmer war gesättigt von Erinnerungen an unsere gemeinsame Zeit – in meinem Bücherregal stand noch immer ein gerahmtes Foto von uns; Zettel auf meiner alten Pinnwand mit kleinen Nachrichten von ihm, die er mir manchmal am Morgen hinterlassen hatte, bevor er zur Arbeit ging; das breite Fensterbrett, auf dem ich, das Geräusch seines Simson-Mopeds erwartend, ruhige Lesestunden verbracht hatte – all dies wirkte auf mich nun bittersüß in seiner Vertrautheit. Ich stand da und spürte, wie die Vergangenheit aus den Wänden zu treten schien und doch alles verändert war.

Über eine Anzeige fand ich ein bezahlbares möbliertes Zimmer in der Budapester Innenstadt bei einer verwitweten, älteren Dame, nur zehn Gehminuten von der Universität entfernt. Mein neues Heim einzurichten, dauerte nicht lange, es gab nicht viel zu arrangieren: ein schmales Bett, eine Kommode und einen Schreibtisch am Fenster, aus dem man auf die Etagengalerie im Innenhof blickte, einen umlaufenden Balkon, der den Zugang zum Treppenhaus und zu den Wohnungen ermöglichte. Beim Lernen öffnete ich gern das Fenster und lauschte den Gesprächen, Schritten und dem dezenten Klackern der Schlüssel. Selbst das Scheppern der Mülltonnen auf dem Pflaster im Hof, wenn sie hinausgekarrt wurden, fügte sich in diese mir schon bald vertraute, ganz eigene Melodie des Hauses ein. Ich erkannte und unterschied die Stimmen der Nachbarn. Gegenüber wohnte ein junger Bursche, sein Zimmer öffnete sich auf denselben Umlaufbalkon wie meines. Ich amüsierte mich, wenn er an warmen Tagen bei offenem Fenster Violine übte, die zuweilen etwas schiefen Klänge des Instruments den Innenhof füllten und ich nur abwarten musste, bis die Alte aus der ersten Etage »Ruhe!« hinaufbrüllte.

»Halt die Klappe, Oma«, kam dann von oben zurück, wo eine junge Frau in meinem Alter wohnte. Sie drehte dann gern ihren Kassettenrekorder auf: *Motörhead.*

Meine Vermieterin verbrachte ihre Nachmittage und Abende mit einer scheinbar endlosen Abfolge von Fernsehserien und Sportübertragungen – ich hörte es dumpf durch meine geschlossene Zimmertür. Bei all den Ablenkungen fiel mir das Arbeiten schwer, so verbrachte ich mehr und mehr Zeit in der Fakultätsbibliothek und ergatterte mir dort auch eine Aushilfsstelle.

Berauscht von der Verheißung meines neuen Lebens, wandelte ich durch die Gänge der Universität und wünschte mir, Konstantin könnte mich sehen. Im Glückstaumel schrieb ich ihm – schließlich hatte er mich dazu ermutigt. Ich erinnerte ihn an unser erstes Gespräch, in dem er mir gesagt hatte, ich solle Philosophie studieren. Ich war diesem Rat nicht gefolgt, stürzte mich nun aber voller Elan in mein Germanistikstudium. Da war ich nun, umgeben von

Dozenten und Kommilitonen, die mir allesamt so selbstbewusst und eloquent erschienen. Das spornte mich an, ich wollte so werden wie sie. Die Texte, die wir in den Seminaren zu lesen bekamen, waren anspruchsvoll. Ich konnte den Diskussionen oft nur schwer folgen, die anderen schienen mir viel belesener. Dabei hatte ich schon immer viel gelesen. In meinen Briefen erzählte ich Konstantin von meinen Lektüren, darunter Bücher, zu denen er in der DDR keinen Zugang hatte. Im Gegenzug schickte er mir Texte, die er schätzte, wie *Kassandra* von Christa Wolf. Er brachte mir den Text näher, wies auf subtile Details hin und half mir, die historischen und kulturellen Referenzen besser zu verstehen. Ich spürte seine Begeisterung für den Roman. Unser Briefwechsel war nicht nur ein Austausch von Wissen, sondern ein von Zuneigung geprägter, respektvoller Dialog, der uns beide bereicherte – vor allem aber war er regelmäßig. Erhielt ich einen Brief von ihm, setzte ich mich gleich an die Antwort und brachte sie noch am selben Tag zur Post. Auch er schrieb rasch zurück, oft kam sogar schon ein neuer Brief, bevor meine Antwort bei ihm eingetroffen sein konnte. Blieb der Postkasten zu lange leer, fieberte ich dem nächsten Brief entgegen und wurde von einer inneren Unruhe erfasst, die erst nachließ, wenn er wieder geschrieben hatte.

So glaubte ich zu merken, dass Konstantin etwas beschäftigte, als ich länger nichts von ihm hörte. Dann weihte er mich in seinen Plan ein, einen Roman über Bernd zu schreiben. Er suche noch den richtigen Zugang, erklärte er, müsse Schichten in sich selbst freilegen, an Empfindungen gelangen, die er eigentlich für immer unter Verschluss hatte halten wollen.

Unsere Themen, die in irgendeiner Form immer mit Literatur zu tun hatten, beanspruchten mich vollkommen und inspirierten mich. Oft vergaß ich mich in einem der Bücher, die Konstantin mir empfohlen hatte, und las bis spät in die Nacht, auch wenn am nächsten Tag früh der Wecker klingelte. Es war, als bräuchte ich keinen Schlaf mehr, als sei meine Energie unerschöpflich, solange ich mich mit diesen Büchern und Gedanken beschäftigen konnte. Während meiner Arbeitszeit in der Bibliothek recherchierte ich nebenbei nach Artikeln und Texten, die die Themen unserer Gespräche vertiefen konnten – schließlich war ich an der Quelle. Mein schmales Regal über dem Bett füllte sich rasch mit Büchern, bald türmten sie sich auch auf dem Schreibtisch und auf dem Boden. Konstantins Briefe sortierte ich thematisch und sah den kleinen Stapeln beim Wachsen zu. Auf die Umschläge notierte ich mit fein säuberlicher Schrift Stichworte. Sie waren wie ein Fetisch, ihr Anblick versetzte mich in Entzücken.

In Theresas Briefen kam Konstantin immer wieder vor. Ich erzählte ihr von unserer Korrespondenz – nicht jedoch von deren Häufigkeit und Intensität. Und selbstredend auch nicht von meinen Fantasien mit ihm, die ich mir nicht verwehrte. Es waren harmlose Gedankenspiele. In meiner Vorstellung war ich frei, konnte ihn mir erschaffen, wie ich wollte. Ich ließ Szenen entstehen, in denen seine Hände mich fanden, ich seinen Atem auf meiner Haut spürte, ich konnte Geschichten um uns versammeln, Zwiegespräche mit ihm halten. Natürlich wollte Theresa wissen, ob Konstantin sie in seinen Briefen erwähnte, ob er nach ihr fragte. Ich musste nicht lügen, als ich ihr sagte, dass wir nicht über Privates schrieben. Damit beruhigte ich mein Gewissen. Sie selbst hatte ihn zwar angewiesen, sich von ihr fernzuhalten – aus Rücksicht auf Katja. Insgeheim aber, das war offensichtlich, hegte sie die Hoffnung, Konstantin würde ihr die Verantwortung abnehmen und sie aus ihrem selbstauferlegten Gefängnis befreien. Ich sah sie förmlich vor mir in Katjas Wohnung – die sie nach ihrem Bußgang nach Leipzig behalten durfte – auf ihn warten. Doch ich war davon überzeugt, dass er sie längst vergessen hatte. Immerhin musste unser Briefwechsel und die Arbeit an seinem Roman sehr viel Zeit in Anspruch nehmen. Konnte er dabei überhaupt an so viel anderes denken? Meine geistigen Kapazitäten waren jedenfalls völlig in Anspruch genommen.

Dann aber erfuhr ich von Theresa, dass er eines Morgens vor ihrer Tür gestanden habe und ihre Abstinenz für beendet erklärte. Theresa leistete keinen Widerstand, natürlich nicht, gewartet hatte sie auf ihn. Und ich gebe zu, es versetzte mir einen Stich. Sie schrieb mir Details, die ich lieber nicht gewusst hätte. Bald sprach sie von einer Symbiose, die aus intensiven Gesprächen immer stärker würde, aus Reibung, Reflexion und tage- und nächtelanger Arbeit, Seite an Seite an ihren Manuskripten und dem, was auch immer sie davor oder danach in den zerwühlten Laken bis zur Erschöpfung trieben. Das alles würde zu ihrer geistigen und körperlichen Vereinigung führen – glaubte Theresa. Ich wollte nichts davon wissen.

Ich saß auf meinem schmalen Bett und lachte schmerzlich in mich hinein, so sehr hasste ich jedes ihrer Worte. Ich war damit beschäftigt, den Kreisel im Kopf mit all meinen Empfindungen in Schach zu halten, allen voran eine quälende

Eifersucht. Ich verstand nun. So intensiv mein geistiger Austausch mit Konstantin auch war und sosehr eine subtile Zärtlichkeit in den Anreden mitschwang – inzwischen nannte er mich *Engel* –, sosehr ich vollkommen in diesen Briefen lebte, so schmerzlich wurde mir nun bewusst, dass Konstantin Theresa auf eine andere Art brauchte als mich. Ich kam mir lächerlich vor, schämte mich, sein Verhalten derart falsch gedeutet zu haben.

Als Theresa schließlich bei ihm einzog, wurden Konstantins Briefe zwar noch seltener, ihr Ton und Inhalt jedoch hatte sich nicht verändert. Im Gegenteil, er öffnete sich mir mehr und mehr, schickte mir Auszüge aus seinem Manuskript und bat mich um meine Einschätzung. Die Worte drängten aus ihm heraus, unbändig, ungezügelt. Eine verborgene Wut sprach aus ihnen, als wäre sie tief im Innern verschüttet gewesen und käme jetzt langsam zum Vorschein. Er schrieb, dass die Arbeit an seinem Roman ihm mehr als erwartet an die Substanz ginge und dass er mich brauche, weil ich die richtigen Fragen stellte – Fragen, die ihn zwar schmerzten, ihn aber zugleich dazu brächten, sich ihnen zu stellen. Es sei meine Art, sanft, aber unnachgiebig, die ihm half, sich mit diesen verdrängten Themen auseinanderzusetzen. Er gestand, dass er schon während unserer gemeinsamen Zeit in Berlin eine Verbundenheit zwischen uns empfunden hatte, die er so nicht kannte, die ihn verwirrte, die er zugleich aber nicht missen wollte.

Theresa und ihr Zusammenleben erwähnte er mit keinem Wort.

Es vergingen anschließend mehrere Wochen ohne eine Zeile von ihm. Ich fühlte mich verraten. Ich beschloss, nicht zu antworten, tat es dennoch, ließ meinen Brief jedoch tagelang liegen, bevor ich ihn abschickte. Als ich ihn dann endlich einwarf und kurz darauf begann, auf seine Antwort zu hoffen, durchlebte ich Phasen der Erwartung und Hoffnung, die in Verzweiflung und Wut kippten. Ich stellte mir Konstantin und Theresa miteinander vor. Wie konnte er sich in eine Liebesbeziehung stürzen, während ich von unserem Austausch so erfüllt war?

Theresas Briefe, in denen sie mir ihr Zusammenleben schilderte, verschlimmerten meine Verfassung. Immer wieder wollte ich ihn aus meinem Leben löschen, beschloss, ihm nie wieder zu schreiben, und wünschte mir, dass er wie ich darunter leiden würde.

Doch die Zeit verging und aus meiner Wut erwuchs eine Bedürftigkeit. Ich hätte alles für den Moment gegeben, in dem das Weiß des Umschlags im Postkasten aufblitzte. Doch jeden Morgen war der Kasten leer, und die Wut darüber trieb mich dazu, das Heft in die Hand zu nehmen, nicht länger diejenige zu sein, die schmachtend wartete. Ich schrieb einen letzten Brief, teilte Konstantin mit, dass unser Austausch für mich emotional zu intensiv geworden war, auch angesichts seiner Beziehung zu Theresa, die er nicht einmal erwähnt hatte. Seine diesmal prompte und ungehaltene Reaktion überraschte mich. Er verstand nicht, warum Theresa in unserer Korrespondenz überhaupt eine Rolle spielen sollte. Es sei etwas völlig anderes, schrieb er. Er habe angenommen, ich wüsste längst von ihrer Beziehung. Er klang beinahe irritiert, als sei es selbstverständlich, dass unser Austausch nichts mit seiner Beziehung zu tun habe.

Doch zwischen den Zeilen – oder in der Art, wie er seine Gedanken formulierte – meinte ich herauszuhören, dass es ihm vielleicht gar nicht so leichtfiel, diese besondere Nähe, die zwischen uns gewachsen war, auf eine rein intellektuelle Ebene zu reduzieren. Es sei wohl so, schrieb er, dass es möglicherweise Dinge gäbe, die wir gleichzeitig als *zu viel* und *zu wenig* empfanden, und sie deshalb schwer ertrugen.

So endete unsere Korrespondenz.

Mein Alltag blieb unverändert. Ich ging am Morgen aus dem Haus, kaufte mein Zucker-*Briós* in der Unterführung. Wenn ich bei dem aus Sperrholz gezimmerten Stand des Losverkäufers vorbeikam, grüßte er mich stets herzlich mit »Schöne junge Frau«, während er seine Waren ausbreitete. Manchmal blieb ich stehen und kaufte aus Nettigkeit eines der Lose, aufgereiht an einer Schnur wie Perlen auf einer Kette. Mit einer großen Schere schnitt er mir genau das Los ab, auf das ich zeigte. Wir besprachen das Wetter und die Lage des Glücks. Es war immer eine Niete. Ich besuchte meine Vorlesungen und Seminare, schob während meiner Schichten in der Bibliothek den großen Bücherwagen umher und ordnete Bücher in die Regale ein. Es schien alles gleich geblieben zu sein, abgesehen von der unerträglichen Stille, die in meinem Kopf herrschte, seitdem Konstantin nicht mehr in meinem Leben war.

Mit der Zeit wird alles leichter, sagt man. Und es wurde leichter, als ich Paula kennenlernte. Atemlos platzte sie eines Tages in die Bibliothek herein. Sie trug einen braunen Wattemantel, einen braunen Rock, alles war braun an ihr, diese kleine, zierliche Person verschwand im Braun, nur die schwarzen Augen funkelten, der Pferdeschwanz ging hin und her. Im Lyrikseminar hatte ich sie schon einmal gesehen, sie studierte wie ich Germanistik. Sie befreite sich aus dem dicken Mantel, warf ihn auf den Tisch, breitete ihre Bücher geräuschvoll dort aus. Die Bibliothekarin, meine Chefin, duldete keinerlei Lärm und Unordnung. Sie war die wandelnde Geschäftigkeit, ununterbrochen in Bewegung, wiegte und schaukelte ihren stattlichen Körper, behängt mit bunten Ketten – nichts an ihr wirkte behäbig. Durch die Gänge schreitend, ordnete, sortierte sie, mahnte zur Ruhe. Sie schickte mich zu dem Mädchen mit dem Pferdeschwanz, ich sollte sie auffordern, sich leiser zu verhalten.

Paula seufzte nur, fragte geistesabwesend, ob ich wüsste, wie man zur Halbetage fünfzehn gelange. Dort liefe seit heute Morgen die Anmeldung für den Vorbereitungskurs Soziologie, aber kein Mensch könne ihr sagen, wo das sei. Vermutlich wäre der Kurs längst voll.

»Oder auch nicht, weil keiner hinfindet«, bemerkte ich. Sie kicherte, presste die Hand auf den Mund. Sie war mir gleich sympathisch.

»Ich bin übrigens Paula«, sagte sie und erklärte, Soziologie wolle sie im Nebenfach belegen. Die hätten die besten *bulis,* spontane Feten, laut und unkompliziert.

Am selben Abend schauten wir uns den Film *Der Zeuge* von Péter Bacsó in der Unibühne an und wurden Freundinnen. Sie kam vom Land wie ich, man hörte es an ihrem leichten Dialekt, und auch sie war überfordert mit allem, nahm es aber wesentlich lockerer als ich. Wir gingen gemeinsam zu den *bulis* und lernten den Soziologenkreis um Janó kennen, diskutierten nächtelang in Kneipen über soziale Ungleichheit und Armut in unserem Land – ein Konzept, das mir im Sozialismus absurd vorkam. Jeder bekam hier eine Arbeit, ob er wollte oder nicht. Und denen, die nicht arbeiten konnten, wurde solidarisch geholfen, hieß es das nicht immer? Doch Paula war gleich Feuer und Flamme, vor allem für Janó. Ich verstand nicht, was sie an dem Kerl fand. Klein, kräftig, große Klappe.

Es wurde Winter, Theresas Briefe klangen düsterer. Sie berichtete, sie ließen neben dem Kachelofen auch den Gasherd in der Küche brennen, so kalt sei es in der Wohnung. Sie erzählte von dem Nachbarn, einem Alkoholiker, dem die Frau davongelaufen war, seinen Schreien in der Nacht, den eingeschlagenen Fensterscheiben im Treppenhaus, von der Kälte, die nun unter ihrer Tür durchkroch, und der geplatzten Wasserleitung in der Toilette auf halber Treppe. Das Wasser im Hausflur hatte sich bis zum Morgen in Eis verwandelt. Die beantragte Zuweisung einer neuen Wohnung konnte Jahre dauern, wenn man nicht jemanden in der Verwaltung kannte.

Konstantin arbeite unentwegt an seinem Roman, schrieb Theresa. So erklärte sie sich seine nachlassende Begierde. Der kreative Schub hielt ihn im Bann, er rauchte Kette und schrieb wie ein Getriebener nächtelang mit gebeugtem Rücken an dem kleinen Tisch am Fenster, ein Glas billigen Rotwein nach dem anderen in sich hineinschüttend. Manchmal wartete sie bis spät in die Nacht auf ihn, im Wissen, dass er sich in Sphären befand, zu denen sie keinen Zugang hatte. Erst am Morgen stieg er erschöpft, übernächtigt und betrunken zu ihr ins Bett. Und wenn er rastlos wurde, verließ er einfach die Wohnung und kam bis in den Nachmittag nicht wieder. Er müsse manchmal für sich sein, sagte er dann zu ihr. Es kam vor, dass er sie das ganze Wochenende allein ließ. Theresa schrieb, er hätte von Bernd eine Hütte irgendwo in der Uckermark geerbt. Dorthin fuhr er zum Schreiben. Er hätte sie noch nicht ein einziges Mal mitgenommen.

Sie drängte ihn, ihr sein Manuskript zum Lesen zu geben, sie einzubeziehen. Er erwiderte, der Roman sei nicht fertig, es gäbe nichts zu lesen. Da knallte sie ihren Wohnungsschlüssel auf den Küchentisch, stürmte aus der Wohnung und kam bei ihren Eltern unter.

Tagelang wartete sie auf ein Zeichen von ihm.

*Sein Schweigen macht mich irre, Márta. Soll er mich anschreien, mir sagen, dass ich ungerecht bin, ein Drama mache aus nichts! Merkt er denn nicht, wie ich tobe und wüte, dürste nach ein paar Worten der Zuneigung? Dabei bräuchte es so wenig, zwei Worte: Du fehlst. Und alles wäre gut, stattdessen katapultiert er uns mit seinem verfluchten Schweigen, seinem Sturkopf in diese Misere, dieser schweigende Rechthaber! Denkt sich: Soll sie sich austoben. Sie kriegt sich schon wieder ein. Er ist beleidigt, weil er immer der Schuldige ist. Das redet er sich ein, am Ende wäre immer er der Schuldige. Er treibt mich in den Wahnsinn. Ich will seine Worte! Er zwingt mich dazu, ich werde es beenden, Márta, ich mach das, aber um welchen Preis? Wozu? Es ist zum Totlachen, eigentlich.*

Theresas Zeilen zu lesen, verschaffte mir keine Genugtuung. Ich hatte selbst diesen Schmerz gefühlt, doch inzwischen damit abgeschlossen, und nun wollte ich von ihrer Beziehung nichts mehr wissen. Was sollte ich ihr auch antworten? Dass Konstantin nicht der Richtige war, um sie aufzufangen, wenn sie fiel, wie sie es gerade tat? Nein, er war nicht in der Lage, sich selbst zurückzunehmen, ihre Intensität auszuhalten, sie liebevoll auszulachen, wenn sie sich wieder mal zu wichtig nahm.

Ich hörte dann eine Weile nichts. Wochen später schrieb sie mir, er hätte ihr eine Passage zum Lesen gegeben, eine, die ihn umtreibe, in den Nächten wach hielte. Sie beschrieb mir ihre Bestürzung, als sie den Text las. Technisch fand sie an ihm nichts auszusetzen, denn es wimmelte darin von Sätzen, die sie selbst gern erdacht hätte. Doch es las sich wie ein Sog in die Tiefe seiner Seele, und dort schien kein Licht mehr zu brennen, alles war finster. Schließlich zog sie wieder bei ihm ein und wollte in seiner Nähe sein.

*Ich mache mir Sorgen um ihn, Márta. Wir haben eine Kammer in der Küche, einen engen Abstellraum. Dort schließt er sich ein im Dunkeln. Ich höre ihn weinen. Ich sehe zu, wie er irre wird, und er lässt mich ihm nicht helfen. Er nimmt mich kaum mehr wahr. Ich ertrage das nicht mehr.*

Sie versuchte nach Kräften ihre Einsamkeit schreibend zu verarbeiten. Doch nachts im Bett mit Heft und Stift in der Hand, an seiner Seite, starrte sie nur das leere Blatt an und lauschte dem gleichmäßigen Klackern seiner Schreibmaschine.

Theresa zog bald erneut aus, zurück in ihr Kinderzimmer. Sie erklärte ihm, sie wolle das Neue und Spontane in ihrer Beziehung wiederbeleben, zu viel Nähe täte ihnen nicht gut, wobei es doch gerade die Nähe war, die ihr fehlte.

# 7

Mehr als ein Jahr war vergangen seit meinem Sommer in Berlin, mehr als ein Jahr seit Konstantin mich am Ostbahnhof verabschiedet hatte. Nach der schweren Zeit im Winter hatten Theresa und Konstantin wieder zueinandergefunden, Theresas Briefe klangen fröhlicher, sie berichtete, dass sie gemeinsam ein paar Tage Urlaub in Budapest planten.

Am Keleti-Bahnhof strömten mir die Reisenden entgegen. Ich fragte mich, wie es sich anfühlen würde, Konstantin zu begegnen, machte mir bewusst, dass die Nähe, die ich einst ihm gegenüber empfunden hatte, der Vergangenheit angehörte, vielleicht gar nur meiner Vorstellung.

Ich erkannte die beiden auf dem Bahnsteig schon von weitem. Als auch Theresa mich erblickte, kam sie freudig auf mich zu und umarmte mich stürmisch. Zögernd trat ich einen Schritt an Konstantin heran, doch bevor ich mich versah, zog er mich in eine kurze, aber herzliche Umarmung. Es war eine freundliche Geste, die dennoch eine gewisse Distanz wahren wollte, als würde er mir signalisieren, dass alles in Ordnung sei, auch wenn die Situation kompliziert blieb. Dass dieser erste Moment nicht unangenehm gewesen war, beruhigte mich.

Wir nahmen die rote Metrolinie zum Astoria, stiegen über die Rolltreppe hinab in die Tiefe. Bunkersicher nannte Konstantin den Metroschacht, hielt sich am Handlauf fest und schaute fasziniert in den Abgrund. Nur in Leningrad gebe es tiefere. Wir schlenderten die Váci utca entlang, vorbei an Cafés und Boutiquen, Theresa in unserer Mitte. Ich führte die beiden an Klára Rotschilds Boutique vorbei, wo sich Schauspielerinnen, Diplomaten- und Funktionärsfrauen zu unerschwinglichen Preisen einkleideten. Natürlich interessierten Konstantin Modeboutiquen nicht, doch ich wollte ihn das weltstädtische, westliche Flair der Stadt spüren lassen – er war zum ersten Mal in Budapest. Wir aßen Kastanienpüree mit Sahne und tranken Tee im prunkvollen Café Gerbeaud am Vörösmarty-Platz. Ich war erleichtert, als Theresa die Rechnung übernahm. Doch nicht einmal das Gerbeaud schien Konstantin zu beeindrucken. Er interessierte sich auch nicht für die Eleganz der Bauwerke, sondern nur für die Einschusslöcher in den Gemäuern, die zersprungenen Rosetten, die Engel mit zerschossenen Gesichtern. Ob die Wunden aus Zeiten der Revolution oder aus dem Krieg stammten, fragte er. Dem ersten oder dem zweiten? Theresa hakte sich bei ihm ein, rollte die Augen und warf ihm vor, er würde das Schäbige romantisieren. Konstantin aber wollte eine andere Stadt entdecken. Der Meister war oft hier gewesen, hatte diese Stadt und die Sprache geliebt, und auf seinen Spuren schleppte Konstantin uns an Orte, an denen ich nie zuvor gewesen war, in schmuddelige Arbeiterkneipen, wo hinter dem Tresen Pin-up-Girls hingen. Mit glänzenden Augen fotografierte er alte Arkaden mit muffigen Läden. In den verstaubten Vitrinen fanden sich Videokassetten, Hüte, Elektronik, Dessous und Stoffe. *Maszek*, erklärte ich, bedeute privates Gewerbe, es wuchere in den Hinterhöfen, in den Passagen, sogar in Wohnungen. Das waren die Dinge, die ihn interessierten.

Konstantin wollte Einblicke hinter die Kulissen, und ich hatte ihm Fassaden gezeigt. Also führte ich sie zu mir. Wir gingen über die Etagengalerie. Es roch nach Hühnersuppe, Schicksalen und Geschichten. Theresa war ein Stück hinter uns geblieben. Mit der Hand auf dem Geländer schlenderten Konstantin und ich zu zweit über den Umlaufbalkon. Ich blieb stehen. Er blickte in die Tiefe und hinauf in den Himmel. Seine Hände auf dem Geländer berührten meine nicht, doch ich spürte eine unausgesprochene Nähe.

»Was umwandelt man da? Die Leere, den Hohlraum, das Nichts –«

Seine Stimme klang feierlich, sein Körper so nah an meinem, ich fühlte die Wärme seines Atems. Ein Lächeln stahl sich mir auf die Lippen bei so viel Ernsthaftigkeit.

»Es klafft eine Leere, seit du mir nicht mehr schreibst, Márta«, flüsterte er. Ich hielt den Atem an. Da kam Theresa auf uns zu. Ich entwand ich mich diesem Moment, der wie eine berührungslose Umarmung gewesen war. Auch er ging weiter, als wäre die Welt nicht gerade für die Dauer eines Wimpernschlags angehalten worden, schlenderte von Tür zu Tür, las die Familiennamen auf den Klingelschildern, Szabó, Molnár, Németh, spähte durch die verhangenen Fenster, aus denen Geschirrklappern und Kinderheulen drang.

Da rief Theresa, sie wolle hoch aufs Dach. Konstantin winkte ab, ihm behage die Höhe nicht, er würde unten auf der Straße auf uns warten. In der obersten Etage stiegen wir ein paar Stufen empor und traten durch eine schmale Tür hinaus ins Freie. Theresa breitete die Arme aus und begann sich zu drehen, ihr offener Mantel wehte im Wind. Nichts ahnend von dem Aufruhr in meinem Inneren, ergriff sie meine Hand und wirbelte mich herum. »Komm, wir winken ihm!« Sie beugte sich über die Balustrade, so tief, dass ich sie festhalten wollte. Auf der Straße unten war Konstantin aber nirgends zu sehen, dafür breiteten sich die Dächer der Stadt in der herbstlichen Abendsonne vor uns aus, reichten weit bis zur Kuppel der St.-Stephans-Basilika, die in der Ferne wie ein Spielzeug wirkte.

»Ich muss dir etwas erzählen, Márta. Was Wichtiges. Ich brauche deine Hilfe«, sagte sie, als wir dort an der Balustrade nebeneinander zur Ruhe kamen. »Es geht um Konstantin.« Ich drehte meinen Kopf zu ihr, doch sie sprach nicht weiter. Da sah ich Konstantin auf uns zukommen. Er war kreidebleich.

»Was machst du hier oben?« Theresa lief ihm entgegen.

»Ich wollte mir den Blick nicht entgehen lassen, mit euch zwei schönen Frauen hier oben – doch es war keine gute Idee.« Sanft ergriff Theresa seine Hand und führte ihn zurück ins Treppenhaus. Ich fragte mich, was Theresa mir hatte sagen wollen. Konstantins gewohnte Selbstsicherheit schien in der Höhe verloren gegangen zu sein. Seine Angst machte ihn verwundbar. Ich konnte die Nähe, die ich zuvor am Geländer des Balkons zwischen uns gespürt hatte, mit der Vertrautheit zwischen den beiden nicht in Einklang bringen. Eine davon musste doch falsch sein?

Kurze Zeit später lief auch Konstantin wieder in seinem gewohnten Schlendergang neben uns her. Wir wateten durch das herrliche Gelb und Rot und Braun des am Straßenrand aufgehäuften Laubs. Ich besudelte mir dabei die Lackschuhe, es machte mir nichts aus.

Ich ging mit ihnen ins Csendes, einen beliebten Studententreff. Das Essen war in Ordnung, nicht zu teuer, die

Tische klebrig, die Wände tapeziert mit volkstümlichem Kitsch. Paula und ich kamen öfter hierher. Tatsächlich erblickte ich sie am Soziologentisch in größerer Runde, natürlich wirbelte Janó auch hier herum. Ich konnte immer noch nicht nachvollziehen, was sie an ihm fand. Er war scharfsinnig und eloquent, doch seine Art, mit der er stets den ganzen Raum unterhielt, ließ ihn mir unsympathisch erscheinen. Wir begrüßten sie, ich stellte Konstantin und Theresa vor und war angenehm überrascht, als Janó Stühle für uns heranholte, aber gleich bemerkte, dass er wieder losmüsse. Ich hoffte auf einen Platz neben Konstantin – seit dem Moment auf dem Umlaufbalkon wurde ich das Gefühl nicht los, dass er immer wieder nach meinem Blick suchte –, doch ein junger Mann im Anzug rückte seinen Stuhl zur Seite für mich und bot mir einen Platz zwischen sich und Paula an. »Nem beszélek magyarul« – er spreche kein Ungarisch –, sagte er und klang dabei wie ein Österreicher. Nun musste ich lachen.

»Das macht nichts«, antwortete ich auf Deutsch. Er hatte zarte Züge, eine feine Nase und eine Haut, so hell, dass sie fast durchscheinend wirkte. Konstantin und Theresa setzten sich neben uns. Janó tauchte plötzlich wieder auf und unterhielt sich mit uns. In einem recht passablen Deutsch erzählte er uns von einem Schriftstellertreffen. Ich dachte erst, er meine das KSZE-Kulturforum, das große Spektakel, das die Zeitungen seit Wochen ankündigten. Die Tagung war heute, am 15. Oktober, mit großem Tamtam eröffnet worden. Janó aber redete von einem anderen Forum – einem *Gegenforum* –, zu dessen Veranstaltern er gehöre. Ich blickte fragend zu Paula, die förmlich an seinen Lippen hing.

»Das Gegenforum ist eine Art Antwort auf das offizielle Treffen«, erklärte sie im Flüsterton.
»Und Janó organisiert das mit?«
»Natürlich nicht alleine, das ist ein Riesending. Er hilft, die Gäste aus dem Ausland zu betreuen.«
»Aber ist ein solches Treffen nicht verboten?«
Sie zuckte mit den Schultern. »Sagen wir so, der reservierte Saal im Gellért-Hotel ist plötzlich nicht mehr verfügbar. Zweihundert Gäste aus aller Welt sind geladen, und wir stehen ohne Veranstaltungsort da.«
»Wir?«
Sie deutete zu Janó, der gerade von »mysteriösen Schwierigkeiten« sprach. Konstantin und Theresa hörten ihm aufmerksam zu. »Und da standen wir vor dem Gellért-Hotel, Seite an Seite mit dem großen Danilo Kiš, und froren uns buchstäblich den Hintern ab. Dann hieß es, auch im Astoria sei der Empfangssaal wegen Renovierung geschlossen. Ha!« Mit einer ausladenden Geste verkündete er, das könne alles kein Zufall sein. Der Kellner trat hinter Janó, tippte ihn an und flüsterte ihm etwas zu. Janó sprang auf. »Hier ist auch nichts zu machen. Das Csendes wäre ohnehin zu klein. Im Café Pilvax ist aber möglicherweise was frei. Kommt ihr mit?« Er blickte zu Theresa, dann zu Konstantin. Paula zog schon ihre Jacke an. Auch der Österreicher stand auf und sah mich fragend an. Ich suchte Konstantins Blick, der aber sprach gerade mit Janó. Theresa eilte im Mantel auf mich zu.
»Mir ist nicht wohl dabei«, flüsterte ich.
»Das ist einmalig, Márta! Janó sagt, Hans Magnus Enzensberger ist unter den Gästen, Susan Sontag und Amos Oz sind bereits eingetroffen.« Der Österreicher hielt mir

den Mantel auf. Also schlüpfte ich hinein. Theresa machte einen Freudensprung. Ich schenkte meinem Helfer ein Lächeln. Unter seinem geöffneten Sakko blitzte auf dem schneeweißen Hemd ein Namensschildchen des Intercontinental-Hotels auf. Roland Brandauer – ein wohlklingender Name, dachte ich. Er bemerkte meinen Blick.

»Oh, das ist noch vom Empfang!« Verlegen zerrte er ungeschickt an der Sicherheitsnadel, um das Schildchen abzutrennen. Eine blonde Strähne fiel ihm in die Stirn.

»Darf ich?« Ich trat einen Schritt näher an ihn heran, öffnete die Nadel, die mit einem Sicherheitsverschluss versehen war. Ich reichte ihm das Schildchen.

»Ich bin Márta.«

»Roland – nicht zu übersehen. Und danke, dass du mich von dem Ding befreit hast.« Seine braunen Augen, in denen sich im warmen Licht des Lokals ein Hauch von Grün mischte, strahlten Ruhe aus. Ich bemerkte Konstantin an der Tür. Er sah zu uns herüber, und als unsere Blicke sich trafen, bedeutete er mir mit einer kantigen Kopfbewegung, dass wir kommen sollten. Dann verließ er das Lokal. Roland und ich gingen zur Tür.

Janó, Paula und Theresa waren schon losgegangen. Wir eilten ihnen nach. Draußen versuchte ich noch einmal Konstantins Blick zu erhaschen, doch er ignorierte mich beharrlich – so kam es mir vor –, die ganze Zeit ging er in einer Gruppe mit anderen und unterhielt sich.

»Du warst beim Empfang des Kulturforums dabei?«, fragte ich Roland, während wir nebeneinander die Straße am Park in Richtung der Ringe entlanggingen. Ich stellte mir den glanzvollen Ballsaal des Hotels vor.

»Ich bin nur einer der Cellisten«, sagte er. Automatisch

ging mein Blick zu seinen Händen, die allerdings in seinen Hosentaschen steckten. Daher der Anzug, dachte ich.

»Ein Cellist!«, rief Theresa, die sich zu uns umgedreht hatte. Theresa, Paula und Janó verlangsamten ihre Schritte und liefen nun neben uns her.

»Roland ist zu bescheiden«, sagte Janó. »Er gehört zu den Berliner Philharmonikern. Er und seine Kollegen haben einen kleinen Skandal ausgelöst.«

»Einen Skandal!« Roland winkte lachend ab. Er erklärte, es hätte Gerüchte gegeben, denen zufolge die sowjetische Delegation ihre Einladungen ungeöffnet retour geschickt hätte, weil sie, die Musiker, aus Westberlin stammten. Er zwinkerte mir zu, als wäre das alles völlig übertrieben.

»Aber aufgetaucht sind die Genossen nicht!«, sagte Janó.

Aus dem Augenwinkel bemerkte ich – zugegeben, mit einem Hauch von Genugtuung –, dass Konstantin uns Blicke zuwarf. Er unterhielt sich mit Janó, die beiden gingen voraus. Wir bogen auf die Ringe. Theresa hakte sich bei mir ein und sagte zu Roland: »Du klingst aber nicht wie ein Berliner. Mein Freund und ich kommen aus Berlin.«

Roland lachte und erzählte, dass er gebürtiger Wiener sei.

Vor dem Café Pilvax stand eine Menschenmenge, bestimmt hundert Leute hatten sich versammelt. In der Mitte der Menschentraube interviewte ein Reporter eine Frau.

»Das ist Susan Sontag!«, rief Paula. Sie und Theresa rannten gleich hin, um sich für ein Autogramm anzustellen.

Ein groß gewachsener, dunkelhaariger Mann sprach mit Janó.

»Ist nichts zu machen?«, fragte Janó. Der Mann schüttelte den Kopf.

»Hier nicht, der Oberkellner behauptet mit leeren Tischen im Rücken, sie seien alle reserviert. Aber wir haben eine Lösung!« Ich hörte, wie er sagte, dass jemand namens Rajk seine Wohnung für das Treffen zur Verfügung gestellt habe. Bei dem Namen horchte ich auf.

»László Rajk?«, fragte ich Janó. Er nickte bedeutungsvoll.

Paula und Theresa waren in der Menschenmenge verschwunden. Ich wandte den Kopf hin und her und suchte nach ihnen, aus Sorge, dass wir sie verlieren würden.

»Wir müssen nur aufpassen, wen wir reinlassen«, sagte Janó noch zu dem Mann und zeigte unauffällig in die Richtung von ein paar Herumstehenden.

»Eine ganze Armee hat sich hier untergemischt.«

»Welche Armee?«, fragte ich.

»Geheimpolizisten«, antwortete Janó, als sei das sonnenklar.

»Zwei von denen haben meine Papiere überprüft«, sagte der Mann. Er verabschiedete sich und ging voraus, um die Menge durch die Straßen zu der Wohnung zu leiten, was kein einfaches Unterfangen war.

Janó erzählte Konstantin und Roland auf dem Weg, dass László Rajk der Sohn des berühmten Innenministers gleichen Namens war, der Ende der 1940er-Jahre in den Schauprozessen hingerichtet wurde. Rajk Junior war als Kind seiner Mutter weggenommen und unter falschem Namen in ein Kinderheim gegeben worden. Konstantin staunte, offenbar hatte er von den Schauprozessen gelesen.

Paula und Theresa waren inzwischen wieder aufgetaucht. Wir gingen hinter den Männern nebeneinanderher. Ich fragte mich, wie riesig diese Wohnung war, in die all diese

Leute hineinpassen sollten. In der Ferne erstreckte sich die hell erleuchtete Elisabeth-Brücke vor uns. Plötzlich blieb Konstantin stehen.

»Schaut euch das an! Unerhörte Schönheit, kein Teil zu viel, völlig Funktion, der Meister hatte recht.«

Jemand sagte, die Wohnung gehöre gar nicht Rajk, sondern einem Kumpel, der gerade in Westberlin ein Theaterstück probte.

Am Donaukai schaukelten bunt erleuchtete Touristenschiffe, im Hintergrund thronte die angestrahlte Freiheitsstatue auf dem Gellértberg. Ich erzählte Theresa, dass die Geheimpolizei die Leute kontrollierte. Sie sah sich ängstlich um. Dann fragte sie Janó, was die Geheimpolizei hier wollte.

»Das ganze Kulturforum ist doch nur Blendwerk, eine einzige Phrasendrescherei«, antwortete er, sah dabei aber nicht Theresa, sondern abwechselnd Konstantin und Roland an. »Beim Gegenforum geht es um echte Themen wie Zensur und Unterdrückung in diesem Land. Das gefällt denen nicht.«

»Und was, wenn die Polizei doch einschreitet?«, hakte Theresa nach.

»Die Polizei kann nichts tun. Die Weltpresse filmt mit!« Janó deutete auf die Schar Journalisten, die nun schon vor dem Wohnhaus standen.

Wir waren am Platz des 15. März angekommen. Es war eine gute Adresse am Donaukai. Die Gäste strömten in das etwas heruntergekommene, aber herrschaftliche Treppenhaus. Schnell wurde klar, dass die vielen Schaulustigen ohne Einladung unten bleiben mussten. Ich war froh darüber.

»Ich finde solche Aktionen fragwürdig«, sagte ich zu

Konstantin, der neben mir stand und zum Balkon emporblickte, auf dem bereits einige Gäste herumstanden.

»Fragwürdig, ja?« Ich drehte mich um und blickte in Janós blassblaue Augen. Wir waren etwa gleich groß. Ich hielt seinem Blick stand.

»Das Land öffnet sich«, sagte ich. »Ungarn ist das erste sozialistische Land, das eine KSZE-Konferenz ausrichtet. Das ist ein Signal an die Welt. Aktionen wie dieses *Gegenforum* machen alles zunichte. Davon wird die Westpresse berichten, nicht von unseren Reformen!« Ich war selbst überrascht von der Kraft meiner Stimme. Alle starrten mich an, Konstantin, Theresa, auch Roland. Nur Janó blickte mich gönnerhaft an. Mein Zorn wuchs. Konstantin hielt den Kopf leicht geneigt, die Augenbrauen zeichneten einen Bogen, als verstünde er nicht, was ich sagte.

»Bei uns kommt keiner ins Gefängnis, weil er seine Meinung äußert«, sagte ich zu Konstantin, als wären wir allein. »DDR-Bürger stehen jeden Tag an der internationalen Buchhandlung Schlange. In Ungarn kannst du Literatur kaufen, die bei euch nicht zu haben ist. Ich komme vom Land und studiere kostenlos in der Hauptstadt. Natürlich ist in Ungarn noch vieles unterentwickelt, aber es könnte doch viel schlimmer sein?« Ich hatte mich in Rage geredet, stand da, die Hände in die Hüften gestemmt, und schaute in die Gesichter, die alle auf mich gerichtet waren. Konstantin, Roland, Janó, Paula, Theresa. Alle hörten mir zu. Das war neu für mich. Und mein Deutsch war Janós weit überlegen.

»Du hältst mich für naiv, nicht?«, fuhr ich Janó an, obwohl er kein Wort gesagt hatte. Mit den Händen in den Hosentaschen betrachtete er mich, als müsste er sich noch entscheiden, ob er mich ignorieren oder attackieren sollte.

»Es geht um Menschenrechte, das ist dir schon klar?« Die unterschwellige Provokation in seiner Stimme ärgerte mich, dennoch wandte ich mich ab, beschloss, mich nicht weiter mit dem Kerl abzugeben. Konstantin wollte ich überzeugen. Der aber wich meinem Blick aus.

»Ich halte dich nicht für naiv«, sprach Janó weiter. »Ich halte die Mehrheit der Bevölkerung nicht für naiv, die so denkt wie du. Die Frage ist, akzeptierst du den Status quo oder bist du bereit, etwas für Veränderung zu tun?«

Na toll, ich war also die dumme Masse. Wir starrten uns gegenseitig an. Keiner rührte sich.

»Lass sie«, sagte Konstantin auf einmal und legte Janó kumpelhaft die Hand auf die Schulter, als wäre ich nur eine Frau, über die er sich nicht aufzuregen brauchte. Mit einer sanften Bewegung wischte Janó seine Hand weg.

Ich wandte mich zum Gehen, fast stampfte ich auf vor Wut, aber ich riss mich zusammen.

»Und komm ruhig mal mit zu Olívia und lass dir ein Stück von der Realität zeigen«, rief Janó mir hinterher.

»Wer soll das sein?« Ich drehte mich noch einmal um.

Er kam auf mich zu, trat so nah an mich heran, dass ich zurückweichen musste.

»Olívia unterstützt mit ihrer Organisation Menschen in Armut. Sie bekommt jede Woche Hunderte Briefe von Menschen, die sie um Kleiderspenden für ihre Kinder bitten.«

»Und was hat das bitte mit dem Kulturforum zu tun?«

»Es hat etwas mit Verlogenheit zu tun, liebe Márta! Offiziell existiert Armut in diesem Land, in diesem Sozialismus nicht.«

Ich sah zu Theresa, die nur dastand und sich kleinlaut auf seine Seite geschlagen zu haben schien. Dann drehte ich mich um und ging – aufrecht und langsam, doch ich lief davon, allein.

Je mehr ich mich vom Platz des 15. März entfernte, desto stiller und einsamer wurde es in den Straßen. Ab und zu vernahm ich grölende Jugendliche in der Ferne. Bestimmt dachten sie, vorne am Donaukai fände eine *buli* statt. Ein laut beschleunigender Wagen, Sirenen. Die Beklemmung wich nicht aus mir, sie ließ noch immer mein Herz wild in der Brust schlagen. So gut ich mich vorhin während meiner großen Worte gefühlt hatte, so blamabel erschien mir mein Auftritt jetzt. Ich sah die peinlich berührten Gesichter vor mir, Konstantins nachdenklich gekräuselte Stirn, die mir nun wie Skepsis erschien. Vermutlich war er Janós Meinung, nur wollte mich Konstantin nicht vor allen bloßstellen. Das hatte ich schon selbst getan, indem ich meine Gutgläubigkeit zur Schau gestellt hatte. War ich nicht kritisch genug? Ich hörte Schritte hinter mir, hob den Kopf und horchte. Zu meiner Rechten lag der verschlossene Károlyi-Park in Totenstille. Hatte ich am Donaukai die Aufmerksamkeit der Geheimpolizei auf mich gezogen? Janó wurde mit Sicherheit beschattet, vielleicht dachten sie, ich sei eine leichte Beute und würde gegen ihn aussagen? Die Hände in den Manteltaschen versenkt, beschleunigte ich meine Schritte. Die kühle Luft brannte in meinen Lungen. Das gleichmäßige Klopfen auf dem Pflaster näherte sich mir. Ich ballte die Hände in den Taschen zu Fäusten und musste mich zwingen, nicht loszurennen. Je schneller meine Schritte wurden, desto näher erklangen die Schritte hinter mir.

»Márta, warte!«

Ich hielt an, drehte mich um. Konstantin kam mit seinem

entschlossenen, federnden Gang auf mich zu. Erleichterung durchströmte mich. Ich wäre ihm in die Arme gefallen, doch dann erinnerte ich mich an meine Blamage von vorhin und kam mir lächerlich vor.

»Ich habe deine Hilfe vorhin nicht gebraucht.« Ich wandte mich wieder um und ging weiter in Richtung nach Hause. Schweigend liefen wir die nächtliche Straße entlang. Der Klang unserer Schritte hallte auf dem Pflaster, jetzt ruhiger, immer gleichmäßiger.

»Janó wird anscheinend aggressiv, wenn er sich argumentativ in die Ecke gedrängt fühlt«, sagte Konstantin. Vermutlich nur, damit ich mich besser fühlte.

»Er nimmt mich nicht ernst.«

»Ich nehme dich ernst.«

Ich sah zu ihm auf und blieb stehen. Gerne hätte ich etwas erwidert, etwas Fundiertes, Politisches, das meine aufkommenden Gefühle in Schach hielt. Doch sein Gesichtsausdruck ließ mich innehalten. Noch nie hatte Konstantin mich so angesehen. Es war, als ob eine Filmszene in Zeitlupe in meinem Kopf abliefe, den Moment einfror. In Sekundenbruchteilen stellte ich mir vor, wie er sich zu mir hinabbeugte, unsere Lippen sich berührten, zärtlich und spielerisch, als wollten sie gar nichts voneinander, nur ein bisschen entdecken. Das alles passierte in kürzester Zeit, es waren nur Gedanken, dennoch öffneten sich meine Lippen wohl wie von selbst, und ich stand da, halb erwartungsvoll, halb verzweifelt, den Blick zu ihm emporgerichtet wie eine Bedürftige. Als ich realisierte, was geschehen war, schloss ich den Mund, warf taumelnd den Kopf zurück, stolperte rückwärts. Konstantin packte mich am Arm und hielt mich fest. Ich wankte leicht.

»Geht es dir gut?«

Ich schüttelte den Kopf. Das musste der peinlichste Moment meines Lebens sein, der schlimmste, so fühlte es sich an. Ich wollte im herbstlichen Laub zu unseren Füßen verschwinden, mich auflösen. Aber dazu kam es nicht. Er ließ mich nicht los, zog mich sanft an sich und küsste mich. Erst auf die Stirn, dann auf die Augen. Ich zitterte. Dann berührten sich unsere Lippen. Ich glaube noch genau zu wissen, dass es so war, nein, natürlich bin ich mir sicher, wobei alles daran so verschwommen ist. Ich weiß noch, dass der Gedanke an Theresa mir durch den Kopf schoss. Und was dann passierte, ob er etwas sagte oder ich etwas erwiderte … Meine Beine trugen mich fort, ich ergriff die Flucht. Ob er mir erneut hinterherrief – ich kann es nicht sagen, vermutlich stand er nur da und sah mir ratlos nach, bis meine Silhouette nun endgültig im Dunkeln verschwunden war.

# 8

Zurück in meinem Zimmer, lag ich regungslos auf dem Bett und starrte auf die geblümte Bettdecke. In mir drehte sich alles. Das Gefühl seiner Lippen, die plötzliche Nähe. Was hatte ich mir nur dabei gedacht? Mich in Hirngespinsten dem Freund meiner besten Freundin hinzugeben, war schon dämlich genug gewesen – seinem Kuss nachzugeben, ihn richtiggehend zu provozieren, war aber wirklich das Allerletzte. Fantasien bleiben eben das, was sie sind – Gedankenspiele, weil sie sich nicht in der Realität manifestieren. Ich aber hatte ihnen Taten folgen lassen. Das war Verrat. Ich schämte mich. Wie hatte ich Theresa nur so hintergehen können?

Ein Klingeln an der Tür ließ mich zusammenzucken. Meine Wirtin schlurfte über den Flur. Mir kam der flüchtige Gedanke, Konstantin könnte mir gefolgt sein – eine absurde Vorstellung. Es klopfte an meiner Tür, ich öffnete sie einen Spaltbreit und erschrak noch mehr. Theresa kam mit mütterlich besorgtem Gesichtsausdruck auf mich zu. Murmelnd ging meine Wirtin zurück zum Fernsehsessel. Sie drehte das Gerät so laut auf, jedes Wort ihrer Serie war in meinem Zimmer zu hören. Ich ließ Theresa herein und schloss die Zimmertür.

»Du bist so rasch verschwunden, Liebes. Ich habe mir Sorgen gemacht.« Sie hielt eine Flasche Éva-Wermut in der Hand.

»Ich bat Konstantin, dir nachzugehen, aber du warst bereits auf und davon.«

Sie hatte ihn gebeten? Theresa redete unaufhörlich weiter, und das Einzige, was ich aus ihrem Wortschwall herausfiltern konnte, war, dass sie Konstantin geschickt hatte. Er war mir also nicht von selbst gefolgt? Und der Kuss, war es doch nur ein freundschaftlicher, ein väterlicher Kuss auf die Stirn, die Augen – und den Mund? Ich konnte keinen klaren Gedanken fassen. Theresa aber hielt in ihrem Redeschwall keinen Moment inne, strich sich dabei das Haar zurück, band mit ihrer Theresa-Bewegung des Handgelenks den gelockten Haarschopf in einen Knoten, so unwiderstehlich schwungvoll wie überflüssig.

»Márta!«

»Bitte was?«

»Ob du ein Nachthemd für mich hast? Ich übernachte heute hier. Konstantin ist noch mit Janó unterwegs. Die beiden haben sich echt gefunden. Und wir brauchen Gläser für den Wermut!«

Sie drückte mir die Flasche in die Hand.

»Ich dachte, wir betrinken uns ein bisschen. Der haut richtig rein! – Uh, das wird eng!« Sie deutete auf mein schmales Bett und kicherte.

Ich versuchte zu lächeln, betrachtete sie, wie sie redete und redete und dabei leuchtete. Auf einmal verspürte ich das Bedürfnis nach ihrer Umarmung, um in ihr vielleicht ein Art Verzeihen zu finden, ohne sprechen zu müssen. Ich holte ein frisches Nachthemd aus der Kommode. Für Gläser hätte ich das Zimmer verlassen müssen, also reichte ich ihr einfach meine Teetasse. Theresa goss ein, nahm selbst einen Schluck und gab mir die Tasse zurück.

»Das wird dir guttun!«

Ich mochte solches Zeug nicht, hatte mir geschworen, harten Alkohol nie anzurühren, aber jetzt trank ich. Sie zog ihren Pulli aus und entblößte ihr spitzen, kleinen Brüste. Wie immer trug sie keinen Büstenhalter. Ich kannte ihren schlanken Körper seit unserer Kindheit, habe ihn zusammen mit meinem sich verändern sehen, trotzdem machte mich ihre Ungeniertheit immer wieder verlegen.

»Du! Der Wiener mag dich!« Sie kicherte, während sie sich das Nachthemd überzog und die Jeans aufknöpfte.

Ich nahm zwei weitere Schluck Wermut – um zu vergessen oder um mir Mut anzutrinken. Sollte ich ihr den Kuss beichten? Theresa machte es sich neben mir auf dem Bett bequem. Ihr erzählen, dass ich in ihren Freund verliebt war? Genau genommen war nicht viel passiert zwischen Konstantin und mir. Das süße Zeug verströmte Wärme in meinen Gliedern, ein tröstliches Gefühl, das sich sanft durch meine Adern schlängelte und meine Gedanken betäubte. Ich war starken Alkohol nicht gewohnt. Ich dachte an Vati und glaubte auf einmal besser zu verstehen, warum man das Leben manchmal nur mit Alkohol ertrug.

»Roland hat richtig zerknirscht gewirkt, als du gegangen bist. Wir treffen ihn morgen in der Rémy Martin Bar.« Theresa streifte ihre Hose ab.

»Roland Brandauer – toller Name, findest du nicht? Márta, was ist denn los mit dir?«

»Ach, was soll ich denn mit dem? Das ergibt keinen Sinn.«

»Warum nicht?«

»Er ist nur für ein paar Tage in der Stadt.«

»Komm, der ist ein Volltreffer. Er heiratet dich und holt

dich hier raus!« Sie ließ, wie es ihre Art war, die Augenbrauen verheißungsvoll nach oben hüpfen. Ich war nicht zum Scherzen aufgelegt, nahm eine zweite Decke aus dem Schrank. Ich wettete, sie glaubte wirklich, ich würde *rausgeholt* werden wollen. Warum begriff sie nicht, dass ich gern hier lebte? Ich konnte mir nicht vorstellen, woanders zu leben.

»Nun, hör auf damit, leg diese Decke weg! Ich muss dir etwas erzählen.« Sie wurde ganz ernst, bedeutete mir, mich neben sie aufs Bett zu setzen, und reichte mir wieder die Tasse. Engelsgleich sah sie aus im weißen Hemd, die Beine gefaltet im Schneidersitz, die Locken ergossen sich nun über ihre Schultern. Ich legte die Decke zur Seite, die ich gerade zuknöpfte, setzte mich zu ihr und trank noch einen kräftigen Schluck. »Ich muss dir auch etwas sagen, Theresa.«

Sie machte eine beschwichtigende Geste, mit der sie signalisierte, dass sie zuerst an der Reihe war. »Ich habe dir doch erzählt, dass Konstantin an einem Roman arbeitet. Er redet davon, dass er nicht vorankommt, er hüte sich davor, seiner Freundin ein halbgares Manuskript zum Lesen zu geben. Du weißt, dass wir uns deshalb gestritten haben. Er schließt mich aus, ich komme nicht an ihn ran. Erwähne ich den Roman, wendet er sich ab.«

Ich knetete die Bettdecke in der Hand, wartete darauf, was nun kam.

»Der Roman ist längst fertig, Márta.«

Ich sah sie fragend an. Jetzt drehte der Wermut im Kopf. Ich musste tief ein- und ausatmen.

»Er hält das Manuskript in seinem Schreibtisch verschlossen, aber ich weiß, wo er den Schlüssel aufbewahrt.«

»Du hast es gelesen? Theresa!«

»Der Roman ist Brennstoff! Er darf nicht in der Schublade vergammeln. Konstantin hat Schiss. Es geht um einen Jungen, der von Heim zu Heim gereicht wird, dort erlebt er Ungeheuerliches. Wusstest du, dass Konstantin selbst Heimkind war?«

Ich nickte.

»Dieser Junge gilt als *auffällig*, er schwänzt die Schule, macht in Staatsbürgerkunde den Mund auf, sorgt während einer FDJ-Veranstaltung für einen Eklat. Er ist fünfzehn, als die Schule die Jugendhilfe einschaltet, die Mutter, alleinerziehend, hätte ihn nicht im Griff, heißt es. Eine gefährdete Persönlichkeitsentwicklung wird ihm attestiert, seine Mutter wird gezwungen, ihn in ein Heim zu geben. Dort büxt er immer wieder aus, daraufhin bringen sie ihn in einen Jugendwerkhof, eine Art Spezialheim für Schwererziehbare. Er verbringt mehrere Jahre dort, aber auch da gilt er als aufsässig, ein Störfaktor, man wirft ihm vor, er würde sich der Umerziehung widersetzen. Er kommt nach Torgau. Das ist kein Heim, Márta, sondern ein Jugendknast mit Hochsicherheitsschleusen. Er wird verdroschen, Striemen bleiben zurück vom Schlüsselbund im Gesicht, drei Tage Einweisungszelle, sieben Quadratmeter, Pritsche, zwei Decken, kein Tageslicht. Einen Richter sieht der Junge nie. In Torgau soll die Erziehungsbereitschaft hergestellt werden. Das bedeutet: den Willen brechen.«

In meinen Schläfen pochte das Blut. Mein Herz raste.

»Du hättest das Manuskript nicht einfach lesen dürfen, Theresa. Konstantin wird diesen Roman nicht für die Veröffentlichung bestimmt haben.«

»In der DDR vermutlich nicht.« Vielsagend hob Theresa die Augenbrauen.

Mein Brustkorb schmerzte, so sehr hämmerte es darin.
»Was hast du vor?«
Sie blickte nervös zur Tür. Meine Wirtin hatte den Fernseher noch lauter aufgedreht. Theresa holte eine Packung Zigaretten aus ihrer Handtasche. Ich bedeutete ihr, sie könne hier nicht rauchen.
»Es gibt einen zweiten Durchschlag.« Sie sah mich erwartungsvoll an. »Er wird's nicht bemerken. Das nächste Mal, wenn wir in den Westen fahren, nehme ich den Durchschlag mit!«
Sie sagte das so, als nehme sie einen Einkaufsbeutel zum Einkaufen mit. Mir wurde plötzlich übel. Der Wermut wirkte, ich sah das Bild von Bernd vor mir, sein Gesicht, *a whiter shade of pale*. Ich zog die Decke über mich, fröstelte, während ich darüber nachdachte, was das alles bedeutete.
»Jetzt sieh mich nicht so an! An der Grenze kontrollieren sie uns nie, nicht mit dem blauen Kennzeichen meines Vaters. Es ist nichts dabei.«
»Das kannst du nicht machen!«
»Die erwischen mich nicht. Ich werfe das Manuskript in Westberlin in den erstbesten Briefkasten. Ich brauche nur noch D-Mark fürs Porto.«
»Du verstehst nicht, darum geht es nicht! Bernds Tod ging Konstantin an die Substanz. Wie kannst du das nicht sehen? Ich glaube, er hat sich auf eine Art verantwortlich gefühlt für Bernd, der jünger war als er. Sie kannten sich seit ihrer Heimzeit. Vielleicht macht er sich Vorwürfe, nicht genug getan zu haben für ihn. Vielleicht ist er noch nicht bereit, den Roman zu veröffentlichen? Er ist noch nicht so weit.«
»Hat er dir das gesagt?«

»Nein, aber …«

»Bekommt er erst ein Angebot von einem westdeutschen Verlag, wird er mir danken. Márta, der Roman ist brillant, und das ist wichtiger Stoff.«

»Aber das kannst du nicht hinter seinem Rücken tun.« Ich wurde laut, konnte nicht verstehen, dass sie so unüberlegt handeln wollte.

»Der Mann schreibt wie ein Gott und versteckt seine Texte. Es ist meine Pflicht, etwas dagegen zu tun. Das ist öffentliches Interesse!«

»Konstantin ist kein Selbstdarsteller. Was ist, wenn er Ärger bekommt?«

»Jeder Autor will wahrgenommen werden. Und wenn dieser Roman im Westen erst erscheint, ist Konstantin unantastbar. Die Dinge werden sich ändern. Ich muss das tun.«

»Darauf stehen Strafen, Theresa.«

»Zwei bis zwölf Jahre Haft«, erwiderte sie und zuckte mit den zarten Schultern.

Mein Blick ging erneut zur Tür, meine Wirtin hatte den Fernseher ausgeschaltet. Es war still geworden in der Wohnung. Ich presste den Zeigefinger auf den Mund und bedeutete Theresa, leise zu sprechen.

»Márta, du musst mir helfen!«

Ich schüttelte den Kopf.

»Dann vergiss es.« Sie kroch unter meine Blümchendecke, zog sie sich hoch bis zum Kinn und wandte mir den Rücken zu. Ich weiß nicht, wie sie es schaffte, doch nach kurzer Zeit war sie eingeschlafen. Und ich – ich verharrte auf einem schmalen Streifen Bett, das Dämmertreiben wirrer Bilder im Kopf. Wieder und wieder richtete ich mich auf, um einen kleinen Schluck Wermut zu trinken, und als der graue Morgen schon ins Zimmer kroch, entschwanden endlich die Gedanken, und ich versank in einer traumlosen Ohnmacht.

Es war Nachmittag, als ich erwachte. Orangefarbenes Licht fiel in einem Strahl tanzender Staubkörner auf mein Kopfkissen und blendete mich. Ich blinzelte in die Sonne und fühlte mich gerädert. Mir war übel. Aber es war nicht nur das, ein unangenehmes Gefühl, eine Ahnung hatte mich im Augenblick des Erwachens ergriffen. Nun stellte sich die Erinnerung ein, der Schlaf hatte mich nur kurzzeitig erlöst. Der Blick auf den Wecker bestätigte, dass ich meine Vorlesungen fast alle verpasst hatte, die letzte begann in einer halben Stunde. Ich kniff die Augen zusammen und vergrub das Gesicht wieder im Kissen. Das Aufstehen schien mir sinnlos. Ich ergab mich der Schlaffheit meiner Glieder, verspürte weder Kraft noch Elan. Während ich vor mich hin sinnierte, rekonstruierte ich den vergangenen Abend. Der Gedanke an den Kuss traf mich erneut wie ein Schlag – und ich feiges Miststück hatte Theresa nichts gesagt. Sie war längst gegangen. Wieder blinzelte ich in das Gegenlicht und sah die Umrisse eines Mannes vor mir. Dort gegenüber im Sessel saß er, die Beine übereinandergeschlagen. Ich sah ihn wirklich. Die Gestalt Konstantins vor mir. Ich gab mich der Illusion hin, genoss die Vorstellung, dass er mich beobachtete. Auf das Klicken seines Feuerzeugs hin setzte ich mich auf und zog die Decke hoch bis zum Kinn. Der Schlaf hockte noch in meinen Augen samt der Restschminke, die sich in dunklen Klümpchen in den Augenwinkeln gesammelt haben musste. Er hätte mich gern richtig geküsst, hörte ich ihn sagen, wäre ich nur nicht so schnell davongelaufen.

Jetzt rieb ich mir die Augen, stellte die Sicht scharf. Er sah mich mit demselben zärtlichen Gesichtsausdruck an wie gestern Abend am Park. Ich schlug erneut die Augen nieder. Natürlich wusste ich, der Sessel war leer. Doch die Worte streichelten mich wie eine warme Dusche. Ich genehmigte mir die süßen Gedanken wie Vati sich einen Schnaps am Morgen. Konstantin im Sessel nahm einen tiefen Zug. Ich streifte die Decke ab, stand im T-Shirt da, meine Oberschenkel unvorteilhaft entblößt. Sein Blick aber liebkoste mich. Ich wandte mich schamhaft von ihm ab, als hätte er in meiner Vorstellung nicht bereits tausendfach die Kleider von mir geschält. Theresa war übergeschnappt, ich musste sie zur Vernunft bringen, ihr diese wahnwitzige Idee austreiben, noch bevor sie übermorgen abreisten.

Im Laufschritt überquerte ich die Straße zur Fakultät. Ich hoffte, es noch rechtzeitig zur letzten Vorlesung zu schaffen, und wollte Konstantin und Theresa anschließend in der Rémy Martin Bar treffen. In der vierten Etage stand die Tür zum Hörsaal noch offen, ein paar Studenten unterhielten sich davor. Offenbar hatte sich der Dozent ebenfalls verspätet. Ich ging hinein, hielt Ausschau nach Paula, die mir oft einen Platz freihielt. Da sie nicht da war, ließ ich mich auf einem Platz am Gang nieder. Meine Umhängetasche mit ein paar Bibliotheksbüchern, die ich noch zurückbringen wollte, ließ ich achtlos auf den Boden sinken. Mit dem Mantel zusammengeknüllt im Schoß lehnte ich mich zurück und versuchte, mein inneres Zittern unter Kontrolle zu bringen. Schloss ich die müden Augen, fantasierten Konstantins Küsse auf meinen Lippen. Ich schlug die Beine übereinander und presste die Schenkel zusammen.

Ich musste diese Gedanken vertreiben, holte Luft, drehte den Kopf herum. Jemand reichte mir die Anwesenheitsliste. Mir war schwindelig, die Übelkeit kam zurück, als ich meinen Namen eintrug – meine Unterschrift wurde ein verwackeltes Gekrakel. Ich hielt es nicht länger aus, ergriff meine Sachen, stürzte hinaus, den Gang entlang und riss die Toilettentür auf. Kaum in der Kabine, erbrach ich mich heftig. Danach lehnte ich gegen die kalten Fliesen, atmete tief ein und aus und fühlte mich jämmerlich. Doch allmählich ließ die Übelkeit nach, und Erleichterung breitete sich in mir aus. Nachdem ich mich gesammelt hatte, wusch ich mir das Gesicht mit kaltem Wasser und betrachtete es im Spiegel. Tiefe Ringe zeichneten sich unter meinen Augen ab. Dieser verdammte Alkohol! Mit neuer Kraft verließ ich die Toilette, holte mir in der Mensa einen heißen Tee und setzte mich damit in eine Ecke. Mit jedem Schluck kehrte die Kraft langsam zurück.

Auf den wenigen Metern über die Straße zur Rémy-Martin-Bar schlug mir der Regen entgegen. Das Wetter hatte mächtig umgeschlagen. Ich hielt mir meine Tasche über den Kopf, die Bücher darin hatte ich nun nicht zurückgebracht. Diese sonst so belebte Gegend war menschenleer, das Wasser ergoss sich ungehindert in den Rinnsteinen, in der Ferne heulten Polizeisirenen. Niemand wartete bei diesem Hundewetter an der fremdsprachigen Buchhandlung, wo die Schlange sonst bis auf die Straße reichte.

Es war später Nachmittag, in den hohen Sitznischen entlang der Wand saßen nur ein paar Touristen, die vor dem Abendessen auf einen Aperitif ins Rémy kamen. Ich wischte mir die nassen Haare aus dem Gesicht und hängte den feuchten Mantel auf. Am Tresen saß niemand. Ich wählte einen Platz am Ende und bekam Lust auf eine Zigarette. Nicht ihres Geschmacks wegen, dem hatte ich noch nie etwas abgewinnen können, ich brauchte eine Requisite. Wollte sie halten, wie Theresa sie in ihren langen schlanken Fingern hielt, wie ein Schmuckstück, und sie mit grazilen Bewegungen des Handgelenks zum Mund führen. Ich wollte so sein wie sie, so, wie ich mir eine schöne Frau allein an der Bar vorstellte.

Der Barmann mit adrettem Haarschnitt erkundigte sich, was ich wünschte.

Ich richtete mich auf, sah ihm in die Augen und fragte lächelnd, dabei die Beine langsam übereinanderschlagend, ob er eine Zigarette für mich hätte.

»Hinten steht der Automat«, lautete seine Antwort, die keineswegs unfreundlich klang. Er warf mir einen kurzen Blick zu, während er ein Glas polierte, und machte eine Handbewegung in Richtung der Toiletten, bevor er seine Aufmerksamkeit wieder dem Weinglas zuwandte, als sei es von unschätzbarem Wert. Ich sank in mich zusammen. Ernüchtert hörte ich den Regen an die großen Frontscheiben schlagen, betrachtete die Gestalten in den Sitznischen und fühlte mich wie die billige Kopie einer Frau.

»Darf es etwas zu trinken sein?«, fragte der Barmann nach, noch immer freundlich, doch mit einer gewissen Ungeduld im Ton, so wie man einem Kind das fünfte Mal dieselbe Frage stellt.

»Eine Pepsi bitte«, sagte ich leise und riskierte einen Blick an meinem Pulli herab zur alten Jeanshose. Nichts an meiner Erscheinung wirkte anziehend oder gar divenhaft, auch eine Zigarette in der Hand hätte daran nichts geändert.

»Und zwei Wodka dazu«, kam von hinten.

Reflexartig wandte ich mich um, als wäre ich erwischt worden. Das konnte nicht wahr sein! Janó. Ich drehte mich wieder um und starrte auf den Tresen vor mir, als könnte ich mich mit meinem Blick dort festhalten. Warum musste gerade dieser Kerl hier auftauchen? Ich fühlte mich nicht dazu in der Lage, noch mehr Erniedrigungen einzustecken.

Ungefragt hatte er sich bereits auf den Barhocker neben mich gesetzt. Der Barmann stellte jeweils ein Schnapsglas vor uns und füllte beide mit regloser Miene großzügig fast bis zum Rand.

»Wodka trinkt man nicht allein, ich hatte gehofft, du leistest mir Gesellschaft«, sagte Janó.

»Ich trinke keinen harten Alkohol«, gab ich zurück und dachte dabei an letzte Nacht. Dann schob ich das Glas zu ihm hinüber, ohne ihn dabei anzusehen.

»Konstantin findet, ich sollte mich bei dir entschuldigen.«

Jetzt drehte ich den Kopf zu ihm, sah in sein grinsendes Gesicht.

»Ich dachte eigentlich nicht, dass du die Art Frau seist, bei der man sich entschuldigen muss, nur weil man sie in der Diskussion etwas härter angefasst hat.« Mit dem Zeigefinger schob er das Glas vorsichtig zu mir zurück.

»Frieden?«

Ich betrachtete die sich spiegelnde Oberfläche des Wodkas, sah in die kleinen hellen Augen, darüber die blonden Brauen. Noch immer grinste er wie ein kleiner Junge, der nicht nachgeben konnte. Ich tat es einfach, führte das Glas zum Mund und kippte das Zeug in einem Zug hinunter. Mein erster Wodka.

András hatte es nie gemocht, wenn eine Frau Alkohol trank. Das machten nur die, die sich danach abschleppen ließen, sagte er immer und sah mich an, als wäre ich irgendwie vollkommen. Nun würde er Eszter so ansehen, dachte ich und verscheuchte den Gedanken sogleich.

Das Zeug brannte fürchterlich im Hals. Ich bemühte mich, das Gesicht nicht zu verziehen. Auch die Wirkung setzte sofort ein, ich spürte das Kribbeln in den Gliedern. Janó betrachtete mich unverfroren mit einem angedeuteten Lächeln, das wie Anerkennung wirkte, als hätte es nicht mehr gebraucht als den Beweis, dass ich trinken konnte. Wie armselig Männer doch waren.

»Du wirkst wie ein vernünftiges Mädchen. Das Problem ist, bei uns vernünftig zu sein, bedeutet, die blanke Unvernunft zu akzeptieren«, sagte er plötzlich, während er sich näher zu mir beugte.

Ich verdrehte die Augen.

Er musterte mich noch immer von der Seite. »Konstantin ist ein prima Kerl. Offenbar mag er dich. Ich will nur herausfinden, was an dir dran ist, außer deinem hübschen Gesicht. Mir gefallen Frauen, die den Mund aufmachen, selbst wenn dabei nur Phrasen herauskommen. Es ist ein Anfang.«

»Na, wenn das keine Phrase war!«, sagte ich und zuckte die Schulter.

Ich sah in sein Gesicht, das nicht sonderlich schön, aber auch nicht hässlich war. Woher nahm einer wie er dieses Selbstvertrauen?

Janó kramte aus seiner Hosentasche eine Handvoll Münzen hervor und legte sie in einem Haufen auf den Tresen neben sein noch volles Glas. Dann ließ er sie einzeln und ganz vorsichtig, eine nach der anderen, in den Wodka gleiten. Ich betrachtete seine kräftige, quadratische Hand, die kurzen Finger und fragte mich, was er da machte. Als der Wodkaspiegel den Rand erreicht hatte, sah er mich fragend an.

»Noch eine?«

Ich nickte.

Er gab eine weitere Münze dazu, ein Hügel bildete sich auf der Oberfläche.

»Und damit willst du mich beeindrucken?« Ich sah zwischen ihm und der Flüssigkeit hin und her, die sich wölbte und jeden Moment überschwappen musste. Er reichte mir eine Münze und nickte mir auffordernd zu. Ich ließ sie vorsichtig halb in das Glas gleiten, ließ noch nicht los, die spiegelnde Oberfläche wölbte sich weiter, dann versenkte ich das Geldstück. Der Wodka lief über. Janó fluchte, nahm das Glas zwischen zwei Finger und kippte den Inhalt hinunter. Die Münzen purzelten ihm ins Gesicht und dann auf den Boden. Ich musste lachen. Er hatte mich überrumpelt und grinste mich an. Dann sammelte er die Münzen vom Boden auf, reichte mir eine nach der anderen hoch.

»Ihr scheint euch vertragen zu haben«, kam es von hinten. Ich schoss herum. Konstantin stand vor mir, ich fühlte mich ertappt. Während ich ihn ratlos anstarrte, suchte Janó noch auf allen vieren zu meinen Füßen ein letztes Geldstück. Die Situation war skurril, ich musste kichern.

»Janó und ich haben auf den Frieden getrunken«, sagte ich, »der Alkohol tat sein Übriges.« Konstantins skeptische Miene wirkte so ernüchternd, dass mir das Lachen verging. Janó war auf die Beine gekommen, die beiden begrüßten sich, und ich flüchtete zu Theresa, die gerade ihren Mantel aufhängte und ebenso durchnässt aussah wie ich. Sie wirkte reserviert. Ein Küsschen links und rechts.

»Das Lokal ist nett«, sagte sie.

»Etwas teuer.«

Sie nickte zustimmend.

»Paula und ich kommen notgedrungen hierher.«

Auf ihren fragenden Gesichtsausdruck hin erklärte ich, einer unserer Dozenten hielte hier mit Vorliebe seine Seminare ab, umringt von seinen Jüngern.

Wieder nickte sie.

»Wollen wir uns setzen?«

Wir nahmen in einer der Sitznischen Platz. Sie bestellte Bier. Ich trank lieber Tee. Plötzlich beugte sie sich zu mir vor.

»Márta, du verrätst mich doch nicht?« Ihr Blick war fahrig und forschend, er suchte in meinem Gesicht.

Ich musste schlucken. Es gab so viel Geschichte zwischen uns, so viel gemeinsame Vergangenheit. Wie konnte sie so etwas von mir denken? Da fiel mein Blick über ihre Schulter wieder auf Konstantin am Tresen, der mit dem Rücken zu uns mit Janó redete. Mir wurde heiß innerlich, heiß vor Scham. Ich reichte über den Tisch und ergriff Theresas Hand, drückte sie fest, so fest ich nur konnte.

»Weißt du noch, als wir uns geschworen haben, immer füreinander da zu sein?«

Theresas Gesichtszüge entspannten sich, sie lächelte.

»Wir waren zehn und saßen im Maisfeld.«

»Ich könnte dich nie verraten.« Und dort in der noblen Bar gab ich ihr mein Versprechen.

»Aber ich flehe dich an, Theresa, mach es nicht. Es ist einfach nicht richtig, das hinter seinem Rücken zu tun.«

Theresa zog die Hand zurück. Konstantin und Janó kamen zum Tisch. Sie rutschte durch zur Wand und machte

Konstantin neben sich Platz. Ich tat es ihr gleich. Janó setzte sich auf den freien Platz neben mich, nur meine Umhängetasche thronte zwischen uns wie eine Anstandsdame. Mit einem Knall ließ Konstantin das Paket seiner neuerworbenen Bücher aus der fremdsprachigen Buchhandlung mitten auf den Tisch fallen. Er amüsierte sich über unsere verschreckten Gesichter und schwärmte von seinen Entdeckungen, von den zeitgenössischen Werken, die dort zu erwerben waren. »Da stehen sie alle. Einfach so. Kriminell ist das!«

Mit kindlicher Freude zeigte er seine Schätze, einen nach dem anderen, Koestlers *Sonnenfinsternis*, Orwell, Freud, Grass, alles Bücher, die in der DDR nicht zu bekommen waren. Er strahlte mich an. »Danke, Márta, für den Tipp!«

»Du wirst im Zug einen Koffer mit doppeltem Boden brauchen«, sagte ich und ein Lächeln schlich sich über meine Lippen, nicht nur, weil ich mit der Buchhandlung offenbar richtiggelegen hatte. Konstantin lachte. Ich spürte wieder die Nähe zwischen uns, als würden unsichtbare Fäden unsere Blicke verbinden.

»Wo bleibt Roland?«, unterbrach Theresa plötzlich.

Konstantin löste seinen Blick von mir und zog eine überraschte Miene. »Wer?«

Sie hob vielsagend die Brauen. »Du weißt doch, Mártas Cellist.« Ich fuhr sie stumm mit meinem Blick an, doch gleich bekam ich ein schlechtes Gewissen. Konstantin ignorierte Theresas Bemerkung, sein Blick streifte meinen nur flüchtig. In diesem Moment traf Roland ein. Er grüßte in die Runde. Ich nickte ihm zu und nahm dankbar für die Ablenkung meinen Tee in Empfang, den der Kellner gerade brachte. Roland holte einen Stuhl heran und setzte sich an das Kopfende des Tisches. Ich gab Milch und Zucker in meinen Schwarztee, so wie ich ihn seit meiner Begegnung mit Elke am liebsten trank, und rührte so inständig darin, als ob mich das unsichtbar machen könnte. Das Gespräch drehte sich um DDR-Literatur. Auf Janós Nachfrage erzählte Konstantin nun doch von seinem Romanprojekt, ohne dabei aber inhaltlich konkret zu werden. Mit einer resignierten Handbewegung sagte er, er hadere grundsätzlich damit, überhaupt irgendwas irgendwo einzureichen nach der Erfahrung mit seinem Gedichtband, der letztes Jahr bei Aufbau erschienen war. »Da sind meine besten Gedichte drin, aber eben auch kompletter Murks, dilettantische Versuche aus meiner Jugend, die der Verlag für das sozialistische Gesamtbild drinhaben wollte. Romantischer Kitsch. Die Hauptverwaltung Verlage im Ministerium für Kultur hat meine ursprüngliche Auswahl bemängelt, mit dem Argument, ich würde damit keinen Beitrag zur Entwicklung sozialistischer Lyrik leisten.«

»Vielleicht könnte ich helfen«, bot Roland sich an. »Hast du schon einmal daran gedacht, dich in Österreich nach Verlagen umzusehen?«

»Die Collection S. Fischer in Westberlin interessiert sich auch für Autoren aus der DDR«, unterbrach Theresa.

»Das ist falsches Interesse, Theresa«, erwiderte Konstantin. »Ich habe keine Lust, mich mit dem Etikett des verfolgten DDR-Autors anzubiedern. Meine Texte sollen für sich stehen, als Literatur, und aufgrund ihrer Qualität veröffentlicht werden, nicht meiner Herkunft wegen.« Theresa setzte zu einem Gegenargument an, doch Konstantin sah sie scharf an. Sie verstummte.

An Roland gewandt, sprach er weiter: »Es herrschen

ganz andere Themen und Lebensmuster im Westen. Einen Roman aus dem Osten versteht bei euch doch keiner.«

Betretene Stille. Konstantins Reaktion wirkte schroff, besonders auf Außenstehende, die den Hintergrund dieser Auseinandersetzung nicht kannten, selbst Roland blickte bedauernd zu Theresa, bevor er Konstantin mit einem Nicken signalisierte, dass er vermutlich recht hatte. Ich ahnte, dass Theresa diesen westdeutschen Verlag nicht zum ersten Mal erwähnte. Und auch wenn Konstantin nicht wusste, was sie tatsächlich vorhatte, verstand ich seine Beweggründe. Dennoch tat sie mir leid, ich suchte ihren Blick, doch sie wich mir aus. Janó brach das Schweigen mit dem Vorschlag, zu einer *buli* zu gehen. Konstantin und Roland nickten interessiert. Theresa flüsterte Konstantin etwas zu, woraufhin er aufstand und sie aus der Bank schlüpfte. Mit einem düsteren Blick bedeutete sie mir, ich solle ihr folgen, und verschwand in Richtung Toilette. Die herrische Art, mit der sie mich hinter sich herbeorderte, gefiel mir nicht. Während Janó mich rausließ, redete er auf mich ein, auf der *buli* wolle er mir eine besondere Freundin vorstellen, Olívia sei großartig. Dabei legte er kumpelhaft einen Arm um mich und sagte, wie froh er sei, dass wir nun Freunde seien. Ich schob mich an ihm vorbei und ging Theresa nach, die am Zigarettenautomaten vor den Toiletten auf mich wartete. Kaum dass ich bei ihr war, fuhr sie mich an:

»Ich warne dich! Wenn du mich verpfeifst, rede ich nie wieder ein Wort mit dir.«

Verständnislos hob ich die Hände. »Ich habe dir doch gesagt, dass ich dichthalte!«

»Ich sehe doch, wie du ihn anschmachtest. Lass die Finger von meinem Freund!«

So hasserfüllt schmetterte sie mir diese Worte entgegen, dass es mir die Sprache verschlug. Wie versteinert stand ich da, während sie mich einfach stehenließ und die Kabine hinter sich absperrte.

»Ach komm schon, nur eine Stunde!«, drängelte Janó, nachdem ich zu den anderen zurückgekehrt war. »Es wird dir gefallen. Ich bringe dich auch nach Hause!« Ich hob abwehrend die Hand, ich wollte zu keiner *buli* und schon gar nicht von ihm nach Hause gebracht werden. Ich wollte überhaupt nichts von ihm.

András hatte auch immer geglaubt zu wissen, was gut für mich wäre. *Ich kenne dich, es wird dir gefallen*, hatte er immer gesagt. Und ich ließ mich auf seine Vorschläge ein, denn oft behielt er recht. Wir machten tagelange Fahrradtouren und schliefen im Zelt. Ich hasse Zelten, die Mücken, das Gepacke und Geschleppe, den Auf- und Abbau, einfach alles, doch mit ihm kam es mir erträglich, ja wild romantisch vor. Er liebte Motocross. Ich machte sogar einen Motorradführerschein, hörte die Musik, die er hörte, trank das Bier, das er mochte, seine Freunde waren meine Freunde, fast verlor ich mich dabei. Niemals zwang er mich zu etwas. Nur war seine Abenteuerlust und Begeisterungsfähigkeit schon immer stärker ausgeprägt gewesen als meine. Er teile sie mit mir, weil er mich liebe, sagte er und erdrückte mich mit seiner Liebe, dieser Liebe, die ich jetzt so vermisste.

Ich zog an der Garderobe meinen Mantel an, fest entschlossen, nach Hause zu gehen, als wir zusammen die Bar verließen. Theresa hatte sich demonstrativ bei Konstantin eingehakt, als müsste sie klarstellen, zu wem er gehörte. Sie redete aufgedreht und lachte künstlich, beachtete mich überhaupt nicht und hielt mich trotzdem aus dem Augenwinkel fest im Blick. Janó, der bereits draußen gewartet hatte, kam auf mich zu. Er hielt die Hände in den Manteltaschen vergraben und wechselte frierend von einem auf das andere Bein. »Du kommst doch mit?« Konstantin drehte den Kopf zu uns. »Natürlich kommt sie mit«, sagte er zu mir. Ich sah in sein erwartungsvolles Gesicht und nickte.

## 9

Die *buli* war doch ein Stück weiter entfernt, als Janó es angekündigt hatte. Wir überquerten den Ring. Nördlich der Dohány utca hätte ich mich in den Gassen des Jüdischen Viertels ohne die Gruppe leicht verlaufen. Die von Ruß geschwärzten Fassaden erinnerten mich an den Prenzlauer Berg, allerdings waren die Straßen hier enger, die Gehwege schmaler, die Gebäude älter. Man trat aus dem Hausflur fast unmittelbar auf die Fahrbahn. An einigen Stellen musste man sich bei jedem Auto, das vorbeifuhr, an die Wand pressen, um nicht erfasst zu werden. Ein Mann im schäbigen Mantel, die Schiebermütze tief ins Gesicht gezogen, kam direkt auf uns zu und sprach uns an. Die anderen gingen weiter, während Janó, der neben mir lief, stehen blieb. Das Nuscheln des Mannes war für mich nicht verständlich, doch ich sah Janó zwei Zigaretten herausziehen und sie ihm reichen. Er verstaute sie in der Manteltasche: »Danke, Genosse.«

»Hast du den gesehen?«, flüsterte Janó zu mir gebeugt. »Einer der Obdachlosen, die in unserer Gesellschaft nicht existieren. Angeblich alles Herumtreiber und Arbeitsscheue.«

Ich antwortete nicht. Bei uns muss keiner auf der Straße leben, dachte ich, sagte es aber nicht laut, weil ich seine Antwort schon kannte. Ich beschleunigte meinen Gang, um zu den anderen aufzuschließen. Janó hielt Schritt.

»Was für Leute sind bei dieser *buli*?«, fragte ich.

»Liberal-urbane Reformer, jüdische Intellektuelle. Du bist Christin, nicht?«

Ich sah ihn fragend an. »Meine Eltern sind katholisch, ja, aber nicht gläubig, ich wurde gar nicht getauft. Was spielt das für eine Rolle?«

Er blieb abrupt stehen, betrachtete mich mit zusammengezogenen Augenbrauen.

»Ich meine, heutzutage?«, ergänzte ich vorsichtig. Er lachte kurz auf, aber es klang eher bitter als amüsiert. »Ich bin Jude, auch wenn man es mir nicht ansieht«, sagte er. Etwas zog sich in mir zusammen. Ich hatte keine Antwort darauf, wusste nicht genau, wie ich mit dieser Bemerkung umgehen sollte. Sollte ich nach seiner Familie fragen? Oder lieber nicht? Ich dachte nicht in den Kategorien von Religion und schon gar nicht in der von Juden oder Nicht-Juden. Ich kannte keine Juden, oder zumindest wusste ich es nicht. Natürlich hatten wir über die Verbrechen des Hitlerfaschismus im Geschichtsunterricht gelernt, über das Judentum an sich wusste ich jedoch nicht viel. Janós schroffe Art kränkte mich und schaffte noch mehr Distanz. Ich blieb ein paar Schritte hinter ihm zurück.

»Komm schon!«, rief er mir zu. »Wir machen einen kleinen Abstecher, ich zeige dir was!«

»Wir verlieren die anderen!« Die Straßenbeleuchtung war kaputt, die Gasse duster, die Gegend unheimlich. Das Unbehagen kroch mir den Nacken hoch.

»Wir treffen sie auf der *buli* wieder, Theresa weiß die Adresse«, sagte er entschlossen und bog linker Hand in eine Seitengasse ein. Ich sah die anderen nicht mehr, also folgte ich ihm. Aber ich hatte kein gutes Gefühl dabei. Janó war kräftig. Würde er mich bedrängen, hätte ich keine Chance.

»Sollen wir nicht zu den anderen zurück?«, fragte ich und klang unsicher dabei. Er lachte wieder, nahm mich bei der Hand wie ein Kind.

»Ich passe schon auf dich auf!« Sein Griff war fest, seine Hand rau und schwielig.

»Du bist nicht von hier, richtig?«

»Südküste Balaton«, nuschelte ich.

»Siófok?«

»Aus der Nähe.«

Die Entschiedenheit, mit der er mich hinter sich herzog, schüchterte mich ein. Ich traute mich nicht, ihm die Hand zu entziehen, vielleicht wäre es mir auch gar nicht gelungen. Wie konnte ich nur so dumm gewesen sein? Mit der freien Hand ertastete ich in meiner Manteltasche den Schlüsselbund, krallte fest meine Hand darum und stellte mir vor, wie ich ihn damit, wenn nötig, ins Gesicht schlagen würde. Ins Gesicht schlagen. Konnte ich das überhaupt? Ich hatte noch nie jemanden ins Gesicht geschlagen, noch nicht einmal mit der flachen Hand.

Wir blieben stehen. Er deutete an einer Backsteinfassade empor. Den Moment nutzend, entzog ich ihm die Hand. Das Mauerwerk war alt und bröselig, das Tor kaputt, darüber hing eine Tafel mit hebräischer Schrift.

Er bedeutete mir reinzugehen, schob mich mit sanftem Druck am unteren Rücken vor sich her. Ich fühlte die Panik in mir aufsteigen, wäre am liebsten weggerannt, stattdessen trugen mich meine Beine gehorsam in den dunklen Innenhof. Der Schlüsselbund in meiner Faust schnitt mir in die Hand. Ich drückte noch fester zu und hielt mich daran fest.

Er ging dicht neben mir her, seine Hand ruhte noch immer auf meinem Rücken.

»Nicht so ängstlich.« Er flüsterte so nahe an mir, ich spürte die Wärme seines Atems im Gesicht. Wir blieben stehen.

Er deutete auf die kleine, verfallene Synagoge vor uns. Ein Schmuckstück, rundherum von einem Wohnhaus umbaut, nur der reich verzierte Eingang und darüber die Bogenfenster waren sichtbar geblieben. Er betrachtete die Synagoge mit einer Bewunderung, als blickte er auf eine Braut beim Gang zum Altar. Er wirkte so arglos, meine verkrampfte Hand um den Schlüsselbund löste sich. Ich atmete auf.

»Was glaubst du, wie alt sie ist. Hundert Jahre?«, fragte er.

Ich schüttelte benommen den Kopf. Mein Mund, meine Kehle waren trocken.

»Sie ist wunderschön«, brachte ich heraus und blickte verstohlen zu ihm. In der Tat war dieser verborgene Ort zauberhaft. Seine Augen blitzten auf vor Stolz, als hätte er mir den Heiligen Gral gezeigt. Für einen Moment blieb sein Blick an mir haften. Dann wandte er sich ab und ging zurück zum Tor.

»Komm, gehen wir weiter!« Kurz stand ich noch da, überrascht, erleichtert, dann rief ich hinterher.

Die *buli* war nicht weit von der Synagoge entfernt, nur ein paar Straßen weiter gingen wir in ein altes Mietshaus. In der ersten Etage standen Leute am Geländer des Umlaufbalkons. Laute Musik hallte in den Hof. Die Wohnung war überfüllt, die Luft stickig von Qualm und Schweiß. Janó zog mich an der Hand durch den Flur an den Leuten vorbei. Es machte mir nun nichts mehr aus, dass er meine

Hand hielt, im Gegenteil, ungern hätte ich ihn hier verloren. Wir drängelten uns durch zur Küche. Ich hielt Ausschau nach Konstantin und Theresa, sah sie aber nirgendwo und befürchtete schon, ich wäre ganz umsonst mitgekommen. Janó grüßte ständig irgendwelche Leute, er schien alle zu kennen.

Er füllte aus einem Kanister Wein in zwei Plastikbecher, spritzte sie mit Sodawasser auf und reichte mir einen. Er wolle mich nun Olívia vorstellen, sagte er, so pressten wir uns auf dem Flur wieder an den Leuten vorbei. Ich hielt meinen Becher hoch über den Kopf, um den Wein nicht zu verschütten. Die Wohnung war riesig, offenbar wohnten hier mehrere Leute. Wir drangen weiter ins Innere vor, hier war die Musik gedämpfter. In einem der Zimmer standen Leute, rauchten und unterhielten sich. Im Vergleich zum Rest der Wohnung wirkte dieses Zimmer bewohnter, Zeitungsstapel lagen herum, auf dem Schreibtisch herrschte Unordnung. Janó deutete auf eine Frau inmitten der Gruppe aus jungen Männern, sie saß auf einem Stuhl wie auf einem Thron, umgeben von ihrem Hofstaat. Sie war älter als die meisten hier, trug einen Kurzhaarschnitt, der sie streng wirken ließ. Janó erklärte, Olívia und ihr Mann Ottó seien Soziologen, beide hätten ihre Anstellung an der Uni verloren, weil sie Daten zu Armut, Arbeitslosigkeit und zur Selbstmordrate gesammelt hätten, Fakten, die denen da oben unbequem gewesen wären. Seither organisierten sie Spenden, sammelten Kleider, die sie dann an Bedürftige verteilten. Ottó war ein ausgesprochen hagerer Mann, er grüßte Janó. Mit seinem breiten Schnurrbart, der über die Mundwinkel hinausreichte, erinnerte er mich an einen dieser sehnigen Bauern auf den sozialistischen Gemälden der 1950er-Jahre. Er hatte lustige, warme Augen, doch die senkrechten Furchen in seinem Gesicht ließen ihn älter wirken, als er vermutlich war. Janó stellte mich vor.

»Das ist Márta, sie interessiert sich für eure Arbeit.« Janó lächelte mir ermunternd zu, was ich mit einem verärgerten Blick erwiderte. Ottó aber schien davon nichts zu bemerken. Er reichte mir freundlich die Hand.

»Wir können jede Hilfe gebrauchen. Entschuldigt mich bitte, ich muss Olívia ihr Wasser bringen.« Er deutete auf die Flasche *Salvus-Heilwasser* in seiner Hand. Was war das für eine Frau, um die alle solch ein Aufhebens machten? Auch wir gesellten uns zu der Gruppe um Olívia.

»Es hat doch keinen Sinn«, sagte sie gerade in die Runde. »Der Graben ist so tief, da kommt man mit rationalen Argumenten nicht weiter.« Ich wusste nicht, worum es ging, und sah abwechselnd zu Janó und zu dieser Frau. Sie blickte zu uns, ihr Gesicht hellte sich auf, als sie Janó erkannte. Auch ihr stellte Janó mich vor. Olívia fragte, ob ich studierte oder arbeitete. Ich antwortete zu leise, ein Mann neben mir übertönte mich mit seiner kräftigen Stimme. Allein, dass ein Treffen der Opposition zustande gekommen sei, verbuche er als Erfolg, sagte er zu den anderen.

Janó mischte sich in das Gespräch ein. »Man hätte das Treffen öffentlich machen müssen«, sagte er. Mühelos gewann er die Aufmerksamkeit jener, die um uns standen. »Was bringt es, hinter verschlossenen Türen konspirative Pläne zu schmieden und anschließend irgendwelche Pamphlete im Volk zu verteilen?« Er kam richtig in Fahrt. »Das ist doch die alte Bolschewiken-Art!«, rief er in die Runde. Die Umstehenden nickten zustimmend, auch Olívia. Ich fühlte mich fehl am Platz, aber niemand achtete auf mich. Nur Olívia lächelte mich freundlich an. Ich errötete, überlegte, was ich sie fragen könnte, doch da hatte sie ihre Aufmerksamkeit schon wieder dem Gespräch zugewandt und pflichtete Janó bei, sie sehe das wie er. Demokratie ließe sich nur mit demokratischen Mitteln erreichen. Ich stellte mir vor, dass gleich die Polizei das Haus wegen konspirativer Machenschaften stürmen und uns alle mitnehmen würde. Ich wurde unruhig, sah mich nach Konstantin und Theresa um. Janó war noch immer in das Gespräch vertieft.

»Wo kommst du her?«, fragte mich Olívia auf einmal. Es war eine Frage, die ich in Budapest aufgrund meines ländlichen Dialekts oft hörte. Meistens ärgerte sie mich. Bei Olívia nicht, sie wirkte aufrichtig interessiert, fragte mich aus zu meinen Eindrücken der Stadt. Ich kam gar nicht dazu, mich nach ihr zu erkundigen. Inzwischen waren die anderen Umstehenden gegangen, selbst Janó war spurlos verschwunden. Sie erzählte mir von ihrer Organisation und sagte, sie bekomme jede Woche bündelweise Briefe von armen Familien und könne immer Hilfe beim Sortieren von Altkleidern gebrauchen. Die ganze Zeit, während wir redeten, nippte sie an ihrem *Salvus*-Wasser.

»Es lindert die Magenschmerzen«, erklärte sie mit einem Lächeln.

Auf einmal stand Janó wieder neben mir, ich spürte seine Hand auf meinem Rücken.

»Ihr habt euch angefreundet?«

Olívia hatte mich tatsächlich mit ihrer Liebenswürdigkeit für sich eingenommen.

»Márta, du musst mir versprechen, bald einmal bei uns vorbeizuschauen!«

»Das würde ich sehr gern«, versprach ich. Wir verabschiedeten uns.

Auf dem Weg nach draußen, in dem Gedränge auf dem Flur, sah ich Konstantins Schopf über alle anderen Köpfe hinausragen.

»Wo seid ihr gewesen?«, fragte er. Da stürzte Theresa auf mich zu, ihre Augen glasig, die Schminke verlaufen. Offenbar war sie heftig angetrunken. Ich blickte entsetzt zu Konstantin. »Was ist mit ihr passiert?«

»Sie hat nur ein paar Wodka getrunken«, sagte er kopfschüttelnd und hob ratlos die Hände. Theresa lutschte einen Lolli, holte ihn aus dem Mund und bot ihn mir an.

Ich schob ihre Hand weg, als sie ihn mir in den Mund stecken wollte. Sie flehte mich an, ich solle probieren, plötzlich fing sie an zu schluchzen und hängte sich an mich.

»Du stehst doch zu mir, Liebes! Sag, du liebst mich noch, Márta!« Schockiert über ihren Zustand, sah ich hilfesuchend zu Konstantin. Er barg sie in seinem Arm.

»Komm, Süße, ich bringe dich mal besser ins Bett.« Dieser Satz klang so liebevoll, er traf mich unerwartet. Janó hingegen grinste mit einem Ausdruck im Gesicht, als ob das Ins-Bett-Bringen in ihrem Zustand etwas anderes bedeuten könnte, als sie auf ein Kissen zu betten, den Eimer neben das Bett zu stellen, ihr die Haare zurückzustreichen, wenn sie sich übergab. Vielleicht half er ihr noch, einen Fuß auf den Boden zu stellen, damit der Raum sich nicht drehte. Die Eifersucht überwältigte mich. Ich spürte auf einmal einen ungeheuren Druck auf der Brust und lehnte mich an Janó, der hinter mir stand – in diesem Moment hätte es jeder Mann mit zwei Armen getan. Janó nutzte die Gelegenheit und umfasste mich mit einem festen Griff um die Taille, als könne er mich nun endlich in Besitz nehmen. Konstantin entging die Szene nicht. Bildete ich es mir nur ein, oder zeigte sich in seinem Gesicht ein flüchtiger Ausdruck von Mitleid? Oder war es doch eher die Enttäuschung, die darin aufblitzte? Ich realisierte, wie bedürftig ich mich gerade benahm. Röte stieg mir in die Wangen, ich befreite mich aus Janós Umarmung und trat nahe an Konstantin heran. Ich konnte ihn in diesem Augenblick nicht einfach gehen lassen.

»Ich muss mit dir sprechen, es ist wichtig.« Ich flüsterte, versuchte aber so eindringlich wie möglich zu klingen, ohne genau zu wissen, was ich ihm eigentlich sagen wollte. Aber dazu kam es auch nicht. Er mühte sich mit der halb bewusstlosen Theresa ab, gab mir einen bedauernden Blick zurück. Was dachte er wohl, was ich ihm hatte sagen wollen?

Vor dem Haus liefen Janó und ich in die eine, Konstantin mit der wankenden Theresa in die andere Richtung. Wo Roland geblieben war, fragte ich mich gar nicht. Ich hatte ihn völlig vergessen.

Die kühle, frische Luft beruhigte meine Nerven. Janó und ich gingen schweigend nebeneinanderher, die Stille zwischen uns wuchs und wurde allmählich beklemmend. Ich hatte ihn falsch eingeschätzt, das tat mir nun leid. Er hatte sein Wort gehalten, mir eine interessante Frau vorgestellt, und nun brachte er mich heim, wie versprochen. Mir war klar, dass er gerne mit auf mein Zimmer kommen würde. Natürlich würde er das, Janó war ein Mann.

Meine Mutter hatte einmal zu mir gesagt, Männer würden immer wollen. Wir saßen uns damals in Unterwäsche auf kleinen Hockern im Badezimmer gegenüber, das Wachs im roten Emailletopf dampfte zwischen unseren Beinen, ich war vielleicht sechzehn Jahre alt. Wir strichen uns das heiße Wachs auf die Beine und in die Bikinizone. Es fühlte sich nicht unangenehm an, etwas heiß, nicht schlimm. Die zähe braune Masse kühlte rasch ab und wurde fest. Wir verwendeten das Wachs zwei, drei Mal, bevor meine Mutter von der Kosmetikerin einen neuen Topf holte. Jeden Schritt unternahmen wir synchron. Das Abziehen war das Schlimmste, besonders an der intimen Stelle, wo die Haut so dünn und voller Nerven ist. Wir zählten: Auf eins, auf zwei, auf drei, kreischten, lachten, Tränen schossen mir in die Augen. Es verursache Männern Schmerzen, wenn sie beim Sex nicht zum Samenerguss kämen, erklärte meine Mutter. *Es* müsse sich entladen. Ihre Worte brannten sich ein in mein unerfahrenes, junges Hirn. Mutters Worte sollten sich für mich bewahrheiten.

András konnte immer und wollte oft, bis heute. Ich mochte den Sex mit ihm, aber manchmal, wenn mir nicht danach war, machte ich einfach die Beine breit, und er erledigte alles. Das war schon in unserer Jugend so. Theresa fand die Vorstellung auch damals schon abstoßend, doch was wusste sie schon von einer festen Beziehung? Heute muss ich daran denken, was eine Kriszta mit meinem András anstellt, und ich fühle mich schlecht dabei. Bestimmt hält sie nicht nur hin.

Ich blickte wieder und wieder verstohlen zu Janó, der noch immer schwieg. Ich wünschte, er würde doch nochmal seinen Arm um mich legen, so widersinnig dieser Gedanke auch war. Vorhin konnte ich ihn nicht ausstehen, hatte noch Angst vor ihm, jetzt brauchte ich seine Umarmung, nur weil ich den Mann einer anderen begehrte. Wir waren an meiner Tür angekommen. Ich streckte ihm die offene Hand zum Abschied entgegen. Mir entging die Enttäuschung nicht, die sich in seinem Gesicht abzeichnete. Er nahm sie dennoch, und während sich unsere Hände sanft und ungeschickt verflochten, strich er mit dem Daumen über meinen Handrücken. Die Zärtlichkeit dieser Geste bannte mich. Ich entzog ihm die Hand nicht. Für einige Augenblicke standen wir so da. Janó muss sich an diesen Moment erinnert haben, als er Jahre später auf der Terrasse meine Hand ergriff und mich küsste. Aber damals war ich diejenige, die ungeplant, vielleicht sogar ungewollt, einen Schritt auf ihn zu machte und ihn auf den Mund küsste. Es war leicht. Und was es auslöste! Etwas blitzte in seinem Gesicht auf, der gleiche kindlich frohe Ausdruck wie zuvor in der Bar, als ich den Wodka in einem Zug ausgetrunken hatte. Ich musste darüber lächeln. Ich spürte seine Bewunderung, sein Verlangen nach mir. Ich sehnte mich nach seiner Nähe, wollte ihn. Ich zog ihn in den Hausflur, die Tür quietschte und fiel mit einem Krachen zu. *Passen Sie doch auf*, dachte ich, käme gleich von der Alten in der ersten Etage. Kichernd presste ich den Zeigefinger auf den Mund, flüsterte ihm zu, dass wir in der Wohnung allein sein würden. Meine Wirtin war über das Wochenende zu ihrer Schwester gereist. Ich hantierte am klemmenden Schloss der Wohnungstür. Janó schlang die Arme von hinten um mich, wir stolperten in den dunklen Flur, seine Hände fest auf meinen Hüften, drehte er mich zu sich, presste mich gegen die Wand. Ich spürte, wie hart er war. Die Heftigkeit seiner Lust erschreckte mich. Seine Lippen suchten meinen Hals, meine Ohren, die Zunge tastete und kreiste. Wir küssten uns wild. Das Knie zwischen meinen Schenkeln, der Griff hart im Nacken, ich hatte das Tier geweckt, es gelockt und gereizt, nun war es entfesselt. Mir war, als schwebte ich über uns und betrachtete das junge Mädchen – es spielte doch nur! Der Gedanke, wegzulaufen, schoss mir durch den Kopf, doch es war zu spät, wir waren bei mir. Ich navigierte uns in mein Zimmer und verschloss die Tür – als ob jemand reinkommen würde! Wir waren schließlich allein. Als ich mich wieder zu ihm umdrehte, lehnte er am Fensterbrett und betrachtete mich, seine Augen wanderten an mir auf und ab, er entblätterte mich mit seinem Blick. Ich wich ihm aus, starrte auf den leeren Sessel, in dem ich Konstantins Silhouette am Morgen wahrgenommen hatte. Und da saß er, die Hände vor der Brust verschränkt, und sah uns zu. Wie betäubt nahm ich die Hand wahr, die sich langsam unter meinen Pullover schob, den Rücken hinaufglitt, den Verschluss des Büstenhalters öffnete, meine Brüste freilegte, sie knetete, zu grob, zu fest, es schmerzte. Der Pullover segelte wie eine Feder zu Boden. Schon fingerte eine Hand am Knopf meiner Hose, löste ihn, rutschte tiefer, schob sich in die Unterhose. Ich dachte an die kräftige, quadratische Hand, die meine gehalten hatte, an die kurzen, gedrungenen Finger. Ich spürte einen, dann den zweiten in mich eindringen, sich dorthin vortasten, wo der Schauer, der mich nun durchfuhr, seinen Ursprung nahm. Ich hielt den Atem an. Warum? Warum nur fühlte ich mich plötzlich so entblößt, verletzlich, so allein? Hatte ich ihn doch geküsst, gelockt, wollte seine Hände zwischen meinen Schenkeln spüren. Warum verschränkte ich nun, als die Gürtelschnalle klackte, die Arme vor der Brust? Klack-klack. Er lächelte, sagte nichts, fragte nicht, nahm sanft meine Arme, die sich fügsam lösen ließen, und drückte mich an den Schultern in mein schmales Bett.

Danach bat ich ihn zu gehen. Meine Wirtin käme in der Früh wieder, sagte ich, obwohl das nicht stimmte. Es dämmerte schon. Er steckte das Hemd in die Hose, zog den Gürtel fest. Wieder dieses Klack-klack. Dann beugte er sich über mich für einen Kuss, ein Du-warst-wunderbar. Ich hörte nur, wie die Tür hinter ihm zuschlug, mehrmals, er kannte den Trick nicht, mit dem das klemmende Schloss zu schließen war. Dann Stille.

Ich rollte mich ein, traute mich nicht, zum Sessel zu sehen, vernahm das Klicken des Feuerzeugs. Ich zog die Decke über den Kopf, trotzdem drang das *Klick-klick, Klick-klick, Klack-klack* zu mir durch.

*Mensch, Márta!* Das Feuerzeug schnappte auf und zu. *Kaum ist die Mondlandung vollbracht, schmeißt du den armen Kerl raus! Wusstest du nicht, auch Männer haben Gefühle?*

»Halt den Mund und verschwinde!«, rief ich und harrte unter der Decke aus, erstickte fast am eigenen Atem, ertrug seinen Sarkasmus nicht, nicht jetzt und morgen nicht. Ich wusste, ich könnte Konstantin nie mehr ins Gesicht sehen. Am Morgen reisten sie ab. Es war mir egal, alles war mir egal.

## 10

Die Tage und Wochen krochen dahin. Ich rauchte neuerdings, rauchte und wartete – hoffte auf eine Nachricht von Konstantin. Allmählich verstand ich, dass er nicht den ersten Schritt unternehmen konnte. Ich begann zu zweifeln an der Nähe, die ich zwischen uns empfunden, an der Art, wie er mich angesehen hatte, an seinen Worten, die ich wohl falsch interpretiert hatte. Mein schlechtes Gewissen und die Scham nagten an mir. Meine Versuche, Konstantin den Brief zu schreiben, den ich eigentlich hatte schreiben wollen, waren gescheitert. Ich hatte ihn mehrmals umgeschrieben, dann doch zerrissen. Nun ärgerte ich mich über meine Feigheit, und allmählich kippte mein Zorn in Wut gegenüber Theresa. Wenn ich ihm schon meine wahren Gefühle nicht mitteilen konnte, so sollte er aber doch wissen, dass sie ihn hinterging, sein Manuskript heimlich gelesen hatte und bereit war, alles dafür zu tun, dass dieser Roman im Westen veröffentlicht wurde – selbst gegen seinen Willen. Sie hätte sein Wesen nicht erkannt, schrieb ich. Theresa könne nicht akzeptieren, dass sein Roman noch nicht zur Veröffentlichung bestimmt sei. Nun gingen mir die Worte leicht von der Hand. Ich schrieb mich in Rage. Sie wolle sich im Glanz seines Erfolges sonnen. Für die eigene Sichtbarkeit nehme sie in Kauf, dass er im Westen mit wohlwollender Herablassung als Exot vermarktet werden würde. DDR-Prosa als Modeerscheinung. Sie könne nicht begreifen, wie zuwider ihm das sei. Ja, sie bringe ihn in Gefahr. All das schrieb ich ihm.

Dann las ich den Brief, wieder und wieder, und realisierte, wie lächerlich es war, zu erwarten, dass Konstantin mich gut genug kannte, um die Leere zwischen meinen Worten deuten zu können. Den Schmerz herauszulesen, den er mir bereitete, den ich nicht benannte. Ich würde warten und warten auf die Antwort auf eine Frage, die ich nie gestellt hatte. In Wahrheit beschäftigte mich doch die Berührung unserer Münder, seine Küsse auf meine Stirn und meine Augen. Waren sie aus Mitleid entstanden oder aus Leidenschaft? Wie nah das alles doch beieinanderlag.

Also stellte ich ihm am Endes des Briefes genau diese Frage. Und schickte ihn ab.

Ich bekam Briefe, meistens von Janó. Beharrlich bat er mich um ein Wiedersehen. Er denke an mich und an unsere wilde Nacht. Ich sei genau die Art von Frau, für die er, ohne nachzudenken, *ins Feuer* gehen würde, *hinunter zu den Dieben*.

Ich rauchte und wartete. Mehr als zwei Wochen waren seit meinem Brief an Konstantin vergangen. Der erste Schnee fiel in dicken Flocken vom Himmel und verwandelte sich in grauen Matsch auf den Straßen der Großstadt. Weihnachten stand vor der Tür.

Täglich hoffte ich auf Konstantins Antwort. Stellte Berechnungen an, an welchem Tag sein Brief eintreffen könnte.

An einem dieser berechneten Tage – es war strahlend blaues Wetter – schwebte ich die Rákóczi út entlang zurück von der Uni nach Hause, winkte meinem Losverkäufer, summte im Straßenlärm ein Lied. Ich zog Blicke auf mich. Die Stadt in ihrer monumentalen Schäbigkeit war an diesem

Tag wie in Farbe getaucht. Mir fehlte die Weite des Sees nicht, der ungehinderte Blick, die gute Luft. Auch das Gedrängel im U-Bahn-Schacht am Astoria machte mir nichts aus. Leichtfüßig schlängelte ich mich durch den Menschenstrom, wich dem Gewimmel aus, vorbei an Aktenkoffern, Kindern an den Händen ihrer Mütter. In der Unterführung schweifte ich an Ständen mit Süßigkeiten und Ramschwaren entlang, kaufte billige Zigaretten und zwei Brötchen, der Verkäuferin schenkte ich ein Lächeln und sie mir ihres. Zwei, drei Stufen auf einmal nehmend, jagte ich die Treppen hinauf – spürte das Gewicht meines Körpers kaum – und ging im Laufschritt nach Hause. Die Tür unseres Mietshauses schlug krachend hinter mir zu. In einem der fremden Briefkästen klemmte ein fetter Umschlag als Beweis, dass der Briefträger bereits hier gewesen war. Ich steckte den kleinen Schlüssel in das Schloss und drehte ihn herum. Mein Puls raste. Dort im metallenen Inneren fand sich – nichts. Stumpf stand ich da und starrte in den leeren Briefkasten. Nichts.

Ich sammelte mich. Verschloss den Kasten sorgfältig für den nächsten Tag. Es war still im Hausflur, still in meinem Kopf. Konstantin schwieg, entzog sich mir vollständig.

Ich rauchte, wartete, inzwischen rauchte ich Kette. Konstantin ignorierte mich. Wie betäubt wandelte ich auf den Fluren der Universität, besuchte Vorlesungen, von denen ich wenig mitbekam. Paula ging mir aus dem Weg – zu Recht –, seit ich ihr die Nacht mit Janó gebeichtet hatte. Ich fühlte mich schlecht und vermied ihn, doch er wartete an manchen Tagen nach meinen Vorlesungen auf mich. Gelang es mir nicht, ihm auszuweichen, erlaubte ich ihm, mich bis nach Hause zu begleiten. Ich erfand einen Freund, der in meinem Heimatort auf mich wartete, beschrieb ihm András und dachte an Konstantin. Janó gab sich verständnisvoll. Es sei sein Schicksal, dass die tollen Frauen immer schon vergeben seien.

Ich erledigte Besorgungen, kaute mein Wurstbrot, sammelte wieder Kraft, aus welchen illusorischen Tiefen ich diese auch hervorholte, ich schlief stets ein mit der Zuversicht, am kommenden Tag würde Konstantins Brief auf mich warten. Und schon wieder ging eine Woche zu Ende. Gähnende Leere. Nichts. Wieder und wieder nichts. Ich knallte die Tür des Briefkastens so fest zu, es hallte durch das Treppenhaus. Da hast du Klarheit, Mädchen! Akzeptier es endlich. Verlor ich langsam den Verstand?

Vati würde Weihnachten allein verbringen, sagte er mir. Lili besuche ihre Familie im Mittelgebirge im Norden Ungarns. Er brauchte nicht zu bitten, ich flüchtete aus der Großstadt, aus meinem Leben, sehnte mich nach meinem alten Zimmer, ich vermisste sogar ihn. Unser Heiliger Abend verlief besser als erwartet. Vati fing nicht wieder von András an und von dessen neuer Freundin, die nun an meiner Stelle sei. Wie ich einen Mann wie ihn nur hätte verlassen können – das fragte er mich jedes Mal, wenn wir telefonierten. Ich hatte mir vorgestellt, wie wir uns schweigend gegenübersäßen und im Gänsebraten stocherten, während der Fernseher lief. Aber so kam es nicht. Wir verbrachten die Feiertage in Harmonie. Es gab keinen Briefkasten, den ich täglich aufsuchen musste. Ich las viel und dachte an nichts.

Erst als meine Abreise näher rückte, kam eine hoffnungsfrohe Unruhe wieder in mir auf. Ich war überzeugt, Konstantins Brief erwarte mich.

Als ich in meine Untermiete zurückkam, war das Zimmer kalt und still und alles so, wie ich es verlassen hatte. Mein Blick fiel deshalb sofort auf den Brief, den mir meine Vermieterin aufs Nachttischchen gelegt hatte.

Ich hielt inne, erstarrte für einen Moment vor Angst und Freude. Konstantin? Doch als ich den Brief in die Hand nahm, erkannte ich sofort die Handschrift. Ich konnte ein bitteres Lächeln nicht unterdrücken. Seit Wochen wartete ich auf ein Lebenszeichen von Konstantin, und was bekam ich stattdessen? Eine Weihnachtskarte meiner Mutter. Es schien, als hätte das Universum einen eigenartigen Sinn für Humor. Ich hatte alles erwartet – außer das.

Ich schob die Karte weg. Eine beiläufige Bewegung, als könnte ich sie und alles, was sie bedeutete, damit aus meinem Blickfeld verdrängen. Das Zimmer war eisig, und die Luft roch nach dem ungenutzten Raum. Der Fernseher meiner Vermieterin brummte leise im Hintergrund. Meine Hand wanderte zum Umschlag zurück … *Liebe Márta, ich hoffe, du hattest schöne Feiertage, und es geht dir gut. Irmi hat mir erzählt, dass du die Tage bei Vati verbracht hast. Das freut mich, wirklich.* Ihre Worte waren so schlicht, fast zu schlicht. Es tat weh, zu sehen, wie sie sich bemühte, normal zu klingen, als wäre nichts geschehen. *Jedes Mal, wenn ich eine Gans zubereite, muss ich daran denken, wie du bei deiner ersten Weihnachtsgans vergessen hattest, die zweite Tüte mit den Innereien zu entfernen. Es hat uns alle zum Lachen gebracht, als wir sie in der Füllung fanden.* Ein schmerzliches Lächeln zog sich auch über meine Lippen. *Ich wollte dir schreiben, weil ich oft an dich denke. Ich weiß, dass wir uns nicht gut voneinander getrennt haben, aber vielleicht können wir das eines Tages anders machen.* Ich ließ die Karte in meinen Schoß sinken. Die Kälte in mir war so lange da gewesen, dass sie sich mittlerweile wie ein natürlicher Zustand anfühlte, doch in diesem Moment schien sie zu bröckeln. Sorgfältig schob ich die Karte in ihren Umschlag zurück. Ich stellte sie neben meiner Nachttischlampe auf, sodass die runden Buchstaben meiner Mutter auf dem Umschlag mich anblickten.

Dann traf ich eine Entscheidung. Ich kramte in meiner Tasche nach meinem Adressbuch, zog es hervor mit Zetteln und Krümeln zwischen den Seiten. Ich konnte es nicht länger aufschieben, ich musste mit Theresa sprechen, herausfinden, ob sie von meinem Verrat wusste, ob sich irgendetwas ereignet hatte. Warum schrieb mir Konstantin nicht? Unten in der Telefonzelle warf ich Münzen in den Schlitz, erschrak, als das Freizeichen ertönte und tönte und tönte mit dem immer wiederkehrenden gleichmütigen Ton, als wäre nichts geschehen. Es war kaum zu ertragen. Ich wollte gerade auflegen, als sich Theresa mit beschwingter Stimme meldete. Ich sagte meinem Namen. Theresa schien ganz die Alte, als hätte sie mir nie misstraut.

»Márta! Frohes Neues! Von wo rufst du an?«

Ein Strom der Erleichterung floss durch mich hindurch. Also ahnte sie nichts? Auch ich bemühte mich um einen unbeschwerten Ton. Wir tauschten Belanglosigkeiten aus.

»Ich hab's! Konstantin hat nichts bemerkt«, platzte sie plötzlich heraus.

»Was hast du?«, fragte ich nach, obwohl ich genau wusste, worauf sie anspielte und dass sie am Telefon nicht darüber sprechen konnte – die Telefonate von Angehörigen der Botschaft und der Handelsvertretung, wo mein Onkel arbeitete, wurden mitgehört.

»Es war kinderleicht. Am Wochenende ist es so weit. Der Geburtstag! Es wird gut, Márta, entspann dich!« Sie kicherte, sprach verschlüsselt, doch ich verstand. »Wir fahren nach Westberlin«, sagte sie noch. Dann wurden wir unterbrochen.

Wusste sie nichts von meinem Verrat, oder verstellte sie sich? Hatte Konstantin meinen Brief erhalten und ihr gegenüber geschwiegen? Wie konnte er mich in all diesen Wochen über diesen Kuss in Ungewissheit lassen? Da ging es mir auf. Ein Schauer lief meinen Rücken hinunter. Er hatte ihn nicht erhalten. Er konnte den Brief nicht erhalten haben. Der Brief war möglicherweise abgefangen worden. Wenn es tatsächlich so war, dann wüsste die Staatssicherheit Bescheid, und Theresa war in Gefahr. ICH hatte sie verraten. Ich wankte leicht und stützte mich an der Glaswand der Telefonzelle ab. Panik überkam mich. Automatisch ging meine zitternde Hand erneut zum Hörer, doch sogleich ließ ich ihn wie einen heißen Topfdeckel fallen. Ich konnte sie am Telefon nicht warnen! Ich musste nach Berlin fahren, es gab keine andere Möglichkeit.

Ich hätte das schönste Gesicht der Welt, hatte Janó zu mir gesagt. Nichts war gerade schön an dem verzerrten Spiegelbild im Fensterglas des Zuges, ich fand nur Zerknirschung, Schuld, Müdigkeit darin. Ich probierte ein Lächeln, das nur wehleidig gelang, draußen frostiges Grau. Der Zug ratterte beständig durch den Morgen. Von Zeit zu Zeit verlangsamte er sich, leere Bahnhöfe zogen vorbei. Mein Bild verschmolz mit der winterlich kargen Landschaft draußen, den kahlen Bäumen und Häusern. Ich dachte an den Ausdruck in Theresas Gesicht, wenn ich ihr den Grund meines

Besuches offenbarte – die anfängliche Freude vergangen wie Schnittblumen in der Vase ohne Wasser. Ich musste verhindern, dass sie mit ihren Eltern morgen in der Früh nach Westberlin fuhr. Sie werden an der Grenze durchsucht, bestimmt – trotz des blauen Kennzeichens. Und wenn man das Manuskript bei Theresa fand, würde sie womöglich verhaftet werden.

Onkel Péters Stirn lag in Falten, als ich nach Mitternacht vor ihrer Tür stand. Ich hatte zögerlich geklopft und war froh, dass er offenbar noch nicht geschlafen hatte. Jetzt hoffte ich, dass Theresa und Tante Irmi nicht aufwachten.

»Márta, warum hast du nicht angerufen?« Besorgt forschte er in meinem Gesicht. Da kamen Tante Irmi und Theresa auch schon herbei aus ihren Zimmern. Noch vom Schlaf benommen, stand Theresa daneben, während ihre Mutter mich aus dem Anorak pellte, mir die Tasche abnahm. »Du bist ganz durchgefroren! Was ist passiert?« Sie redete auf mich ein.

»Lass nur, Mama, wir besprechen alles morgen. Sie kann bei mir im Bett schlafen. Komm, Márta, komm.« Ihre ratlosen Eltern einfach stehen lassend, bugsierte Theresa mich in ihr Zimmer und schloss die Tür hinter uns. Dankbar für die Rettung machte ich einen Schritt auf sie zu, um sie zu umarmen. Doch sie hob abwehrend die Hand, ihre Gesichtszüge verhärteten sich.

»Mir ist schon klar, warum du hier bist – gib dir keine Mühe.« Die Härte im Ton traf mich.

»Du bevormundest ihn!«, erwiderte ich schroff.

»Und du? Was weißt du von Konstantin?«

Ich biss mir auf die Lippe.

»Du darfst morgen früh nicht nach Westberlin fahren …«
Ich stockte mitten im Satz, meine Hand schnellte auf den Mund. Ich brachte es nicht über mich, ihr die Wahrheit zu sagen. Noch gab es eine Chance, sie auch so von ihren Plänen abzubringen.

»Meine Eltern fahren, ich fahre nicht mit«, sagte sie und zuckte die Schultern. Sie ignorierte meinen fragenden Blick. Wie abwesend, band sie sich die Haare zu einem Knoten, ein paar gelockte Strähnen lösten sich und umspielten ihr hübsches Gesicht.

»Du willst das Manuskript gar nicht schmuggeln?«
Sie sah mich nicht an, nahm eine Decke aus dem Schrank, reichte mir eines der Zierkissen, legte sich hin und drehte sich zur Wand.

»Mach das Licht aus, wenn du fertig bist, ja?«

Auch am Morgen, als wir aufstanden, sprach sie kaum mit mir. Tante Irmi und Onkel Péter waren bereits früh nach Westberlin aufgebrochen. Theresa sagte mir nur, sie hätte eine Verabredung, wenn sie wiederkomme, könnten wir reden. Dann zeigte sie mir, wo ich Kaffee und ein paar Frühstückssachen fand. Als ich mit dem Kaffee zurückkam, wirbelte sie im Zimmer herum.

»Wohin gehst du, Theresa?«
»Als ob dich das etwas anginge.«
Ich stellte mich ihr in den Weg. Mich an der Kaffeetasse festhaltend, kämpfte ich mit der Wahrheit, die als Kloß in meinem Hals hing. Sie schob mich grob beiseite und nahm ihre Umhängetasche, die hinter mir an der Wand baumelte.

»Ich muss jetzt los, entschuldige mich«, sagte sie im Vorbeigehen, drehte sich noch einmal um: »Und wehe, du sagst meinen Eltern was.« Dann ließ sie mich mitten im Zimmer stehen. Ich hörte, wie die Wohnungstür knallte.

Ich brauchte einen Moment, um zu realisieren, was geschehen war, aber dann wurde mir klar, was ich tun musste. Ich legte die Kaffeetasse aus der Hand, schnappte mir Anorak und Tasche und folgte Theresa, deren eilige Schritte im Treppenhaus einige Etagen unter mir hallten.

Sie nahm die gleiche U-Bahn, mit der ich gekommen war, zurück in Richtung Thälmannplatz. Ich hielt mich verborgen im Schatten anderer Fahrgäste, stieg zwei Türen weiter vorne ein, sodass sie mich nicht entdeckte. Ich hatte keine Zeit gehabt, eine Fahrkarte zu lösen. Die Nervosität ließ mich in meiner Jacke noch stärker schwitzen. Bei jedem Halt der U-Bahn drehte ich den Kopf in ihre Richtung, um es nicht zu verpassen, wenn sie ausstieg. Mir war bewusst, dass sie mich jederzeit zwischen den Leuten entdecken konnte, solange ich sie im Blickfeld hatte. Doch es schien fast so, als würde sie gar nicht bemerken wollen, dass ich ihr folgte. Hatte sie es gar drauf angelegt, dass ich ihr nachging? Sie hielt ihren Blick auf den Boden gerichtet, die Umhängetasche fest auf ihrem Schoß, vielleicht aus Furcht vor fremden Blicken? Hatte sie das Manuskript dabei?

Stadtmitte. Theresa stand auf. Ich schlängelte mich, dankbar für die volle Bahn, zwischen den Menschen zur Tür. Als die Bahn hielt, stiegen wir aus. Ich folgte ihr in etwa zehn Metern Entfernung die Treppen hinauf zum Ausgang. Es war kalt, der Himmel verhangen, nun fröstelte mich in meiner zu dünnen Jacke. Mit zügigen Schritten eilte sie die Friedrichstraße hinunter, die Umhängetasche hielt sie eng am Körper, die Hand schützend auf dem Verschluss. Ich versuchte, unauffällig mit genügend Abstand Schritt zu halten. Da realisierte ich: Ihr Ziel musste der Grenzübergang Friedrichstraße sein. Ein Unbehagen durchfuhr mich. In dem Glaspavillon mit den hohen schmalen Fenstern wurden die Aus- und Einreisenden zwischen West- und Ostberlin abgefertigt. Warum aber war sie nicht mit ihren Eltern mitgefahren, die doch mit dem Wagen rüberwollten? Darauf vertraute sie doch – auf das blaue Kennzeichen ihres Vaters, das sie vor Kontrollen schützte?

Von der Friedrichstraße kommend, überquerte Theresa die Straße Unter den Linden jedoch nicht, stattdessen bog sie rechts ab. Ich blickte über die Straße in Richtung des Grenzübergangs, von dem wir uns nun entfernten, als müsste ich mich vergewissern, dass wir in die richtige Richtung gingen. Noch immer wusste ich nicht, was sie vorhatte. Entschlossen steuerte sie auf ein Gebäude mit großer Fensterfront zu. Ich erkannte das Café Espresso wieder. Onkel Péter, der unweit von hier im Botschaftsgebäude arbeitete, hatte uns bei meinem letzten Besuch in diesem Café auf einen Eisbecher eingeladen. Theresa stieg die Stufen hinauf und verschwand im Inneren.

Hatte sie tatsächlich nicht die Absicht, das Manuskript zu schmuggeln, und traf sich lediglich mit einem Freund oder einer Freundin zum Kaffee? Die Terrasse des Cafés war menschenleer, das Wasser im Springbrunnen für den Winter abgelassen. Ein trostloser Anblick. Im Sommer damals war die Terrasse gefüllt gewesen. Wir hatten Touristenschauen gespielt und die West-Damen an ihren bunten Sommerkleidern erkannt, an Farben und Stoffen, die das Auge in ihren Bann zogen.

Ich näherte mich den großen Fensterfronten des Cafés, spähte hinein in den großzügigen, von Spiegeln gesäumten

Saal und trat dann vorsichtig ein. Theresa wurde gerade an einen der Tische geführt. Am Sonnabendvormittag war das Café gut besucht. Ich entdeckte einen freien Platz im hinteren Teil des Raums direkt an einer der Spiegelwände. Verschob ich meinen Stuhl etwas, konnte ich mich halb hinter der Wand verbergen und Theresa dennoch im Blick behalten. Ich rückte in Deckung und behielt abwechselnd den Eingang und Theresa im Auge.

Sie wirkte unruhig. Ein paar Minuten verstrichen. Ein Herr ohne Begleitung betrat das Café. Ein Westberliner, das sah man sofort an seiner Kleidung. Er legte den Trenchcoat nicht an der Garderobe ab. Mit einer Zeitung unter dem Arm folgte er der Kellnerin, mal nach links, mal nach rechts blickend, durch den Raum, wie jemand, der sich seiner vorteilhaften Erscheinung bewusst ist. Auch Theresa schien ihn offenbar bemerkt zu haben, sie schaute jedenfalls in seine Richtung. Er wies die Kellnerin auf den freien Tisch genau neben Theresa hin. Konnte das Zufall sein? Hatte sie sich etwa mit einem Westberliner Verleger hier verabredet?

Wie ich dasaß, halb im Verborgenen, und diesen Mann und Theresa beobachtete, wurde mir die Absurdität der Szene bewusst. Ich kam mir vor wie in einem dieser Agentenfilme und musste grinsen. Selbst meine Wut auf Theresa war für einen Moment verflogen.

Die Kellnerin, die eben den Mann zu seinem Tisch begleitet hatte, kam nun auf mich zu und ließ mich in einem gezwungen freundlichen Ton wissen, dass im Café keine freie Platzwahl herrsche. Dann fragte sie mich, was ich denn bitte bekäme. Ihr Mund machte Anstalten zu lächeln, ihre Augen blieben jedoch reglos auf mich gerichtet. Ich überflog die Karte und schluckte angesichts der Preise. Schließlich bestellte ich eine *Tasse Kaffee komplett*. Für einige Momente hatte ich Theresa dabei aus den Augen verloren.

Als ich wieder aufblickte, unterhielt sie sich mit dem Mann am Nebentisch. Sie hatte sich ihm mit dem Oberkörper zugewandt, nicht zu offenherzig, mehr wie beim höflichen Geplauder. Er reichte ihr einen Teil seiner Zeitung mit einer Geste, als bräuchte er sie nicht mehr. Ich stellte mir vor, wie er sagte, in DDR-Zeitungen stünde eh immer dasselbe, nur den Sportteil behalte er für sich. Theresa dankte ihm lächelnd und breitete die Zeitung vor sich aus.

Die Kellnerin brachte auch schon meinen Kaffee. Ich nippte daran. Theresa rührte lang in ihrem, nahm noch ein Stück Zucker, rührte noch ein wenig, tröpfelte etwas Milch hinein, rührte erneut, als spielte sie Kaffeekränzchen mit ihren Puppen. Was für eine Farce! Ich wettete, der Mann, dessen Gesicht sich nun hinter dem Sportteil verbarg, war kein Verleger, sondern ein freundlicher, stinknormaler Westberliner, der mit einer jungen Frau plauderte, die er für eine Ostdeutsche hielt. Theresa bückte sich, kramte in ihrer Umhängetasche und holte ein Paket hervor. Sie legte es in die Zeitung.

Ich richtete mich auf. Hatte sie gerade das Manuskript da reingelegt? Ohne den Blick von ihr abzuwenden, ließ ich meine Kaffeetasse auf die Untertasse sinken und beobachtete, wie sie die Zeitung sorgfältig zusammenfaltete, sich dem Mann mit der gleichen ungezwungenen Körperhaltung wie vorhin zuwandte und ihm wiederum lächelnd die Zeitung samt dem darin befindlichen Inhalt überreichte. Ich konnte es nicht fassen.

Der Westberliner nickte freundlich, klemmte sich die nun wesentlich dickere Zeitung unter den Arm, nahm seinen Mantel von der Stuhllehne und schlenderte hinaus. Und Theresa? Sie zündete sich eine Zigarette an. Ich konnte es nicht fassen. Sie rauchte in aller Ruhe, ließ den Blick durch den Saal gleiten, gab der Kellnerin ein Zeichen, dass sie nun zahlen würde, und nach einer Weile drückte sie die halbgerauchte Zigarette im Aschenbecher aus, so, als hätte sie nun genug. Die Kellnerin kam, sie zahlte, erhob sich und schritt in Begleitung ihrer Spiegelbilder durch das Kaffeehaus wie eine Königin. Ich rührte mich nicht.

Theresa stand schon an der Garderobe vorn am Ausgang, hielt bereits ihren Mantel in der Hand, als zwei Männer ihr den Weg verstellten. Der eine hatte sich von einem Tisch erhoben, ein schmaler, unscheinbarer Typ, der in einer Menschenmenge niemandem auffallen würde. Der andere war zur Tür hereingekommen, kräftiger, mit breiten Schultern, natürliche Autorität ausstrahlend. An Theresas Zurückweichen erkannte ich, dass sie sich bedrängt fühlte. Der Kräftige redete ruhig, aber eindringlich auf sie ein. Sie versuchte offensichtlich ihm auszuweichen, doch er blockierte ihr den Weg. Ich saß nur da, wie gelähmt, unfähig, aufzuspringen, irgendetwas zu unternehmen, den Feueralarm auszulösen, zu schreien, abzulenken – egal was! Theresa drängte sich derweil diskutierend in Richtung Ausgang, doch ich beobachtete, wie der Mann sie am Ellenbogen fasste und hinausführte. Abführte?

Nun sprang ich auf. Ich eilte nach vorn zum Fenster und sah, wie der Mann Theresa in einen weißen Wartburg einsteigen ließ und auf der Rückbank neben ihr Platz nahm. Der andere setzte sich hinters Steuer. Der Wagen fuhr an, wendete über den Mittelstreifen, beschleunigte und brauste in Richtung Alexanderplatz davon.

»Ihr Kaffee komplett macht 94 Pfennig!« Ich riss den Kopf herum, starrte in ein verschwommenes Gesicht. Das Blut pulsierte so laut in meinen Schläfen, dass ich die Kellnerin nur undeutlich gehört hatte. Wortlos drückte ich ihr eine Mark in die Hand und verließ das Café. Theresa war weg.

Mein erster Gedanke war, ihre Eltern anzurufen, doch dann fiel mir ein, dass keiner zu Hause sein würde. Sie waren für den Tag nach Westberlin gefahren. Dann erst kam mir in den Sinn, dass Konstantin vermutlich auch Besuch bekommen würde, sofern er nicht ohnehin schon längst verhaftet worden war. Ich lief, so schnell ich konnte, zum S-Bahnhof Friedrichstraße, dort fand ich eine ramponierte Telefonzelle, warf Münzen ein und wählte die Nummer von Theresas Eltern, vielleicht waren sie ja schon wieder zu Hause. Der Rufton ertönte. Theresa ist verhaftet worden, würde ich zu Onkel Péter sagen. Von der Staatssicherheit. Aber war sie das? Sie haben sie im Auto mitgenommen. Und da war dieser Westberliner, zumindest schien mir seine Kleidung so … Während ich die Ereignisse gedanklich durchspielte, kamen sie mir immer absurder vor. Was hatte ich wirklich gesehen? Ich war mir meiner Sinneswahrnehmung nicht mehr sicher. Und warum hat sie ihn getroffen, würde Onkel Péter fragen. Ich legte wieder auf. Was wusste ich schon? Sie hatte diesem Mann das Manuskript übergeben, der womöglich gar nicht der war, für den sie ihn gehalten hatte. Dann kamen diese anderen Männer und nahmen sie mit. Mehr wusste ich nicht.

Blicklos starrte ich in die Auslage der Bahnhofsbuchhandlung. Ich musste etwas unternehmen. Ich lief zur Straßenbahnhaltestelle am Kupfergraben und stieg in die 70er-Bahn, die gerade abfuhr. Ich ahnte, die Richtung würde stimmen. Eine Frau, die mit mir zusammen eingestiegen war, gab mir die Auskunft, ich müsse bis Dimitroffstraße fahren. Von dort war es nicht weit zu Konstantins Wohnung.

## 11

Drei Mal klopfte ich an seiner Tür. Im dicken Pullover, einen Schal um den Hals gewickelt, öffnete er die Tür. Seine Miene hellte sich auf.

»Márta? Du bist in Berlin?« Meine Anspannung konnte ich verbergen, das Zittern nicht, als Konstantin mich herzlich drückte. Für den Bruchteil eines Augenblicks verlor ich mich in seinen warmen, stillen Augen, erinnerte mich aber gleich an den Grund meines Besuchs und sah an ihm vorbei in die Wohnung, prüfend, ob er allein war.

Während ich ihm in den Raum hinein folgte, sammelte er zerknülltes Papier und benutzte Tassen ein. Das Bett zerwühlt, die Spüle voll mit schmutzigem Geschirr, von mehreren Tagen vermutlich. Es war kalt in der Wohnung. Neben der Schreibmaschine auf dem Tisch herrschte ein Durcheinander aus Manuskriptseiten.

»Trinkst du einen Tee mit?«

»Wir haben keine Zeit«, erwiderte ich und erklärte, was passiert war, beziehungsweise ich versuchte es. Meine Zunge überschlug sich, ich redete unzusammenhängend, erzählte von dem Westberliner im Café, den zwei Männern und dem weißen Wartburg.

Konstantin hielt mitten in der Bewegung inne, stellte den Kessel, den er gerade mit Wasser füllen wollte, zurück auf die Arbeitsfläche und sah mich entsetzt an.

»Ist das dein Ernst? Ihr habt mein Manuskript einem Westberliner gegeben?«

»Theresa hat«, sagte ich und zuckte hilflos die Achseln.

»Und dann wurde sie abgeführt?«

»Vielleicht nicht abgeführt, ich weiß nicht ...«

»Ja, was denn nun? Setzt dich und erzähl, was genau passiert ist.« Von der Wärme seines Empfangs war nichts mehr zu spüren. Als er sah, dass ich mich wegen der herumliegenden Kleidungsstücke nicht setzen konnte, warf er das ganze Zeug aufs Bett und rückte den Stuhl mit einer groben Geste zurecht. Ich setzte mich wie verlangt.

Dann versuchte ich ihm klarzumachen, dass ich nichts mit Theresas Plänen zu tun hatte, ja noch versucht hätte, sie daran zu hindern, doch er hörte mir gar nicht zu, hatte mir den Rücken zugekehrt und kramte in einer großen Truhe.

»Es ist weg!«, rief er und wandte sich zu mir um. Sein Gesichtsausdruck war ernst. Dann raffte er hastig Papiere zusammen, auch die Manuskriptseiten, die auf dem Tisch neben der Schreibmaschine lagen. Er verstaute alles in seiner Umhängetasche.

»Lass uns hier verschwinden!«, forderte er mich auf und stand schon an der Tür. Ich, die ja gekommen war, um ihn zu warnen, folgte ihm zögerlich, als hätte ich erst jetzt begriffen, wie ernst die Lage wirklich war. Er schloss nicht ab, ließ die Tür nur ins Schloss fallen, schon jagten wir die Treppen hinunter. Derselbe Barkas, mit dem er Katja damals geholfen hatte, stand vor der Tür. Konstantin startete den Motor und wir brausten los, die Lychener Straße hinunter. Wir bogen auf die Stargarder, von dort auf die Prenzlauer Allee in Richtung Norden. Immer wieder sah er in den Rückspiegel, als würden wir verfolgt.

»Was habt ihr euch dabei gedacht? Ist dir eigentlich klar, in was für einer Scheiße wir jetzt stecken?« Sein Ton war harsch. Statt mir dankbar zu sein, zog er mich mit in die Verantwortung. Ich schob meine eiskalten Hände zwischen die Oberschenkel und sah zum Fenster hinaus.

»Ich fasse es nicht, ich fasse es nicht«, wiederholte er immer wieder. Er sah mich nicht einmal an. Seine Kälte, diese unheimliche Kälte kroch mir unter die Haut, in meine Glieder. Ich presste die Lippen zusammen, den Rücken fest an der Lehne. Hätte ich auch nur ein Wort gesagt, ich hätte losgeheult.

»Verboten habe ich es ihr, verdammt nochmal, wie oft!« Er schlug mit der flachen Hand auf das Lenkrad, schlug drauf, immer wieder und wieder. »Ich brauche den Ärger nicht, ich hab ne Akte, verstehst du? Ne dicke Akte hab ich!« Er brüllte mich an. Ich zuckte, schrumpfte in den Sitz. Ich wusste nichts von seiner Akte, fragte auch nicht nach, realisierte gar nicht, was er da sagte. Mein einziger Gedanke galt seiner Wut auf mich, die ich an Theresas Stelle abbekam. Ich befürchtete, wir würden gegen einen Baum oder in ein anderes Auto rasen, so aufgebracht war er.

Nach einer Weile beruhigte er sich und hielt den Blick starr auf die Fahrbahn gerichtet. Er sagte kein Wort zu mir. Wir fuhren nun die Prenzlauer Promenade entlang. Ich wagte nicht zu fragen, wohin.

»Ich habe doch alles getan, um Theresa von dieser Idee abzubringen«, versuchte ich. Er reagierte nicht. Ich sah ihm an, dass er mir nicht glaubte. Er bog rechts ab und parkte den Wagen am Straßenrand. Ich hatte keine Ahnung, wo wir waren. Er stieg aus und kam um den Barkas herum.

»Du erklärst jetzt ihrem Vater den ganzen Schlamassel,

die werden nach ihr suchen. Da vorn ist eine Telefonzelle.«
Mit bebender Hand zeigte er in die Richtung, fasste mich grob am Handgelenk, als würde er mich aus dem Wagen zerren wollen. Da reichte es mir. »Ich bin es leid, euer Fußabtreter zu sein!«, schrie ich und entzog ihm meine Hand. »Ich habe dir doch geschrieben, dich gewarnt!«
Sein Gesichtsausdruck veränderte sich plötzlich.
»Offenbar hast du ihn nicht bekommen«, sagte ich nun ganz leise. Seine Hand ging zur Stirn, sie verbarg sein Gesicht.
»Deshalb wussten die Bescheid … Es war mein Brief, der Theresa verraten hat – vermutlich.« Meine Stimme brach weg. »Ich wollte das nicht«, presste ich noch heraus, versuchte mit aller Kraft die Tränen zu unterdrücken. Ich muss kreideweiß geworden sein, ich spürte den Schwindel, das Blut wich aus meinem Kopf.

Während er mit meinem Onkel telefonierte, schloss ich die Wagentür und zitterte am ganzen Körper. Ich hauchte in die Faust, rieb die Hände an den Oberschenkeln, um sie zu wärmen, doch das Zittern kam von innen, nicht von der Kälte. Dankbar, dass Konstantin mit Onkel Péter sprach, und ich es nicht tun musste, wartete ich, dass er wiederkam.
Das Gespräch war kurz. Konstantin ließ sich in den Sitz fallen, legte den Kopf zurück und blieb so sitzen, die Hände auf dem Lenkrad als Halt. Es war offenkundig: Theresa hatte Mist gebaut und ihre Eltern gaben ihm die Schuld.
»Was hat er gesagt?«, fragte ich.
»Sie wussten noch von nichts, haben nichts gehört.«
Da überwältigten mich die Tränen, sie quollen unkontrolliert hervor, ließen sich nun nicht mehr zurückhalten.

Ich verbarg sie nicht; sollte er sie ruhig sehen. Konstantin aber achtete nicht auf mich, so sehr war er in Gedanken versunken. Ich wandte das Gesicht ab, verstand nicht mehr, warum ich zu ihm gekommen war, was ich mir erhofft hatte, wo ich ihm doch vollkommen gleichgültig war. Bei dem Gedanken versiegten meine Tränen. Ich war leer, Herz und Hirn von innen hohl. Ich richtete mich auf und sah aus dem Fenster, spürte nichts mehr.

»Ich kann dich nicht zu Theresas Familie bringen. Sie werden sie beschatten«, sagte er.

Ich nickte. Er startete den Wagen. Eine Stunde oder länger fuhren wir auf der Autobahn in Richtung Norden. Konstantin sprach lange kein Wort. Dann begann er, mir wieder von Bernd zu erzählen und ihren gemeinsamen Radtouren durch die Uckermark. Er sprach von Bernds Vater, der sie als Jugendliche zum Angeln mitgenommen hatte; es schien mir, als beruhigte er sich selbst mit diesen Erinnerungen.

Noch immer wusste ich nicht, wo wir hinfuhren. Aber ich traute mich nicht zu fragen, aus Angst, wieder seinen Zorn zu provozieren.

Endlich fuhren wir von der Autobahn ab. In den Dörfern hing tief und schwer der Braunkohlendunst. Konstantin fuhr viel zu schnell durch die Ortschaften. Wir hielten an einem Konsum und kauften ein paar Lebensmittel. Konstantin parkte den Wagen vor dem letzten Haus in einem Dorf, es war mehr eine Hütte mit einem Dach aus Wellblech. Hier am Waldrand endete die Dorfstraße. Ich erinnerte mich an Theresas Worte, Konstantin habe ganze Wochenenden allein in einer Hütte verbracht.

»Hier habe ich einen großen Teil des Romans geschrieben«, sagte er, als er den Schlüssel hervorholte. »Sein Vater hat Bernd diese Hütte vermacht. Und Bernd wollte, dass ich sie bekomme«, sagte er schließlich.

Im Inneren Wände mit hüfthoher Holzvertäfelung, ein für den kleinen Raum wuchtiges, etwas zerschlissenes Sofa, eine Kochnische mit einem weiß emaillierten Feuerherd, der nebst einem Heizstrahler wohl auch als Wärmequelle diente, ein Regal und ein Campingtisch mit zwei Stühlen – das war das ganze Mobiliar auf vielleicht dreißig Quadratmetern. Konstantin schob das alte Fahrrad raus vor die Tür. Die Wand zierten Angelruten und Fotografien. Ein Mann hielt einen stattlichen Fisch in die Kamera, neben ihm stand ein kleiner dicklicher Junge.

»Das ist Bernd.« Konstantin zeigte lächelnd auf den Jungen. Gleich berichtigte er sich: »War Bernd.« Er betrachtete lange das Bild. »Sein alter Herr war ein schräger Vogel, ein Aussteiger, wie Bernd es geworden ist, er verbrachte seine beste Zeit hier. Morgens um fünf war er schon auf dem Steg. Der See ist nur einen Spaziergang durch den Wald entfernt. Beim Angeln hat es ihn dahingerafft. Herzinfarkt mit fünfundsechzig. Netter Abgang.« Es lag Zärtlichkeit in Konstantins Stimme.

Ich fröstelte, in der Hütte war es eisig. Ich rieb die Handflächen aneinander und versenkte die kalten Hände in den Jackentaschen. Konstantin schaltete einen Heizstrahler an und hockte sich vor den Küchenofen.

»Wir brauchen Holz, ich habe hinten welches gelagert, muss es nur klein hacken«, sagte er und erhob sich. Er zauberte einen Kofferplattenspieler hervor und dursuchte die paar Platten im Regal.

»Harry Belafonte wird dich wärmen, während ich draußen bin. Kann ich dich allein lassen?«

Ich nickte und legte die Platte für mich auf. Er schien mir wie ausgewechselt, fürsorglich, aufmerksam, als hätte er die Sache mit dem Manuskript vergessen.

Als er gegangen war, sah ich mich um. Die Kochplatte war blitzblank, alles wirkte sehr sauber. Ich packte die Lebensmittel aus, die wir gekauft hatten. Abgetrennt hinter einem Vorhang entdeckte ich eine Schlafkammer, zwei aneinandergestellte Betten füllten den kleinen Raum ganz aus. Ich suchte nach einer Decke, die ich um mich wickeln konnte. Der Heizstrahler bewirkte nicht viel. Mir war, als wäre es in der Hütte kälter als draußen.

*Ma-tilda, Ma-tilda* kam aus den kleinen Lautsprechern. Die Musik irritierte mich. Ich hob den Tonarm von der Platte, legte ihn behutsam in die Halterung. Ein leises Knacken, die Musik erstarb. Stille. Im Bettkasten fand ich eine Decke und wickelte mich auf dem Sofa in sie ein.

Mein Blick verweilte auf den alten Fotografien. Bernd sah aus wie ein glückliches Kind. Ich fragte mich, warum er ins Heim gekommen war. Konstantins Umhängetasche lehnte an dem Sofa. Darin befand sich das Manuskript, ich müsste nur den Arm ausstrecken, um meine Neugier zu befriedigen. Was ich denn schon von Konstantin wisse, hatte Theresa gesagt. Vielleicht hatte sie recht gehabt. Ich hatte diesen Zorn gesehen, der so tief hinter seiner hohen Stirn saß. Immer wenn er zum Vorschein kam, erschreckte er mich. Der gedämpfte Schlag seiner Axt drang von draußen in die Hütte. Ich zog die Decke enger um mich und ließ die Hand unter den Verschluss seiner Tasche gleiten, löste ihn und zog das Manuskript heraus. *Renegatenkinder* stand auf dem Titelblatt. Ich hatte kein Recht dazu, es zu lesen, genau wie Theresa. Ich würde nur etwas hineinblättern, dachte ich, immerhin hatte Konstantin mir damals frühe Entwürfe geschickt. Also begann ich zu lesen.

*Du stehst auf dem Schreibtisch, trommelst gegen die Fensterscheibe, rufst nach Mutti. Wo ist Mutti? Da kommt sie aus dem Haus. Endlich! Wozu hat sie sich so hübsch zurechtgemacht, das rote Tuch um den Hals gebunden? Sie blickt sich um, sieht dich in der dritten Etage oben, du winkst. Geh schlafen, mahnt ihr Blick. Du stampfst auf die Tischplatte, da stehst du, schreist und hämmerst mit der Faust gegen die Scheibe. Warum hört sie dich nicht? Da dreht Mutti um! Mutti kommt! Zügig zurück. Schon ist sie im Hausflur verschwunden. Du hörst die Geräusche am Schloss, rennst ihr entgegen, das Gesicht heiß, von Tränen verschmiert. Sie sinkt auf die Knie, wischt dir den Schnodder ab, nimmt dich in die Arme, drückt dich fest an sich. Dann hebt sie dich hoch. Wohin bringt sie dich? Du willst nicht zurück ins Bett. Nein, nicht wieder ins Bett, bloß das nicht! Du verstehst nicht, was eine Parteiversammlung ist, wofür sie gut und wie sie wichtiger sein kann als du selbst. Aber du beißt die Zähne zusammen, jetzt wo Mutti doch wegen dir zu spät kommen wird, darfst du nicht weinen. Das versprichst du Mutti hoch und heilig. Daran denkst du noch, als die Tür wieder ins Schloss fällt, der Schlüssel sich dreht und die Nachtschatten wie Monster von der Wand über die Decke huschen. Du versteckst dich unter der Decke, nicht rühren wirst du dich, bis Mutti zurückkehrt. Nur bist du dir nicht mehr ganz sicher, ob Mutti überhaupt gesagt hat, dass sie zurückkommt.*

Ich hob den Blick, mir war, als hätte ich ein Geräusch vernommen. Doch was ich gehört hatte, war die Stille. Die Axt ruhte. Ich wollte eben das Manuskript in die Umhängetasche zurückstecken, ließ die Blätter noch einmal über den Daumen laufen, da blieb mein Blick an einer Stelle hängen:

*Sie können dir nichts mehr anhaben, du hast vor nichts mehr Angst, außer vor den Mädchenhänden, die über deinen Kopf streichen, vor dem samtschwarzen Blick, der sich in deinen Schädel bohrt, hineinsieht und merkt: Da ist nichts, nur Dürre. Leere.*

*Du schläfst nicht mit ihr, nicht mehr. Obschon es die einzigen Momente sind, in denen du so etwas wie Leben in dir spürst, wenn ihr Körper sich an deinen schmiegt, ihr ein Körper werdet, sie dir gibt, was du brauchst. Du schläfst nicht mit ihr, weil du dich ihr nicht mehr zumuten willst.*

Konstantin stand im Türrahmen, die Haare, das Gesicht nass vom Regen. Er fixierte mich mit dem Blick eines Raubtiers, das seine Beute gesichtet hat und nur auf den richtigen Moment wartet, sein Opfer anzuspringen. Ich ließ das Manuskript in den Schoß sinken.

»Stöberst du immer in fremden Angelegenheiten herum?«

»Ich wollte nur …« Ich wischte mit der Hand über die Seite, als könnte ich ihm zeigen, dass ich nichts geknickt hatte. Er legte das gehackte Holz auf den Boden neben der Tür ab, ohne seine Augen von mir zu nehmen, und kam langsam auf mich zu. Es lag Hass in seinem Blick. Nicht einmal, als er mich vorhin im Auto angeschrien hatte, hatte ich ihn so erlebt. Aber woher kam diese Wut? Wie die Schatten über das Kind beugte er sich über mich. Ich hielt den Atem an.

Mit stoischer Ruhe nahm er mir das Manuskript aus der Hand. Blätterte hinein, dann begann er einfach vorzulesen, eine scheinbar beliebige Stelle. Seine Stimme war kräftig und tief, sie klang unheimlich.

*Ich höre das Echo von Stiefeln auf dem Flur. Vor der Nachbarzelle verhallen sie. Tu es nicht, hatte ich zu ihm gesagt. Doch Sveni hörte nicht auf mich, er hört nie auf mich, starrte auf den Teller vor sich und schaufelte sich die Kartoffeln rein, dazwischen nahm er immer wieder verstohlen etwas aus seiner Hosentasche und steckte es in den Mund. Schraube, Schlucken, Schraube, Schlucken. Eine Handvoll davon ist schon in seinem Magen.*
*»Sie werden auf dem Röntgenbild sichtbar sein. Aus dem Krankenhaus haue ich ab!«*
*»Es gibt kein Krankenhaus, Sveni. Die holen die Schrauben nicht raus.«*
*Nun höre ich ihn wimmern, die ganze Nacht höre ich sein Wimmern. »Warum hörst du nie auf mich, Sveni?«*

Er blickte vom Manuskript auf und fuhr mich an: »Brauchst du mehr? Warte, ich habe noch eine gute Stelle, die knallt richtig, da, wo Sveni sich erhängt, willst du sie hören?« Dann warf er das Manuskript direkt neben mich auf das Sofa. Ich zuckte zusammen. Die losen Blätter rutschten auseinander, einige fielen zu Boden. Ich unterdrückte den Impuls, sie aufzuheben, wagte es nicht, mich zu rühren.

Wütend ging er auf und ab, dann trat er ans Regal, hantierte am Plattenspieler. Er legte eine Platte auf, irgendeine Punkgruppe, ein roher, aggressiver Sound, treibende Rhythmen, verzerrte Riffe, das Gebrüll des Sängers nicht zu verstehen. Der Lärm entband ihn wohl davon, mit mir zu reden. Er drehte die Musik noch lauter. Ich erschauderte vor der schädelspaltenden Lautstärke und hielt mir die Ohren zu. Wie ein Berg stand er da, mir den Rücken zugewandt, mit gesenktem Kopf vor dem Plattenspieler. Er machte mir Angst. Plötzlich zog er den Stecker, direkt aus der Wand. Die Musik erstarb mit einem Mal. Er drehte sich abrupt zu mir um, als wäre ihm gerade eingefallen, dass ich auch da war. Er sah in mein verschrecktes Gesicht.

»Ich brauche Luft«, sagte er mit schuldbewusster Miene, und bevor ich etwas hätte erwidern können, fiel die Tür hinter ihm ins Schloss.

Stille. Ich atmete auf. Der Regen prasselte an die Fensterscheibe. Mir kamen Katjas Worte in Erinnerung, als sie von ihrem Streit über das ungeborene Kind erzählt hatte. Konstantin war durchgedreht, und dann war er hinausgerannt in die Nacht wie jetzt. Die ganze Nacht war er nicht wiedergekommen. Nun sammelte ich die heruntergefallenen Blätter auf. Ich fasste das Manuskript nicht an, es lag da wie glühende Asche, ich legte die Blätter nur vorsichtig zu den anderen. Wo sollte ich hin? Ich wusste nicht, was ich tun sollte.

Es war keine Minute vergangen, er musste nur kurz vor der Tür gestanden haben, schon kam er wieder herein. Ruhiger, wie mir schien. Ohne mich anzusehen, hockte er sich mit versteinerter Miene vor den Küchenofen. Er legte die Holzscheite hinein, das Kleinholz, und baute einen kleinen Scheiterhaufen. Er sagte nichts. Eine Weile saß ich nur da und wagte es noch immer nicht, mich zu rühren. Er zerknüllte eine Zeitung, stopfte sie zwischen das Holz und zündete sie an. Das Feuer loderte auf, das Papier krümmte sich und zerfiel in Sekunden zu Asche, das Licht erlosch.

»Das Holz ist zu nass«, murmelte er. Seine Worte ermutigten mich aufzustehen. Ich holte Brot, Butter, Schinken und stellte Teller auf den Tisch, tat, als wäre nichts geschehen. Als alles fertig war, wickelte ich mich wieder in die Decke ein und setzte mich an den gedeckten Campingtisch. Er hockte noch immer da, pustete stetig in die erst zaghafte Flamme, nährte sie, bis sie loderte.

»Du hast recht, Márta, ich kann meine Texte nicht verstecken«, sagte er in einem ruhigen Ton, während er aufstand und sich zu mir umdrehte.

»Willst du Tee?« Ich nickte. Er holte einen Kessel aus dem Schrank unter der Spüle hervor und füllte ihn mit Wasser. Dann setzte er sich zu mir an den Tisch.

»Der Junge im Roman. Ist das Bernd oder bist vielleicht nicht du das?« Ich weiß nicht, woher ich den Mut zu dieser Frage nahm. Er antwortete nicht gleich, begann das Brot in Scheiben zu schneiden mit der gleichen Akribie, wie er zuvor das Feuerholz gelegt hatte.

»Schreiben ist sein Innerstes auskehren, was sonst? Alles andere wäre wertlos, Bequemlichkeit«, antwortete er schließlich. Er reichte mir eine Scheibe Brot, dabei rückte er näher an den Tisch heran.

»Ich weiß, dass Bernd und der Roman dir nahegehen, deshalb habe ich versucht, Theresa von ihrem Plan –« Er unterbrach mich mitten im Satz.

»Es geht darin nicht um Bernd oder um mich.«

»Worum dann?«

»Einzelschicksale sind irrelevant. Es geht um unsere sich selbst amputierende Gesellschaft, um diese Idioten, die sich vom Staat vorgaukeln lassen, sie lebten in einer gerechteren Welt eine ganz neue Art von Existenz. Es geht darum, ihnen und ihrer jämmerlichen Existenz einen Spiegel vorzuhalten, sie wachzurütteln, sie tief zu treffen. Solange die Verlage der Meinung sind, meinen Texten fehle eine fröhlich optimistische Perspektive, habe ich alles richtig gemacht.«

»Du hattest mir damals schon frühe Teile gegeben, ich dachte, es wäre in Ordnung, zu lesen.« Er sah mir ernst ins Gesicht. Ich dachte noch darüber nach, ob er mich gleich in der Luft zerreißen würde oder mich einfach hier in dieser Hütte sitzenließ. Er tat nichts dergleichen. Er erhob sich, ging um den Tisch zum Sofa, nahm das Manuskript und legte es mit der gleichen scheinbaren Gelassenheit, mit der er es mir vorhin aus der Hand genommen hatte, nun vor mich auf den Tisch.

Ich sah fragend zu ihm auf.

»Ich denke, es ist an der Zeit, dass jemand es liest. Und dir habe ich von Anfang an vertraut. Wenn es jemand verstehen wird, dann du.«

Der Satz überraschte mich, brachte mich sogar in Verlegenheit. Ich erwähnte nicht, dass Theresa seinen Roman ja schon gelesen hatte. Er fixierte mich. Ich erwiderte seinen Blick. Es stand so viel Unausgesprochenes im Raum zwischen uns, es schnürte mir die Kehle zu. Der Kessel begann zu pfeifen. Er wandte sich von mir ab und nahm den Kessel von der Platte.

»Ich muss mich wohl noch daran gewöhnen, dass die Leute die Früchte meines Schreibzwanges auch lesen wollen«, sagte er und verzog den Mund zu einem schiefen Lächeln, während er zwei Tassen auf den Tisch stellte, dann das heiße Wasser über die Teebeutel goss.

Ich wandte meinen Blick ab, legte die Hände um die heiße Tasse und wärmte mich an ihr. Er bereitete sich ein Schinkenbrot wie ich. Wir aßen still.

Dann setzte er sich mit aufs Sofa, aber an den Rand, wo der Plattenspieler im Regal stand, und stöberte in den Platten. Er nahm eine aus der Hülle, fasste sie dabei vorsichtig an den Seiten und am Label an. Eine *Best of Aretha Franklin* war's ... *I Say a Little Prayer* ... ich saß eine Weile daneben, lauschte dem Song, er studierte die Rückseite der Hülle, nahm einen Schluck von seinem Tee, schloss die Augen und hörte der Musik zu. Nach ein paar Songs wechselte er die Platte ... Johnny Winter, George Benson ... immer verstaute er sie mit großer Sorgfalt, wischte vorher noch mit dem Ärmel vorsichtig über die Platte, bevor er sie in die Innenhülle gab. Er war völlig versunken. Ich räumte den Tisch ab. Er bemerkte es gar nicht. Ich erledigte den Abwasch in eiskaltem Wasser, es war nicht viel, dennoch, diesmal bemühte er sich nicht, schob mich nicht sanft an der Taille beiseite, flüsterte nicht, er mache das.

Später in der Nacht, als sich die Wärme des Ofens etwas ausgebreitet hatte und Konstantin eine Decke und ein Kopfkissen für mich aus dem Bettkasten holte, bot er an, auf dem Sofa zu schlafen. Ich zog mich in die Schlafnische hinter dem Vorhang zurück und kroch in Kleidern ins Bett – es war trotzdem noch kalt. Erschlagen vom Tag, zog ich die Decke über mich und schloss die Augen in der Hoffnung, der Schlaf würde über mich kommen und alles auslöschen. Ich fühlte mich allein. Eine Weile hörte ich noch Geräusche, die Musik war aus, dann wurde es still. Das Licht unter dem Vorhang erlosch. Da lag ich nun im Stockdunkeln und fror.

Ich vergrub meinen Kopf tiefer im muffigen Kissen, die Enge in der Brust machte mir das Atmen schwer. Den ganzen Tag hatte ich dieses Gefühl mit mir herumgetragen, als steckte mein Brustkorb in einem Schraubstock. Was hatte ich alles geschluckt, ertragen, es brodelte in mir, die Wut brach auf einmal an die Oberfläche. Was tat ich in dieser Hütte mitten im Wald mit einem Mann, der mich kaum wahrnahm? Was ging mich Konstantin an? Und seine beschissene, verkorkste Beziehung. Ich riss den Vorhang beiseite, lief zum Lichtschalter und knipste das Deckenlicht an.

Konstantin hatte auf dem Sofa gelegen, nun setzte er sich auf.

»Ich will nach Hause.«

»Jetzt?«

»Setz mich an einem Bahnhof ab. Es ist mir egal, wo. Ich kann keine Sekunde länger hierbleiben.«

Er stand auf und kam auf mich zu. Ich wich zurück.

»Lass mich.«

Er zog mich sanft an sich, mit beiden Armen umarmte er mich. Es lag eine Zärtlichkeit in seiner Umarmung, die mich entwaffnete. Die Wut wich aus mir, plötzlich fühlte ich mich hilflos. Ich leistete keinen Widerstand, ließ es einfach geschehen, bohrte den Kopf in sein Hemd und betäubte mich am leicht herben Männergeruch seiner Achselhöhlen. Ich wollte so bleiben, für immer.

»Wenn ich die Augen schließe, sehe ich noch immer Bernd«, sagte er, »es tut mir leid, ich war ein Arsch. In überfordernden Momenten verhalte ich mich wie ein Überforderter.«

Wir legten uns auf das Sofa und zogen seine Decke über uns. Ich presste meinen Rücken fest an seinen Oberköper. Er hielt mich, ich hielt ihn.

Seine Hand strich über meinen Arm. Ich legte meine Hand auf seine. Dann führte ich sie zu meinen Brüsten. Er entzog sie mir gleich.

»Können wir so liegen bleiben, bitte? Nur so?« Das klang so besonnen, so nüchtern, ich ließ den Kopf in das Kissen zurücksinken.

Gebettet in seinem Schoß merkte ich, dass sich bei ihm nichts regte. Er begehrte mich nicht. Ich bot mich ihm an und da war nichts. Wir lagen nur da. Augenblicke. Minuten. Mein Herz begann wie wild zu schlagen. Wollte ich vorhin um jeden Preis verschwinden, fühlte ich mich nun durch sein fehlendes Begehren verunsichert. Unter der Last seines Armes verspürte ich den Drang, mich zu bewegen, den schweren Arm wegzustoßen, zu schreien, ihn anzuschreien. *Bin ich dir nicht Gazelle genug? Nicht unberechenbar genug? Nicht Theresa genug?*

Doch ich tat nichts dergleichen, ich tat gar nichts. Ich rührte mich nicht, um nicht mit einer falschen Bewegung alles kaputtzumachen. Ich realisierte, dass Konstantin nicht jemanden wie Theresa brauchte. Er brauchte Halt. So verzweifelt er mich gerade hielt, so fest wollte ich ihn halten.

»Du zitterst ja«, sagte er mit Sorge in der Stimme.

Er lockerte seine Umarmung und drehte sich auf den Rücken, als hätte er gespürt, dass ich kaum noch Luft bekam. Befreit von der Last, atmete ich auf. Mein Puls beruhigte sich.

»In diesem Manuskript sind Dinge enthalten, die ich nie jemandem erzählt habe. Was Theresa getan hat, ist unverzeihlich«, sagte er.

Er wollte offenbar reden. Da verstand ich erst, wie kostbar dieser Moment war, ein Wahrheitsmoment, der Zustand der höchsten Vertrautheit und Verletzlichkeit, den ich mit einem Mann sonst nur nach dem Höhepunkt kannte. Ich drehte mich zu ihm, jetzt, wo er mich nicht mehr hielt, suchte ich seine Nähe.

»Du willst das Manuskript gar nicht veröffentlichen?«
Er seufzte.

»Ich lasse mich nicht mehr verbiegen. Das habe ich lange genug ertragen. Bernd ist daran verreckt.«

»Du konntest ihn nicht beschützen, nicht?«

Er reichte über den Kopf nach der Schachtel im Regal, zog eine Zigarette heraus, zündete sie an und sog den Rauch tief ein, ließ ihn langsam entweichen.

»Márta, du verstehst Dinge, die nicht einmal ich verstehe.« Ich nahm ihm die Zigarette aus der Hand, zog an ihr und reichte sie ihm zurück.

»Warum dann der Roman, wenn du nicht willst, dass er gelesen wird?« Er machte eine abwinkende Geste, als wäre das klar.

»Man schreibt erstmal los, denkt sich nichts dabei, ist froh, wenn man über die ersten zwanzig Seiten kommt. Dann passiert etwas, und es gibt kein Halten. Du hast recht, dieses Buch war noch nicht für die Öffentlichkeit gedacht. Aber nun ist es da. Theresa hat natürlich auch recht, es ist Stoff, der gelesen werden muss. Er gehört diesen selbstgefälligen Arschkriechern wie Scheiße ins Gesicht geschmiert. Nur werden sie es nicht mal merken, weil sie schon vor Scheiße stinken.«

Er setzte sich auf.

»Die haben mich eine Erklärung unterschreiben lassen damals, mich verpflichtet, nicht über meine Zeit in Torgau zu sprechen. Tue ich es dennoch, finden sie einen Grund, mich wieder einzubuchten. Nie wieder, Márta, nie wieder trete ich durch ein solches Schleusentor. Du blickst dich um, es verschließt sich hinter dir, die Rollen fahren langsam, quietschend durch die Schienen. Vorne das zweite Tor zu, rechts die vier, fünf Meter hohe Begrenzungsmauer, links Treppen, Gitter. In dem Moment stirbt was in dir.« Er sah in mein Gesicht, muss die Überraschung darin gesehen haben und die Fragen, die mir durch den Kopf schossen. Ich wusste nicht, ob es die richtigen waren, ob ich sie stellen durfte. Auch ich hatte mich inzwischen aufgesetzt.

»Was hast du getan?«, fragte ich spontan, sogleich kam auch die Panik, dennoch erschien mir die Frage berechtigt. Man kam doch nicht einfach so ins Gefängnis.

Konstantin brach in Gelächter aus. Er reichte nach dem Aschenbecher, drückte die Zigarette aus. Dann sah er mich an, lachte nicht mehr. Ich saß bewegungslos da, in Erwartung dessen, was nun kommen würde.

»Was ich getan habe?« Er zuckte die Achseln. »Alles und nichts. Jedenfalls habe ich nie vor einem Richter gestanden. Du kommst erstmal in die Einweisungszelle für drei Tage, sieben Quadratmeter, Pritsche, zwei Decken, kein Tageslicht. Und da stehst du dann und überlegst, was du getan hast. Passte ihnen mein Nietengürtel nicht oder die selbstgefärbten Haare? Hatte ich mich dem Kollektiv zu oft entzogen, die Schnauze im JWH zu oft zu voll genommen? Ich hatte gegen den Fäkalieneimer getreten, das war's! Mich geweigert, ihn am Morgen hinauszutragen, im Laufschritt, ihn zu entleeren in den Kanalschacht. Metalldeckel hoch und auskippen. Der Eimer war immer voll, du kriegtest immer was ans Bein. Stattdessen setzte ich mich mit freiem Oberkörper bei minus drei Grad mit ner Kippe an den See und hoffte, ich würde sterbenskrank ins Spital eingeliefert werden. Nur so entkamst du ihnen. Entweichung vom Werkhofsgelände nannten sie das. Ich war sechzehn Jahre alt.«

»Was ist ein JWH?«

»Jugendwerkhof, eine offene Anstalt, eine Art Heim für sogenannte schwererziehbare Jugendliche. Hast du in der Schule mal einen Papierkorb angezündet? Nein? Gut so, Márta. Da wird einem schnell eine gefährdete Persönlichkeitsentwicklung attestiert, die Jugendhilfe schaltet sich ein. Im Jugendwerkhof soll man dann zum besseren Menschen erzogen werden. Zur sozialistischen Persönlichkeit. Klappt nur nicht bei jedem, und dann geht's in die Geschlossene nach Torgau. Da wirst du nicht umgezogen. Nein. Da wird deine Erziehungsbereitschaft hergestellt. Da wirst du gebrochen. Die haben ihre Methoden. Ein paar Monate in Torgau und dir fällt schon ein, was du verbrochen hast. Vielleicht bist du schlicht und einfach Dreck, warum sonst würde man dich wie welchen behandeln? Du bist hier gelandet, also hast du es verdient. Nachts gehen sie mit dem Schlüsselbund am Gitter entlang, es macht *Tschong, Tschong, Tschong* – ich höre das Geräusch noch heute im Schlaf. Willst du wissen, was die Einzelzelle mit dir macht? Wie sich die Stille langsam durch dein Gehirn frisst, bis es ganz durchlöchert ist?«

Mit einer abrupten Bewegung stand Konstantin vom Sofa auf. Ich erschrak erst ob der Heftigkeit, sah aber nicht nur Wut in seinem Blick, da war auch Angst, eine heftige Angst. Vielleicht war es das, was mir Mut machte, ihn zurückzuhalten.

»Warte!«, rief ich. Er reagierte nicht, wieder der Schritt zur Tür, der Griff in Richtung Jacke am Haken.

»Konstantin, bleib!« Ich ergriff seine Hand wie die eines Kindes. Ich tat das nicht bewusst, die Geste überraschte ihn aber offenbar. Für einen Augenblick verharrte er. Ich umfasste seine Hand mit meinen zwei Händen und presste sie an meine Brust, als könnte ich ihn auf diese Weise bei mir behalten. »Bitte!«

Er schaute mich mit Überraschung an. Jetzt machte er mir keine Angst mehr. Ich lockerte meinen Griff und ließ die Arme sinken. Seine Hand blieb auf mir liegen. Ich hatte nicht wissen können, dass er stehen bleiben würde, auch nicht, dass er die Hand nicht zurückzog wie vorhin. Ich spürte ihre Wärme durch den dünnen Stoff auf meiner Brust. Es regte sich kein Zug in seinem Gesicht, er sah mir in die Augen, betrachtete mein Gesicht. So standen wir da, einen Augenblick lang oder zwei? Die Hand fuhr unter mein Shirt und berührte mich in einer unvermutet zärtlichen Weise. Die Fingerkuppen schlüpften unter den BH, umwanderten meine Brüste, die harten Brustwarzen und liebkosten sie, als wollten sie herausfinden, wie lange ich es aushielte. Ich hielt es nicht lange aus.

❖

Sonnenstrahlen drangen unter dem Vorhang in die Schlafnische. Das Kissen neben mir war leer. Geschirrklappern. Der Duft von Kaffee. Sogar so etwas wie Wärme im Raum. Ich zog den Vorhang beiseite. Da stand er mit der Kaffeetasse in der Hand und lächelte mich an.

»Ich habe uns Schrippen geholt«, sagte er, als wäre es das Normalste der Welt.

Ich schlängelte mich an ihm vorbei zur Tür und schlüpfte in meine Stiefel. Er aber umfasste meine Schultern, drehte mich zu sich und drückte mir einen Kuss auf den Mund, einen langen Kuss.

»Schöne Frau, wo wollen Sie hin?«

Ich wollte aufs Klo, wand mich aus seiner Umarmung, schob mich mit betäubten Sinnen an ihm vorbei, flüchtete hinaus in den Morgen. Stoßlüften. Kopf durchpusten. Ich füllte meine Lungen mit der Kühle, doch was ich atmete, war eine Droge, pures, hochprozentiges Glück. Ungläubig, als wäre das alles nicht echt, könnte nicht echt sein, drehte ich mich zum Fenster um. Und da stand er noch immer, leibhaftig, nippte am Kaffee und blinzelte mir zu. Ich schloss die Augen, um mir diesen Zustand zu bewahren, diese beschissene Illusion, die ich mir so lange herbeigesehnt hatte.

Die Toilette befand sich in einem Anbau, zugänglich nur von außen, allerdings mit fließendem Wasser. Ich wusch mich am Waschbecken in der belebenden Kälte im Gesicht, unter den Achseln, auch zwischen den Beinen. Als ich wieder reinkam, hatte Konstantin frischen Kaffee für mich aufgebrüht und reichte mir eine Tasse.

»Starker Bohnenkaffee!«, sagte er stolz.

Ich nahm einen Schluck und spuckte ihn zurück in die Tasse. Kaffeesatz haftete an meinen Lippen, an der Zunge, im Mund. Konstantin lachte auf.

»Hast du Kaffee noch nie türkisch getrunken? Einfach heißes Wasser drauf und gut.«

Ich stülpte die Unterlippe vor und verzog das Gesicht. Nun lachten wir beide. Es befreite uns. Ich wollte glauben, dass wir echt waren. Dachte nicht daran, dass es längst zu spät war zu fliehen, wir hatten uns bereits gegenseitig beschädigt, ich ihn mit dem Glauben, ich wäre die Frau, die ihn retten könnte; er mich, indem er meine eigene Illusion scheinbar zur Wirklichkeit hatte werden lassen. Nein, ich war betäubt von dem Zustand des Glücks, in dem man sich glaubhaft macht, es gäbe eine Liebe, die alle Hindernisse wegwischen könnte, Ländergrenzen, Entfernungen, alte Leidenschaften, eine Theresa, die wahrscheinlich in einer Verhörzelle schmorte. Das alles kam mir nicht in den Sinn. Wieder schliefen wir miteinander.

Danach lagen wir nackt nebeneinander unter der Decke und rauchten still eine Zigarette, die wir wie im Spiel zwischen uns hin- und hergehen ließen.

»Ich stelle mich der Polizei«, sagte Konstantin plötzlich, »an Theresa haben sie kein Interesse. Sie wollen das Manuskript sicherstellen. Sie wollen mich, nicht sie.«

Ich zwang mich, ganz ruhig zu bleiben, stützte mich auf die Unterarme, nahm die Zigarette aus seiner Hand entgegen und zog an ihr.

»Und das willst du tun? Sollen sie ihren Willen kriegen? Dass du über deine Vergangenheit schweigst?«, fragte ich.

»Was soll ich denn tun?«

Ich setzte mich auf und reichte ihm die Zigarette zurück, sie schmeckte mir nicht mehr. Ich fragte mich, wann er darüber nachgedacht hatte, Theresa zu retten, gerade eben, während er in mir gewesen war?

»Sie hat dich da reingeritten. Hast du das vergessen?«

Er wich meinem Blick aus.

»Ich mache mir doch auch Sorgen um Theresa. Aber ich bin mir sicher, dass sie bald freikommt, wenn sie nicht schon zu Hause ist. Mein Onkel hat gute Beziehungen in der Botschaft. Doch das ändert nichts daran, dass Theresas Weg der falsche ist. Deine Texte müssen gelesen werden, aber nicht nur im Westen. Du willst dich drüben nicht instrumentalisieren lassen. Du hast es doch selbst gesagt: Du willst nicht vermarktet werden als der verfolgte Schriftsteller, den alle bedauernd begaffen wie einen Affen im Zoo. Du willst doch hier etwas verändern. Was du zu sagen hast, kann Dinge verändern, Konstantin. Jungen Menschen helfen, die von Heim zu Heim gereicht wurden wie du, wie Bernd, denen man angetan hat, was man euch angetan hat. Sie begreifen dann vielleicht, dass sie nicht schuld daran sind, dass man sie aufgegeben hat.«

»Und wie stellst du dir das vor? Ich gehe zu denen hin und sage, ihr müsst meinen Roman veröffentlichen, sonst was?«

»Es geht bestimmt auch subtiler. Manchmal verbaut einem der radikale Weg Möglichkeiten. Vielleicht existiert ein anderer, mit dem du zum Ziel kommst, nur etwas langsamer.«

Er drückte die Zigarette aus, nahm dabei den Blick nicht von mir. Für einen Moment hatte ich sogar meine Nacktheit vergessen.

»Das Problem ist doch, auf diesem *anderen Weg*, von dem du sprichst, zermalmen sie dich, und du endest wie Bernd oder du wirst einer von ihnen. Du weißt irgendwann nicht mehr, wer du bist, welches der multiplen Wesen, die du in dir trägst oder die sie dir zuschreiben, dein wahres Ich ist. Dieser Weg erfordert eine äußerst feinsinnige Sprache, eine, die die einen verstehen und die die anderen bereit sind zu überhören, eine solche Sprache zu finden, ist hohe Kunst. Der Meister hatte sie beherrscht und viele von uns dadurch gerettet. Ich weiß nicht, ob ich dazu fähig bin.« Er streckte die Hand nach mir aus. Sie umspielte meine Brüste, wanderte hinauf zu meinem Schlüsselbein, umfasste meinen Nacken, an dem er mich zu sich zog. Ich hüllte mich in den

Geruch seiner Haut. Sie roch nach Wald und der Luft nach dem Regen.

Später hatte Konstantin vom Dorf aus mit Theresas Familie telefoniert, und mein Onkel hatte tatsächlich zuversichtlich geklungen, dass man eine Einigung mit den Behörden erzielen könnte. Ich fragte Konstantin damals nicht, ob er Theresa noch liebte. Auch nicht später im Wagen, als wir nach Berlin zurückfuhren und er mich am Bahnhof absetzte. Es war nicht so, dass ich die Frage bewusst vermieden hätte. Ich war übernächtigt und glücklich. Ich glaubte, was ich glauben wollte, stellte mir vor, dass er mich im Frühjahr, wenn die alten Kastanien blühten, auf den Budapester Straßen nicht davonlaufen ließe. Ich hätte gelacht, hätte er mir so etwas versprochen. Vielleicht hätte er kurz den Blick von der Straße genommen und mich angelächelt. Warum siehst du mich so an, Engel, hätte er gefragt. Doch wie ich Konstantins konzentriertes Gesicht beim Fahren betrachtete, wurde mir klar, dass er so etwas nicht sagen würde. Er machte keine Versprechungen, von denen er nicht wusste, ob er sie einhalten konnte. Mich überraschte meine Gelassenheit, als mir bewusst wurde, dass ein flüchtiger Abschied der einzig aufrichtige zwischen uns sein konnte.

## 12

Vom Beifahrersitz blicke ich durch das Fenster hinaus auf die vorbeiziehende, langsam aus dem Winterschlaf erwachende Landschaft. Bestellte Felder mit einem Hauch von zartem Grün, als hätte ein Maler vorsichtig seinen Pinsel über die Erde gestreift. András fährt. Wir reden nicht viel. Meine Gedanken drehen sich noch immer um Theresas Beerdigung, um Katjas Worte über Konstantins Absturz vor ein paar Jahren – was war mit ihm geschehen?

In meiner Handtasche finde ich den Zettel mit Katjas Telefonnummer.

»Ich fahre für ein paar Tage nach Berlin«, sage ich spontan zu András.

Er nickt, blickt kurz zu mir. Er fragt nicht, wer die Frau am Friedhofstor gewesen ist, ob ich Konstantin in Berlin wiedersehen wolle. Vielleicht denkt er, er hätte nicht das Recht, zu fragen.

Er hat nicht mehr das Recht, zu fragen.

»Ich möchte mich mit meiner Autorin treffen«, sage ich dennoch. Das entspricht der Wahrheit. Die Rohfassung meiner Übersetzung ist fertig, ich möchte mit ihr am Text arbeiten, das geht persönlich am besten. »Vielleicht rufe ich auch meine Mutter an«, sage ich zu András, obwohl es eine Lüge ist. Nichts steht mir ferner, als meine Mutter zu besuchen. Warum brauche ich eine Lüge? Wir glauben, was wir glauben wollen. Auch András. Warum will ich es ihm leichter machen? Soll er sich doch vorstellen, dass ich Konstantin wiedersehen werde. András verdient meine Lüge nicht.

Vielleicht sollte ich mich in Berlin dennoch bei meiner Mutter melden, denke ich. Seit zwei Jahren haben wir uns nicht gesehen. Erst kürzlich hatte sie nach langer Zeit angerufen. Sie erzählte mir von ihrer Scheidung und dass sie jetzt allein lebe. Wolfgang, ihr zweiter Mann, hatte sich als betrügerischer Immobilienspekulant entpuppt und sitzt nun in Untersuchungshaft. Ich war nicht verwundert, hatte ihn nie für besonders vertrauenswürdig gehalten. Nebenbei schreibt er Kriminalromane, recht erfolgreich sogar. Nun schreibt er sie wohl ganz authentisch aus der Zelle.

Meine Mutter erzählte mir, wie gut es ihr ginge, dass sie endlich gelernt hätte, nicht auf Männer angewiesen zu sein, sich selbst zu genügen. Für mich hatte sie sehr einsam geklungen. Sie tat mir leid. Vielleicht wurde ich älter, weiser. Wer weiß. Dann hielt sie mir einen Vortrag über Unabhängigkeit und lud mich nach Berlin ein. Sie habe eine möblierte Wohnung, die gerade unvermietet sei, dort könne ich übernachten. Sie lud *mich* ein, András nicht. Sie habe schon immer gespürt, dass er sie verachtete. Ich tue das nicht. Nur verzeihen kann ich ihr nicht. Sicher hatte sie es nicht leicht gehabt mit Vati. Theresa hatte damals wohl recht, als sie sagte, dass ich erst richtig erfahren hätte, wie hart das Leben mit einem Alkoholiker war, nachdem meine Mutter uns verlassen hatte. Aber einfach abhauen? Seiner Familie gegenüber hätte man Verpflichtungen, findet András. Die Familie, das ist seine Maxime, auch ohne Kinder bin ich seine Familie. Er fährt zu schnell, fegt regelrecht die Autos vor uns von der Überholspur, eines nach dem anderen macht ihm Platz. András ist ein konzentrierter

Fahrer, sicherer als ich. Die Familie über alles. Der Gedanke erscheint mir nun zynisch. András blickt für einen Moment zu mir. Seine rechte Hand lässt das Lenkrad los, er bewegt sie in meine Richtung, verharrt und zieht sie wieder zurück, als erinnerte er sich daran, dass er nicht einfach mein Knie berühren dürfe. Lieber noch nicht.

»Bist du okay, Schatz?« Er fragt, als wäre nichts. Weil doch nichts ist? Glaubt er das auch in den Momenten, in denen Kriszta auf ihm sitzt? Ich wende den Blick ab, sehe hinaus ins Nichts. Wüsste ich nicht von András' Affäre, wäre dann alles in Ordnung? Vielleicht existiert Aufrichtigkeit in Parallelwelten. Kann man zwei Menschen gleichzeitig lieben? Warum soll das nicht gehen? Liebe erschöpft sich bekanntlich nicht. Wird sie nicht sogar mehr, je öfter sie geteilt wird? Er ist da für mich, auch jetzt, *sieh nur, wie ich dich abhole, zur Stelle bin, wenn du mich brauchst*. Ja. Es ist ganz so, als fehlte mir nichts. Ich hatte es selbst nicht einmal bemerkt. Nichts bemerken wollen. Wir sehen, was wir sehen wollen.

Mein Handy klingelt. Es ist Paula, ich lasse es klingeln. Beharrlich tönt es mehrmals hintereinander.

»Gehst du nicht ran?«, fragt András.

Ich schüttle den Kopf. »Ich habe gerade keinen Nerv für Paulas Probleme.«

Er bleibt still. Sein Blick ist starr nach vorn gerichtet. Mir fällt seine Körperspannung auf, er hält beide Hände fest am Lenkrad. Die Handwurzelknochen leuchten weiß vor lauter Kraft.

Und da wird es mir klar. Ich blicke auf den verpassten Anruf und zurück zu meinem Mann. Ich erinnere mich an Paulas Worte: *Ich habe mich verliebt.*

»Es ist Paula, nicht?« Ich sehe meinen Mann an. Die Farbe weicht aus seinem Gesicht. Ich schließe die Augen. Ich frage ihn nicht, was er für Paula empfindet. Es gibt so Fragen, die man besser nicht stellt, bevor man weiß, wie man mit der Antwort umgeht.

# 13

Ich erfuhr von Vati, dass Theresa durch diverse Interventionen der ungarischen Botschaft nach dem nächtlichen Verhör tatsächlich wieder nach Hause geschickt worden war. Etwas später hörten wir dann, dass die Familie ausgewiesen werde. Mein Onkel würde seinen Posten verlieren und müsse innerhalb seiner ungarischen Firma eine Degradierung zum Sachbearbeiter hinnehmen. Genug Geld hätten sie ja, sagte Vati. Sie ziehen nun nach Budapest. Theresa hätten sie bereits eine Wohnung gekauft – erzieherisch fragwürdig fand Vati das. Sie würde ihr Studium an der ELTE fortsetzen. *An der ELTE,* wiederholte ich in Gedanken, da, wo auch ich studierte. Vati behauptete, Theresa hätte im Auftrag von Künstlern im Untergrund versucht, staatsfeindliche Dokumente nach Westberlin zu schmuggeln. Diese Version erzählte er mir, als wir telefonierten, ohne zu wissen, dass ich in irgendeiner Form involviert gewesen war. Die Verschwiegenheit meines Onkels diesbezüglich rechnete ich ihm hoch an, wobei ich nicht wusste, ob mein Onkel oder Theresa von meinem vermeintlich abgefangenen Brief überhaupt erfahren hatten. Ich konnte mir durchaus vorstellen, dass Vati nur halb hingehört hatte und sich seine Version der Geschichte selbst zusammenreimte. Theresa war jedenfalls in Sicherheit, was mein schlechtes Gewissen – das seit meiner Rückkehr immer heftiger geworden war – teilweise beruhigte. Dennoch brachte ich es nicht über mich, sie anzurufen oder ihr zu schreiben. Ich schob das fällige Telefonat jeden Tag erneut wieder auf, suchte nach Ausreden und Ablenkungen, von denen es einige gab.

Denn in Budapest angekommen, sah ich mich gezwungen, aus meinem Zimmer in der Untermiete auszuziehen. In meiner Abwesenheit hatte jemand das Schloss aufgebrochen. Seltsamerweise war nicht eingebrochen worden, vielleicht wurde der Dieb auf frischer Tat überrascht. Meine Wirtin behauptete, man hätte mich beobachtet, wie ich zwiespältige Gestalten in die Wohnung gelassen hätte, als sie kürzlich ihre kranke Schwester besucht hatte. Sie bestand darauf, dass ich umgehend auszog. Seit der Sache mit Janó redete Paula nicht mit mir, bei ihr im Wohnheim konnte ich nicht bleiben. So ergab es sich, dass ich mich an Janó wandte.

Ich begegnete ihm eines Nachmittags in der Mensa. Er lud mich wieder einmal ins Kino ein und diesmal nahm ich die Einladung an und fragte ihn, ob ich für ein paar Nächte bei ihm unterkommen könne. Unter Freunden selbstverständlich. Er benahm sich wie ein Gentleman, überließ mir sein Bett und schlief selbst auf dem Sofa. Ich hatte kein schlechtes Gewissen, denn ich machte ihm nichts vor.

Dennoch versuchte ich, ihm so wenig wie möglich im Weg zu sein, ging in der Früh aus dem Haus, und sobald ich am Nachmittag zurückkehrte, fiel ich ohnehin todmüde ins Bett und schlief ein. Ich fühlte mich ausgelaugt in dieser Zeit. Anstatt meine Vorlesungen zu besuchen, zog ich mit dem Kleinanzeigenteil der Zeitung durch die Stadt und besichtigte ein Zimmer nach dem anderen. Entweder konnte ich sie mir nicht leisten, oder aber sie waren unzumutbar wie das Zimmer bei der Katzenfrau. Ihre siebzehn Katzen würden mich nicht stören, sagte sie, ich solle nur meine Tür nie offen lassen. Auch der Mann, der mir im Unterhemd die Tür öffnete, war mir gleich unheimlich. Warum ich hineinging, ich weiß es nicht. Die geräumige Altbauwohnung wirkte pedantisch aufgeräumt. Er zeigte mir das Zimmer, das er zu vermieten gedachte. Nebenan befände sich gleich sein Schlafzimmer, sagte er auf eine Art, die mich die Flucht ergreifen ließ.

Die Suche nach einer Bleibe erschöpfte mich, doch da war auch die Leere, die Konstantin wieder hinterlassen hatte. Die Zeit mit ihm erschien mir im Rückblick unwirklich, ich war überzeugt, nie wieder von ihm zu hören, zunehmend erfasste mich das Gefühl, ich hätte mir diese Nacht in der Hütte nur eingebildet. Die Bücher, die ich las, meine Musik, alles verband ich mit ihm, nichts davon ertrug ich mehr. Ich wusste nicht, ob er Theresa wiedergesehen hatte. Ob er sie hasste oder noch liebte. Ob sie mich hasste. Ich war in doppelter Hinsicht eine Verräterin. Die Schuldgefühle lasteten schwer auf mir. Wieder und wieder setzte ich mich hin und versuchte, einen Brief an Theresa zu formulieren. Doch was ich getan hatte, ließ sich nicht in Worte fassen. Schon bei den einleitenden Zeilen verengte sich meine Brust, ich erstickte an meiner Sprachlosigkeit.

So wagte ich es auch nicht, auf Konstantins Zeilen zu hoffen, die unseren Verrat an Theresa nur besiegelt hätten. Es schien mir fast wie eine Erleichterung, als meine ehemalige Vermieterin durch den offenen Türspalt hinter vorgelegter Kette nur kurz den Kopf schüttelte. Keine Post, die noch an die alte Adresse gegangen war. Sie verschloss die Tür sogleich wieder, als wäre auch ich eine dieser Gestalten, von denen sie sich bedroht fühlte. Ich war mir nicht sicher, ob sie mir meine Briefe überhaupt aushändigte. Vielleicht zerriss sie sie einfach.

An einem Sonnabend hatte ich mich mit Paula zu einer Aussprache verabredet. Sie versetzte mich jedoch erneut. Weiterhin mied sie mich und war offensichtlich gekränkt. Auch bei ihr hatte ich versagt.
So kam ich früher als geplant wieder zu Janós Wohnung zurück. Das Wohnzimmer war voller Leute, verraucht und stickig. Mit farbverschmierten Händen trat Janó auf mich zu. Auf dem Boden war bedrucktes Papier zum Trocknen ausgelegt. Die Unterhaltung erstarb, als ich eintrat. Alle sahen mich an, als wäre ich von der Geheimpolizei.
»Sie gehört zu mir«, beschwichtigte Janó.
»Hast du sie noch alle?«
»Ich sag doch, sie ist in Ordnung.« Er nahm mich an der Hand und führte mich an den Leuten vorbei zum Schlafzimmer, das in den vergangenen Tagen mein Zimmer gewesen war.
»Mir ist das zu heiß, ich bin weg«, sagte einer der Männer und fing an zusammenzupacken, gefolgt von anderen. Janó versuchte sie aufzuhalten, ließ meine Hand los und diskutierte mit ihnen. Ein Mädchen mit platinblonden Haaren, das an Janós Schreibmaschine gesessen hatte, war aufgestanden und richtete umständlich ihren Minirock – vermutlich wollte auch sie gehen. Von Frau zu Frau Verständnis suchend, blickte ich in ihr stark geschminktes Gesicht, doch da regte sich nichts. Ich flüchtete ins Schlafzimmer und verschloss die verhangene Glastür hinter mir. Eine Weile stand ich dort und lauschte der aufgebrachten Diskussion, die ich durch die dünne Tür mithören konnte. Es fiel das

Wort *Polizei*. Janó und seine Freunde schienen eine illegale Zeitung zu produzieren, und ich war mitten hineingeraten. Ich überlegte, ob mich in den letzten Tagen jemand mit Janó gesehen hatte – in der Uni, auf dem Weg zu seiner Wohnung. Tausende Leute. Hatte man mich hierher verfolgt? Ein kalter Schauer lief mir über den Rücken, und plötzlich fühlte ich mich elend, als ob der Raum sich leicht zu drehen begann. Übelkeit stieg in mir auf, unangenehm, heftig. Ich schluckte hart, doch der saure Geschmack war bereits in meinen Mund gelangt. In diesem Moment ging die Tür auf und Janó trat ein.

Ich war drauf und dran, in Tränen auszubrechen, es war nicht nur, dass ich hier mitten in irgendwelche illegalen Aktivitäten hereingeplatzt war. Es war auch nicht bloß mein Verrat an Theresa, an Paula, oder diese ganze verzwickte Geschichte mit Konstantin. Es war all das zusammen. Doch Janó bemerkte von meinem Zustand nichts. Seine Kälte holte mich augenblicklich runter.

»Ich dachte, du kommst heute spät«, sagte er, trat angespannt zum Fenster, schob vorsichtig die Gardine zurück. Ich wollte hier nicht mehr länger bleiben. Während mein Magen sich erneut zusammenzog, sammelte ich meine Sachen zusammen und stopfte sie in die Tasche.

»Sie fahren weg.«

Janó deutete hinunter auf die Straße. Ich blickte über seine Schulter und sah einen braunen Lada aus der Parklücke fahren.

»Wir wurden observiert«, sagte er.

»Observiert?«

»Ich muss die Druckerpresse wegschaffen, das ganze Material. Hilfst du mir, es runterzutragen?«

»Spinnst du, halte mich da raus!«

Ich nahm meine Tasche und preschte an ihm vorbei, wollte raus aus dem Zimmer, raus aus der Wohnung ... da sah ich, dass im vorderen Zimmer keiner mehr war, sie waren alle gegangen und hatten die Presse, die Druckerfarbe, Manuskripte, die trocknenden Blätter, das ganze Durcheinander liegen lassen. Ich blieb stehen. Janó tat mir leid.

»Wo willst du das Zeug hinbringen?«, fragte ich.

»Zu Rajk, seine Wohnung werden sie nicht durchsuchen.«

»Rajk hatte schon diese Wohnung für das *Gegenforum* zur Verfügung gestellt, wieso kann er sich das leisten?«, fragte ich Janó, während wir das Zeug im Wohnzimmer zusammensammelten.

»Er ist unantastbar, seiner Familiengeschichte wegen«, sagte er. Ich erinnerte mich, wie Janó erzählt hatte, dass nicht nur Rajks Vater 1949 in einem Schauprozess zum Tode verurteilt und hingerichtet worden war, sondern dass auch seine Mutter ins Gefängnis musste und man ihr das Kind weggenommen hatte. Während des Aufräumens erzählte Janó nun weiter, dass Rajk nicht das einzige Kind gewesen war, das während den Säuberungen innerhalb der Kommunistischen Partei weggenommen wurde. Jetzt verstand ich, warum sich Konstantin für diesen László Rajk interessiert hatte.

Wir schleppten die Presse ins Auto. Der Trabant gehörte wohl Janós Eltern.

»Warum sind die vorhin einfach abgefahren und haben nicht deine Wohnung durchsucht?«, fragte ich.

»Die wissen längst Bescheid über unsere Zeitung. Sie beschatten uns nur, um uns zu schikanieren, in Schach zu halten. Wollten sie uns festnehmen, hätten sie es längst getan.«

Als wir alles eingeladen hatten, reichte er mir einen Zettel. »Sag Olívia, ich würde dich schicken und du könntest hier nicht bleiben. Ganz bestimmt wird sie dich für ein paar Nächte aufnehmen. Das ist ihre Adresse.«

Ich wollte die Adresse nicht, nahm sie aber dennoch, erleichtert, dass Janó mich nicht noch darum bat, mit zu Rajk zu fahren. Ich faltete den Zettel und verstaute ihn in der Hosentasche.

Es war noch früh am Abend, die Gasse still. Ich blickte nicht nach links oder rechts. Es schien besser zu sein, nicht zu wissen, ob auf der gegenüberliegenden Straßenseite vielleicht doch noch ein Wagen mit wartenden Männern parkte. Den Blick auf meine Schuhspitzen gerichtet, ging ich mit zügigen Schritten voran. Meine Absätze hallten auf dem Asphalt, zumindest kam es mir so vor. Ich versuchte, meine Schritte, so gut es ging, zu dämpfen, dann endlich bog ich auf die befahrene Ringstraße. Ich hatte keinen Plan. Der Keleti-Bahnhof war nicht weit, für einen kurzen Moment erwog ich die Möglichkeit, den nächsten Zug nach Hause zu nehmen, um das Wochenende wieder mit Vati zu verbringen, doch Lili war nun bei ihm, und ich konnte nicht wieder vor meinem Leben flüchten.

Ich holte den Zettel hervor, den Janó mir gegeben hatte. Mehrmals hatte mich Olívia auf der *buli* eingeladen, ich solle sie einmal besuchen kommen. Ich machte mir nichts vor, sie spielte eine Schlüsselrolle in den Kreisen, in denen sich auch Janó bewegte. Doch ich hatte ein gutes Gefühl, ich vertraute ihr. Sie und ihr Mann wohnten im II. Bezirk in einem Altbau im Parterre.

Die Wohnungstür war nur angelehnt. Kindergeschrei, laute Stimmen, eine Katze im Hausflur. Als ich die Tür öffnete, schlüpfte sie flink zwischen meinen Beinen durch und huschte in die Wohnung. Ich folgte ihr zögernd und trat in ein Chaos. Das Erste, was mir auffiel, war das Wasser, das sich in einer großen Pfütze auf dem Boden ausbreitete. Zwei Männer wuchteten gerade ein Aquarium in die Küche. Das schwere Glasbecken stand schief, das Wasser schwappte hin und her, offenbar war alles gerade fast umgekippt. Wasser tropfte von den Rändern, und die Fische im Becken schwammen hektisch umher. Einer der Männer, ein älterer mit Schweiß auf der Stirn, hielt das Becken fluchend mit beiden Händen fest, während sich der Jüngere, das Aquarium auf den Oberschenkeln abstützend, mit dem Rücken an den Türrahmen gepresst, offenbar gerade sammelte. Er war möglicherweise beim Rückwärtslaufen gestolpert und hatte damit das Becken aus dem Gleichgewicht gebracht.

»Tigris, weg da! Vorsicht, der Kater!«, rief Olívia im Hintergrund und hielt dabei ein schreiendes Kind auf dem Arm. Ich sah zum Kater und bemerkte, dass mitten in der Pfütze auf den Dielen zwei Fische zappelten. Der Kater schlich neugierig um die hilflosen Tiere herum, hatte eines schon ins Visier genommen und schnappte immer wieder mit der Pfote danach. Ich stand unschlüssig in der Diele und betrachtete die kuriose Szene.

»Schaff den Kater raus!«, schrie der ältere Mann mich an. Ich zuckte zusammen, hob den Kater auf den Arm – das Tier ließ sich erstaunlich widerstandslos hochnehmen – und setzte ihn vor die Tür. Dann hockte ich mich zu den zappelnden Fischen, mit vorsichtigen Bewegungen nahm ich sie auf und legte sie zurück ins Aquarium, wo sie sofort durchs Wasser schossen. Nun kam Olívia mir lachend entgegen, den Jungen auf einem Arm haltend, umarmte sie mich.

»Unsere Retterin!«, sagte sie zu mir. Ich errötete aus Verlegenheit, schließlich hatte ich ja den Kater reingelassen. Inzwischen hatten die Männer das Aquarium in der Küche an seinem neuen Platz abgestellt. Sie brummten einen Gruß und gingen. »Meine Nachbarn«, sagte Olívia und rief ihnen ein großes Dankeschön nach. Ich stellte mich als eine Freundin von Janó vor, doch Olívia erinnerte sich ohnehin an mich. Sie führte mich ins Wohnzimmer und bot mir einen Sessel an. Ich betrachtete den Raum, das Sofa. Meine Großmutter hatte ein ganz ähnliches Sofa mit gesteppter Rückenlehne besessen. Als Kind ließ ich die Fransen am unteren Rand seidig und kühl über meine Finger laufen. Nach dem Tod meiner Großmutter warfen wir das alte, zerschlissene Ungetüm auf den Sperrmüll. Dieses hier war in einem etwas besseren Zustand, wenn auch der hellgelbe Bezug an den Sitzflächen etwas abgenutzt aussah. Entlang der Wand stapelten sich Pappkartons mit der Aufschrift: *Damenmäntel, Herrenschuhe, diverse Kinderkleidung.* Zwei Mädchen in meinem Alter sortierten auf dem Boden einen Berg Kleider. Offenbar die Altkleiderspenden, von denen sie damals erzählt hatte.

»Das sind Timi und Szilvi, sie helfen uns mit den Paketen«, stellte Olívia sie vor, setzte das Kind auf dem Boden ab und machte es sich mir gegenüber auf dem Sofa bequem. Der Junge wühlte in den unsortierten Klamotten und wirkte zufrieden.

»Schön, dass du vorbeischaust«, sagte sie. Olívias Mann,

Ottó, kam aus der Küche mit einer Tasse Tee auf mich zu. Auch jetzt stand eine Flasche von Olívias Heilwasser auf dem Tischchen neben dem Sofa.

»Tee?« Ottó reichte mir die Tasse. »Ich bereite ein paar Schmalzbrote zu, magst du auch?« Ich nickte dankbar, denn plötzlich verspürte ich einen Bärenhunger und fühlte mich lebendig wie seit Tagen nicht mehr. Ich erzählte Olívia von der vergeblichen Zimmersuche, der Katzenfrau und dem Kerl, der sich gefreut hätte, wenn ich in das Zimmer neben seinem Schlafzimmer eingezogen wäre.

»Und wo wohnst du jetzt?«

»Bei Janó, aber ich kann dort nicht länger bleiben.«

Olívia wurde ernst und nickte. Ich konnte nicht einschätzen, ob ihre Reaktion die einer Eingeweihten war, aber ich wollte es auch lieber nicht wissen. Janós Freunde seien ihre Freunde, sagte sie und bot mir ihr Gästebett an, bis ich etwas Eigenes gefunden hätte. Ich ahnte, dass ihre Hilfe nicht rein freundschaftlicher Natur war, sondern dass sie auf diese Art Janós Aktivitäten unterstützte. Ottó kam mit den Schmalzbroten wieder, und ich verschlang drei davon, ohne es recht zu bemerken. Ottó sagte, dass ich wohl richtig ausgehungert sei. Es war mir peinlich, dass ich einen solch gefräßigen Eindruck machte.

Beim nächsten Besuch schob meine ehemalige Wirtin ungehalten einen Brief durch den Türspalt. Die Tür versperrte sie sogleich wieder. Der Brief war von Konstantin.

In der Anrede nannte er mich wieder seinen *Engel* und schrieb, die Dinge hätten sich wider Erwarten zu seinen Gunsten entwickelt. Er denke oft an meine Worte, bewundere meinen Instinkt, meine Scharfsicht. Eine Einladung hätte er erhalten, in diesem Frühjahr einen Vortrag in Wien zu halten, als Teil einer Vortragsreihe in der Alten Schmiede. Die Reise ins westliche Ausland sei ihm bereits genehmigt worden. Ich solle mich nicht wundern, er würde mir alles erklären. Aber vielleicht könnte ich auch nach Wien kommen, für Ungarn sei das doch viel leichter. Er denke nämlich nicht nur oft an meine Worte oder diesen klugen Kopf, den ich hätte, es sei das Engelsgesicht, das ihn umtreibe. Nach Budapest könnte er vielleicht auch einmal kommen, das allerdings erst im Spätsommer oder im Herbst. Ich las die Zeilen mehrmals, meine Hände zitterten, meine Sicht verschwamm, ich konnte mein Glück nicht fassen. Sogleich rannte ich zur Post und gab ein Telegramm auf. *Ich werde da sein!* Auch schrieb ich ihm meine neue Adresse.

Von nun an zählte ich die Tage, beantragte mein Reisevisum, wissend, dass Konstantin an mich dachte und mich wiedersehen wollte. Meine Schuldgefühle Theresa gegenüber waren vollkommen von der neuen Euphorie überlagert. Ich fühlte mich so wohl bei Olívia und Ottó, dass ich gar nicht mehr aktiv nach einem Zimmer suchte. Es war lebendig bei ihnen, ständig klingelte das Telefon, Leute gingen ein und aus, trugen Pakete weg, brachten neue. Manchmal kamen Menschen mit arbeitsrechtlichen Problemen. Dann versuchten Olívia und Ottó ihnen einen Rechtsanwalt zu vermitteln. Nach einer Weile lernte ich einige ihrer Freunde kennen wie Sanyi, den Hausmeister. Er kam fast jeden Tag vorbei, setzte sich in den Sessel, Ottó brachte den kleinen Schwarzen. Manchmal rauchte Sanyi nur, sah dem Trubel zu. Er hatte lange, zurückgekämmte graue Haare und trug meistens einen ausgebeulten Trainingsanzug. Hatte Ottó Zeit, unterhielten sie sich stundenlang und hörten sich alte

Tonbandaufnahmen von Sendungen des Radio Freies Europa an. Ottó wollte mit ihm ein Buch schreiben. Sanyi erzählte von der Revolution, die er nicht Konterrevolution nannte, wie ich es aus der Schule oder von zu Hause kannte. Er war in den Tagen des Widerstands beim Sturm auf das Radiogebäude dabei gewesen. Sanyi war ein Freiheitskämpfer gewesen. Ich hatte noch nie einen Freiheitskämpfer kennengelernt oder überhaupt jemanden von der *Revolution* erzählen gehört. Bei uns zu Hause war der Aufstand von 1956 nie ein Thema gewesen. Sie hatten Sanyi zu zehn Jahren Haft verurteilt. Zwei davon hatte er abgesessen. Seit seiner Freilassung lebte er von Gelegenheitsjobs, Übersetzungen, verkaufte Lottoscheine und war der Hausmeister hier. Er drückte sich sehr gewählt aus und war extrem belesen. Er sagte mir, man dürfe die Ziele der Revolution nicht aus den Augen verlieren. Es habe sich nichts geändert seither, abgesehen von Äußerlichkeiten. Man könne in diesem Land auch heute nicht frei denken. Er war es, der mir ein Buch des Historikers István Bibó zu lesen gab und Solschenizyns Roman über den Gulag in ungarischer Übersetzung als Samisdat-Schriften, die nur heimlich zirkulierten. Ich verschlang sie in wenigen Tagen und wünschte mir, ich könnte Konstantin von dieser Lektüre schreiben, die mich so bereicherte, tat es aber nur andeutungsweise aus Vorsicht, die Staatssicherheit könnte ihn weiterhin überwachen. Ich erzählte ihm von Sanyi, Olívia und Ottó. Und wusste, er würde sie interessant finden. Konstantin freute sich darauf, sie kennenzulernen, wenn er mich, wie wir nun planten, im Herbst in Budapest besuchen käme. Wir malten uns aus, wie wir die Stadt erkunden würden, schrieben uns lange Briefe, die ich immer per Express aufgab. In jedem Brief erfand er neue Anreden für mich, doch am Telefon war ich sein Engel. Er rief mich manchmal aus einer Telefonzelle an, und dann verließ ich am verabredeten Nachmittag das Haus nicht, wich nicht vom Telefon, hockte stundenlang davor, wartete und rauchte. Wenn es endlich klingelte, zuckte ich zusammen. In den paar Minuten erzählten wir uns atemlos alles, was wir in den Briefen nicht schreiben durften. Ich erwähnte auch den Samisdat-Laden, aus dem die erwähnten Bücher in Olívias und Ottós Regalen stammten. Immer wieder begegne mir der Name László Rajk, erzählte ich ihm.

»Er führt den dienstäglichen Bücherverkauf aus seinem Wohnzimmer.«

»Bring dich nicht in Schwierigkeiten, Engel!«

Der Witz sei, sagte ich zu ihm, da es Zensur in Ungarn ja offiziell nicht gäbe, gelte die Samisdat-Butik nur deshalb als illegal, weil sie keine Gewerbegenehmigung habe – die sie natürlich nie erhielte.

Ich erzählte Olívia so oft von Konstantin, dass er ihr bereits ganz vertraut sein musste. Es tat mir gut, mich ihr anzuvertrauen. Eines Abends – ich half ihr gerade dabei, Pakete zu binden – fragte sie mich, ob ich schwanger sei. Ich sah sie an und musste lachen, verschnürte weiter mein Paket. Doch sie hatte keinen Scherz gemacht, sie ließ den Mantel, den sie gerade auf seine Unversehrtheit begutachtete, in ihren Schoß sinken und musterte mich mit hochgezogenen Augenbrauen.

»Dein unstillbarer Hunger, die Müdigkeitsanfälle – das ist schon bezeichnend, meine Liebe.«

Meine Periode war zwar überfällig, doch sie war schon immer unregelmäßig gewesen, und außerdem hatten wir aufgepasst.

»Ach was, das muss doch nichts heißen. Und mir ist kein bisschen übel«, winkte ich ab und las ihr einen Brief vor, in dem eine Mutter um Geld für ihre drei Kinder bat. Olívias Organisation nahm auch Geldspenden an und führte eine Adressliste mit regelmäßigen Empfängern. »Hier braucht jemand einen Trainingsanzug für einen Achtjährigen. Haben wir noch welche? Soll ich in den Umzugskisten auf dem Hängeboden mal schauen?« Olívia schüttelte den Kopf, da seien nur Dinge zum Entsorgen drin. Ihr sei während der Schwangerschaft nicht einmal übel gewesen, sagte sie ernst.

Und sie sollte recht behalten. Ein paar Tage später ging ich dann doch zum Frauenarzt, der es mir bestätigte: Ich war schwanger.

Ich wollte Konstantin persönlich von der Neuigkeit erzählen, nicht in einem Brief oder am Telefon. Während ich seine Briefe bislang fieberhaft verschlungen hatte und mich immer sofort an die Antwort setzte, blockierte mich nun der Gedanke an dieses Kind. Ich hatte schreckliche Angst vor Konstantins Reaktion. Mir kamen Katjas Worte in den Sinn, er wolle nie ein Kind in diese Welt setzen. Er hatte ihr die Schwangerschaft ausgeredet. Ein Kind allein durchzubringen, konnte ich mir nicht vorstellen – es abtreiben zu lassen, ebenso wenig.

Statt über die Schwangerschaft schrieb ich ihm über meinen Alltag, schrieb den Brief dreimal um und legte ihn schließlich zur Seite. Ich ließ eine Woche verstreichen, versuchte es erneut. Konnte ich ihm von dem Kind nicht schreiben, konnte ich gar nichts mehr schreiben. Alles kam mir banal vor, alles außer dieses neue Leben, das in mir wuchs. Es war kalt und duster draußen. Ich blieb in meinem Zimmer, lernte aber nicht, obwohl das neue Semester gerade begonnen hatte. Ich kann mich nicht entsinnen, wie ich diese Tage herumbrachte. Stundenlang lag ich auf dem Bett, starrte aus dem Fenster auf den Hof und beobachtete das Treiben in den Fenstern des Nachbarhauses. Ich war kraft- und antriebslos, hatte keinen Appetit, keine Lust, meine Haare zu waschen, mich überhaupt zu waschen, kam mir überflüssig vor. Olívia duldete meinen Zustand eine Weile, brachte mir Hühnersuppe und Malzbier wie einem schwindsüchtigen Kind. Nach ein paar Tagen kam sie herein und riss das Fenster auf. »Hier drin riecht es wie im Raubtierhaus, raus mit dir an die Sonne!«, sagte sie und verbannte sogar den Kater aus meinem Zimmer, der es sich zur Gewohnheit gemacht hatte, am Fußende meines Bettes zu schlafen. Katzen könnten Krankheiten übertragen, die für das Baby gefährlich seien, sagte sie. Ich hatte mich an den Kater gewöhnt, und jetzt, wo nur die Mulde auf meiner Decke von ihm geblieben war, fehlte er mir. Ich brach in Tränen aus. Unkontrolliert flossen sie meine Wangen herunter. Ich kam mir lächerlich vor. Olívia reichte mir ein Taschentuch und dazu die Tageszeitung. Sie zeigte auf eine mit Kugelschreiber eingekreiste Anzeige: *Dritte Mitbewohnerin gesucht für Zimmer zur Untermiete in ELTE-Nähe.* Sie hatte bereits dort angerufen und sagte, ich könne gleich vorbeigehen. Dann fügte sie hinzu, ich könne natürlich so lange bei ihnen bleiben, wie ich es brauchte. Ich wusste, dass Olívia nie etwas aus purer Höflichkeit sagte, sie meinte es. Und so wusste ich auch, dass es Zeit war, meinen Hintern hochzukriegen. Ich schleppte mich in die Dusche, zog mich an und ging zum Frühstück hinaus in die Küche.

## 14

Das Haus war nicht weit von meiner alten Unterkunft entfernt, doch es lag in einer ruhigen Gasse abseits der stark befahrenen Rákóczi út. Ich ging den schmalen Bürgersteig entlang. Die Fenster der Mietshäuser blickten unmittelbar auf die gegenüberliegenden Gebäude. Als ich das Treppenhaus betrat, ging zu meiner Rechten auf halber Treppe die Wohnungstür auf. Eine Frau in Hausschuhen trat mit einem Müllbeutel in der Hand in den Hausflur und kam mir entgegen. Ich stolperte beinahe über meine eigenen Füße. Es war Theresa.

Und da standen wir nun voreinander. Obwohl ich damit gerechnet hatte, ihr irgendwann an der Uni zu begegnen, fand ich nun keine Worte.

Theresa ergriff zuerst das Wort, verwirrt deutete sie zu ihrer Tür. »Ich wohne hier … und du?«

»Ich sehe mir ein Zimmer an«, antwortete ich leise, während ich auf die Tür gegenüber zeigte. Sie nickte kurz, sah mich einen Augenblick lang unschlüssig an, dann ging sie ohne ein weiteres Wort an mir vorbei in Richtung Hinterhof zu den Mülltonnen.

Während der Besichtigung war ich so aufgewühlt, ich konnte mich hinterher kaum daran erinnern, wie die Wohnung geschnitten war, geschweige denn an die Namen der Mitbewohnerinnen. Es war bezahlbar, nah an der Uni, ich könnte sofort einziehen. Ein Volltreffer. Abgesehen von der

Nachbarschaft. Beim Hinausgehen sah ich, dass Theresas Tür nur angelehnt war. Ich zweifelte nicht daran, dass mir dies als Einladung galt.

In der Wohnung roch es frisch renoviert. Durch die offen stehende Zimmertür drang Licht in den Flur. Ich fand Theresa am Schreibtisch, den ich aus ihrem Berliner Zimmer kannte. Sie hatte mir den Rücken zugewandt und sah durch das offene Fenster nach draußen. Man konnte Leute vorbeigehen sehen. Autotüren knallten. Sie musste mich beim Hereinkommen schon bemerkt haben und drehte sich zu mir um.

»Der ist schön«, fiel mir in meiner Verlegenheit nur ein. Ich deutete auf den Kachelofen. Fast der gleiche stand auch in der Wohnung nebenan, nur hatte dieser hier grüne und nicht gelbe Kacheln.

»Du hättest den Gesichtsausdruck meiner Mutter sehen sollen. Ich habe die Wohnung trotzdem gekriegt, aber ihr wäre ein Neubau lieber gewesen. In meiner Vorliebe für Stuck und alte Öfen sieht sie nichts als die Verachtung ihres privilegierten, kleinen Lebens im Neubau, na, und Konstantins schlechten Einfluss natürlich. Überhaupt gibt sie ihm an allem die Schuld, auch an dem Mist, den ich gebaut habe.« Theresa drehte sich einmal mit dem Schreibtischstuhl um die eigene Achse.

»Du suchst ein Zimmer? In der Wohnung gegenüber gehen schon den ganzen Tag Leute ein und aus. Die Haustür knarrt jedes Mal, wenn jemand kommt, das höre ich bis hierher. Bei dem Lärm kann man seinen eigenen Gedanken kaum folgen. Ich sitze an diesem Schreibtisch, starre nach draußen mit einem vergitterten Blick. Weißt du, wie das ist?«

Die zierlichen Gitterstäbe waren mir gar nicht aufgefallen. Die Morgensonne warf sanfte Lichtstrahlen ins Zimmer und zeichnete die Gitterstäbe scharf und deutlich auf dem Schreibtisch nach.

»Wie lange wohnst du schon hier?«, fragte ich nach einem Moment der Stille.

»Vater und ich haben letztes Wochenende meine Möbel aus Berlin hergebracht.« Sie drehte sich wieder von mir weg. »Er ist pragmatischer als meine Mutter, kein Stück nachtragend. Er hat mir viel in der Wohnung geholfen, den Durchlauferhitzer ersetzt, mir beim Streichen und Tapezieren unter die Arme gegriffen.« Nun wandte sie sich zu mir um und zeigte nach oben, an die Stelle über dem Ofen: »Es war alles schwarz vor Ruß.« Das Geschaukel und Gedrehe mit dem Schreibtischstuhl irritierte mich. Endlich hielt sie für einen Augenblick inne. »Ich rechne ihm seine Hilfe hoch an. Dabei hätte er allen Grund, nie wieder ein Wort mit mir zu reden.«

Ich dachte an Vatis Worte, Péter trage seine Degradierung mit Fassung. Theresa drehte sich wieder zu mir um. Ein nachdenkliches Lächeln zeichnete sich in ihrem Gesicht ab. »Wir haben kaum gesprochen in diesen Tagen, Vater und ich, und dabei sind wir uns näher gekommen als in all den Jahren zuvor. Er hat etwas gesagt, das mich getroffen hat.«

Ich setzte mich unaufgefordert auf das Sofa ihr gegenüber und sah sie fragend an.

»Als ich Konstantin gefühlskalt genannt habe, meinte er, ich sei vielleicht nur nicht die Richtige für ihn! Ich weiß nicht, ob das stimmt.«

Jetzt sah sie wieder zum Fenster hinaus auf die Straße.

Für ein paar Augenblicke war es still. Tatsächlich konnte ich das Knarren der Haustür hören.

»Konstantin hat mit mir Schluss gemacht. Eiskalt. Seine Zeilen waren so nüchtern, dass es mich heute noch friert. Kein Fünkchen Zuneigung darin. Immer wenn der Schmerz hochkommt, lese ich sie erneut, sie töten jede Sehnsucht ab. Aber die Sehnsucht kommt dann doch immer wieder.« Sie stieß einen Seufzer aus. »Ich hab's verbockt, Márta, ich weiß das. Aber er hat nicht verstanden, dass ich es für ihn getan habe.« Sie sah mich flehentlich an, wünschte sich offenbar Bestätigung von mir.

»Er redet übrigens wieder mit mir«, sprach sie weiter. »Wir schreiben uns Briefe, nicht über uns, das sparen wir komplett aus, es geht um ganz sachliche Themen wie Gesellschaft und Politik. Es wundert mich, dass meine Briefe überhaupt bei ihm ankommen. Ich vermute, er hat eine Abmachung getroffen mit denen, hat sich kleinkriegen lassen. Aber auch darüber reden wir nicht. Er erwähnt das Manuskript oder was passiert ist, als er sich der Polizei gestellt hat, mit keinem Wort. Nun stell dir vor, er fährt nach Wien! Sie haben ihn eingeladen, einen Vortrag über die Lyrik der DDR in der Gegenwart zu halten. Gestern noch wollten sie ihn einsperren und nun bekommt er eine Reiseerlaubnis in den Westen. Was sagt dir das?«

Ich merkte, wie das Leben aus mir wich. Konstantin schrieb mit Theresa und mit mir und hatte weder zu mir noch zu ihr ein Wort über die andere verloren. Es zog mir schmerzhaft in der Leiste. Ich presste die Hand auf die Stelle.

»Schau nicht so verschreckt, Márta. Ich bin dir nicht mehr böse. Ich wollte nie wieder ein Wort mit dir sprechen, nachdem, was du getan hast. Aber ich kenne dich, du Grundanständige, du konntest nicht anders. Du weißt, ich kann nicht nachtragend sein. Ich grolle dir längst nicht mehr, ich vermisse uns.«

Ich starrte sie an und bekam kein Wort heraus. *Nach dem, was du getan hast ... du Grundanständige ...* Wusste sie tatsächlich nichts von dem, was zwischen Konstantin und mir passiert war? Unsagbar war das Unaussprechliche: Während sie verhört wurde und die Nacht in einer Zelle verbrachte, schlief ich mit ihrem Freund. Was wusste sie denn überhaupt? Hatte man ihr meinen Brief gezeigt, den ich Konstantin geschrieben hatte?

Sie begann wieder zu sprechen, die Worte blubberten aus ihr heraus. Es sei eine schwere Zeit für sie, sie hocke in dieser Wohnung und starre nach draußen, hätte sich in der Uni noch nicht blicken lassen ... »Ich kann nicht. Verstehst du? Ich kenne hier keine Seele, bin weit weg von allem, was mir wichtig ist. Ich kann nicht mal schreiben. Setze ich mich an die Schreibmaschine, kommen mir nur hölzerne Sätze in den Sinn, ich könnte jedes Mal losheulen. Ich habe dann sogar den Impuls, meine Mutter anzurufen, um mich für all den Ärger zu entschuldigen, den ich ihr und meinem Vater bereitet habe. Doch ich tue es nicht, weil ich weiß, es kommt nur das wissende Nicken: Ja, du hast uns enttäuscht. Dazu vielleicht noch der Vorschlag, etwas anderes zu studieren als Literatur, womit sich etwas Sinnvolles anfangen ließe. Ich will es ihnen zeigen, Márta. Doch alles, was ich bisher aufs Papier gebracht habe, ist belanglos. Ich habe den Roman nicht in mir. Ich stecke fest, es ist ein einziges Sammelsurium aus Gedanken und Szenen, ein unreflektierter Haufen, der wächst und wuchert, ich ersticke darin. Weißt du noch früher, als ich dir meine Texte vorlas in meinem

Zimmer auf dem Bett, wir haben rumgesponnen, meine Zweifel verlacht, so oft hast du Struktur gefunden, wo ich keine sah. Ich brauche meine beste Freundin. Auch in Wien. Das ist meine Chance, Márta! Ich fahre nach Wien. Er hat mich zwar nicht eingeladen, aber das ist mir egal. Ich werde ihn wiedersehen! Komm mit mir, bitte. Konstantin wird nett zu mir sein, wenn du dabei bist. Und dann wird er merken, dass er mich noch immer liebt. Ich kann das nicht allein. Ich bitte dich! Warum schaust du mich so an, Márta? Geht es dir nicht gut? Du siehst ganz blass aus.«

Der stechende Schmerz in der Leiste raubte mir den Atem. Theresa verschwand in der Küche und kam sogleich mit einem Glas Wasser zurück. Wie eine Verdurstende trank ich das ganze Glas aus.

»Was glaubst du, warum er mir geschrieben hat, dass er nach Wien fährt? Doch, weil er mich treffen will, oder nicht?« Sie hob den flehenden Blick zu mir.

»Ich muss jetzt gehen, mir ist nicht gut.« Ich reichte ihr das Wasserglas zurück.

»Bitte, bleib noch. Du kannst dich auch gerne kurz hinlegen.«

Ich war schon im Flur, die Wohnungstür halb offen. Leute kamen aus der Wohnung gegenüber. Ich würde das Zimmer nicht nehmen, wenn Theresa hier wohnte.

Sie folgte mir auf Socken in den Hausflur.

»Du suchst doch ein Zimmer. Zieh bei mir ein! Ich meine es ernst. Wir zwei, wie früher.«

Ich blieb stehen und fuhr schroff herum.

»Bitte was?«

Es war, als wäre eine Saite in mir gerissen. Sie hatte so lange an ihr herumgezerrt, sie geschlagen, an ihr gezupft mit ihrer naiven Art, ihrer Lieblichkeit – Theresa, Zentrum des Universums.

»Deine Selbstgerechtigkeit hätte ich gern! Glaubst du, du kannst über mich verfügen als deine persönliche Seelenklempnerin, vierundzwanzig Stunden am Tag? Hast du dich schon einmal für mich interessiert, dich gefragt, was mich beschäftigt, wie es mir geht? Ich habe auch ein Leben.«

Perplex stand sie mir gegenüber. Ich selbst war überrascht von den Worten, die mir wie ohne mein Zutun aus dem Mund gesprudelt waren. In einem Anflug von Schwindel wandte ich mich um und ließ sie dort im Hausflur stehen. Ich ging wie blind die Gasse hinunter, bog auf die Rákóczi út, lief und lief bis zum Donauufer. Der Schmerz im Unterbauch war verflogen, ich sehnte mich nur nach Ruhe und Frieden im Kopf. Ich beobachtete die Touristen, die an Bord der Touristenschiffe gingen. Der Strom grau und trüb, ein Wind kräuselte die Wasseroberfläche.

In der Nacht wälzte ich mich lange herum. Widersprüchliche Empfindungen verschnürten mir die Brust. Ich fragte mich, wie er sie wohl nannte in ihren langen Briefen. War sie auch sein *Engel*, so wie ich? Je länger ich wach dalag, desto mehr kreisten meine Gedanken. Ich hielt es nicht mehr aus, stand auf, riss das Fenster auf, setzte mich an den Schreibtisch und begann einen Brief an Konstantin. Der Morgen graute bereits, als ich ihn beendet hatte. Ich befeuchtete den Umschlag mit der Zunge und klebte ihn zu. Es klingelte. Der kleine Zeiger der Uhr stand auf sechs. Es klingelte erneut, penetrant und lang. Ich hörte Olívia und Ottó beide den Flur entlanggehen, es waren vorsichtige, leise Schritte, die nichts Gutes erahnen ließen. Ich vernahm Stimmen.

Eine Wohnungsdurchsuchung? Eilig zog ich meine Jeans an und öffnete die Tür einen Spaltbreit. Vier oder fünf Beamte in Zivil verteilten sich in der Wohnung. Ich ging zu Ottó und Olívia. Ottó hielt den Durchsuchungsbefehl in der Hand. Einer der Beamten forderte Ottó auf, sämtliche ohne Genehmigung erstellten Veröffentlichungen, die sich in der Wohnung befänden, herauszugeben, damit würde er allen Zeit sparen. Die anderen Beamten begannen, die Regale und Schubfächer auszuräumen. An der Tür blieben zwei Uniformierte stehen, die wohl dafür sorgten, dass niemand hinausging. Hinweise von Mitbürgern seien eingegangen, erklärte der Beamte, offenbar der Chef, ein beleibter Mann mit wiegendem Gang – wäre er mir auf der Straße entgegengekommen, ich hätte ihn für einen Rentner beim Nachmittagsspaziergang gehalten. Doch diesem Eindruck widersprach sein kalter, forschender Blick. Sie würden wegen eines schwerwiegenden Verdachts auf ein presserechtliches Vergehen ermitteln, sagte er und zeigte zu zwei Männern, ebenfalls in Zivil, die wohl als Zeugen dienten, um die Ordnungsmäßigkeit der Durchsuchung zu überwachen. Ottó – so kannte ich ihn gar nicht – wurde laut und forderte den Leiter auf, seine Männer anzuweisen, gefälligst behutsam mit den Büchern und Dokumenten umzugehen, die sie bereits in der Mitte des Zimmers angehäuft hatten, vermutlich, um sie zu beschlagnahmen. Darunter seien auch persönliche Papiere und Notizbücher, die niemanden etwas angingen. Einer der Beamten schien die Art der Dokumente zu notieren. Ottó forderte ihn auf, doch bitte vom Sofa aufzustehen, er sei hier schließlich nicht zu Gast, dann stellte er sich mit verschränkten Armen neben den jungen Beamten, der mir nicht viel älter als ich selbst zu sein schien, und sorgte dafür, dass dieser jedes einzelne Schriftstück, jedes Buch auflistete, und ihm dann die Liste zeigte, um sie zu quittieren. Ottó wollte verhindern, dass man ihnen im Nachhinein etwas unterjubeln konnte. Ein anderer Beamter nahm die Personalien von jedem von uns auf, auch von mir. Olívia hatte den schreienden Matyi auf dem Arm. Er war von dem Trubel aufgewacht und nun völlig überdreht. Sie versuchte ihn zu beruhigen, so gestresst hatte ich sie bislang noch nicht erlebt.

Einer der Beamten verlangte meinen Personalausweis. Er schlug ihn auf, ließ die Seiten über den Daumen laufen – ich fragte mich, was er auf diese Weise erkennen konnte –, dann sollte ich meinen Namen nennen, den Namen meiner Mutter, Geburtsort und -datum. Er selbst sprach anschließend all diese Angaben auch noch auf Band. Alles musste seine Ordnung haben. Olívia und Ottó würden zur Vernehmung mitgenommen werden, sagte ihnen der Dickbäuchige. Olívia protestierte, sie könne das Kind nicht einfach hierlassen und werde es sicher nicht mitnehmen. Dann würde man sie vorladen, berichtigte er.

»Und ich?«, fragte ich, weil ich doch auch hier wohnte. Ich war erstaunlich ruhig in Anbetracht der Panik, die mich neulich bei Janó in der Wohnung überkommen hatte. Gegen mich liege nichts vor, sagte der Beamte mit einer wegwischenden Geste und wandte sich dem jungen Kollegen zu, der mit Ottó noch immer über das Notizbuch diskutierte, das Ottó nicht herausrücken wollte.

»Sie lassen dich gehen, beeil dich!«, flüsterte Olívia mir zu, sie bat mich, Janó aus einer Telefonzelle anzurufen. Wir müssten alle warnen. Vom Apparat im Wohnzimmer konnten wir natürlich nicht telefonieren. Einer der Beamten hievte einen der Umzugskartons vom Hängeboden herunter, in dem sich die zu entsorgenden Klamotten befanden. Unter der Kleidung zog er mehrere Packen Samisdat-Ausgaben hervor und zeigte sie dem Leiter.

Ich warf meine Jacke über, schnappte mir meine Tasche, in die ich hastig meine paar Habseligkeiten warf, packte den Brief für Konstantin ein und ging zur Wohnungstür, wo nur noch einer der Uniformierten wachte. »Man sagte mir, ich könne gehen«, sagte ich zu ihm. Er nickte desinteressiert und ließ mich durch.

Unten vor dem Haus standen ein Polizeiwagen und ein ziviles Auto in zweiter Reihe, ich wandte den Blick ab und beeilte mich, drei Ecken weiter zur Telefonzelle zu gelangen, die außer Sichtweite lag. Bei Janó hob niemand ab. Wenn dort auch schon eine Durchsuchung lief, konnte er nicht rangehen. Ich ging im Laufschritt in Richtung seiner Wohnung. Am Blaha-Lujza-Platz nahm ich die U-Bahn. Außer Puste und mit Seitenstechen kam ich in seiner Straße an. Vor seinem Haus stand der braune Lada, zumindest sah der Wagen genauso aus wie der, den wir aus dem Fenster gesehen hatten. Es fanden offenbar gleichzeitig mehrere Hausdurchsuchungen statt. Da wurde mir klar, dass ich in etwas Großes hineingeraten war. Erst später erfuhr ich, wie groß die Durchsuchungsaktion tatsächlich war. Zwei Beamte kamen heraus, mit Janó in ihrer Mitte. Sie ließen ihn in den braunen Lada einsteigen. Ich verbarg mich hinter einem Baum und wünschte, ich könnte eins werden mit dem Stamm, der mich nur halb verdeckte. Der Wagen fuhr davon.

Wie betäubt stand ich da und wusste nicht, wohin. Dann fiel mir der Brief ein, und ich ging los, um ein Postamt zu suchen. Erst am Schalter, als die Postfrau den Brief bereits abgestempelt hatte, kam mir der Gedanke, Konstantin statt dem Brief ein Telegramm zu senden, mit der Bitte, mich am Abend anzurufen. Die Postbeamtin machte ein genervtes Gesicht, schob mir aber den Telegrammschein rüber. Ich schrieb knapp: Rufe dringend an STOP Márta STOP. Als ich das Postamt verließ, wurde mir klar, dass ich gar nicht wusste, ob und wann ich überhaupt in die Wohnung könnte.

Vor dem Haus standen keine Autos mehr, auch der Beamte war fort, ich ging hinein und fand Olívia im Wohnzimmer am Telefon umgeben von einem fürchterlichen Chaos aus Büchern und Dokumenten auf dem Boden.

»Ottó haben sie mitgenommen, mich nicht, wo hätte ich auch Matyi lassen sollen«, sagte sie in den Hörer, nickte mir zu und bat mich winkend, Matyi zu beschäftigen, der sich fröhlich durch den Bücherhaufen auf dem Boden wühlte, er sah überhaupt nicht mehr unglücklich aus wie noch heute Morgen.

»Ich hoffe, er ist bald wieder da, die ganze Durchsuchungsaktion ist doch reine Schikane, wir haben nichts Verbotenes getan … Bei Rajk auch? Was haben sie mitgenommen?« Sie nickte. Ich hockte mich zu dem Jungen und zog ein paar Bücher unter ihm hervor, auf die er gerade gekrabbelt war. »Komm, wir bauen einen Turm«, schlug ich ihm vor und begann, die herumliegenden Bücher aufzusammeln und sie übereinanderzustapeln.

»Auch Janó haben sie mitgenommen«, sagte ich zu Olívia, als sie aufgelegt hatte. Sie nickte. »Acht Wohnungen haben sie gleichzeitig durchsucht, Rajks auch, sie haben die Druckerpresse und sämtliche Druckutensilien beschlagnahmt.«

»Wann, glaubst du, kommt Ottó wieder?« Sie schüttelte den Kopf, sie wusste es nicht. Sie sah sehr besorgt aus.

Ottó war am späten Nachmittag schon wieder zu Hause. Er erzählte, Janó hätten sie noch dabehalten. Näheres konnte er nicht herausfinden. Das Telefon klingelte ununterbrochen. Jedes Mal zuckte ich zusammen. Es war aber nicht für mich, nur Bekannte und Freunde von Olívia und Ottó riefen an und wollten wissen, was genau passiert war. Wieder und wieder erzählte Olívia den Ablauf der Durchsuchung, die Buschtrommel arbeitete. Obwohl ich jedes Mal hoffte, etwas über Janó zu erfahren, war ich insgeheim genervt und ungeduldig, wenn Olívia lange telefonierte, und wünschte mir, sie würde endlich auflegen und nicht die Leitung blockieren, falls Konstantin anrief. Am Abend gingen sie weg und überließen mir Matyi, der schon schlief. Endlich war ich allein. Ich hob den Hörer ab, prüfte das Freizeichen und entwirrte mit abgehobenem Hörer die Telefonschnur. Dann wartete ich, hockte neben dem Telefon und fragte mich, ob Konstantin das Telegramm erhalten hatte. Ich stellte mir seine Besorgnis vor, wenn er gleich eine Telefonzelle aufgesucht, es am Nachmittag bereits mehrfach versucht und sich gewundert hatte, warum bei uns ständig besetzt gewesen war. Es wurde immer später. Vielleicht wollte er auch nach zehn nicht mehr anrufen, um Matyi nicht zu wecken. Ich versuchte ein Buch zu lesen, doch es gelang mir nicht, mich zu konzentrieren. Alle paar Minuten legte ich es beiseite, hob den Hörer ab und vergewisserte mich erneut, dass das Freizeichen ertönte. Irgendwann schlief ich auf dem Sofa ein. Der ersehnte Anruf kam erst am folgenden Nachmittag. Ich hatte die Wohnung den ganzen Tag nicht verlassen und unentwegt gegrübelt, was ihn wohl davon abhielt, anzurufen. Hatte er mein Telegramm nicht erhalten? War er nicht zu Hause gewesen? Wo hatte er die Nacht verbracht? Ich stellte mir vor, er wäre bei einer Frau, und suhlte mich in dem Schmerz, den mir diese Vorstellung bereitete. Ich spann mir allerlei zusammen. Stellte ihn mir lautlos aus einem fremden Bett kletternd vor, neben ihm die Schlafende, ihr blondes, zerzaustes Haar auf dem Kissen ausgebreitet, ihr Geruch in den Laken, an ihm, im ganzen Raum. Solche quälenden Gedankenspielchen lenkten mich von der noch schlimmeren Vorstellung ab, Konstantin und Theresa würden wieder zueinanderfinden.

Ausgerechnet als er anrief, war ich nicht da, Olívia hatte mich gebeten, schnell aus dem ABC an der Ecke Milch für Matyi zu holen. Er rufe in zehn Minuten noch einmal an, beruhigte sie mich. Selten ist eine so kurze Zeit so langsam verstrichen.

»Mademoiselle haben geläutet?«, kam die vertraute Stimme aus dem Hörer. Mein Herz hämmerte.

»Entschuldige, bestimmt hast du es schon oft versucht, es war einiges los bei uns.«

»Ich bin gerade erst nach Hause gekomen. Was ist passiert?«

Er erwähnte nicht, wo er gewesen war, und ich fragte nicht nach.

»Ich habe Theresa getroffen«, sagte ich.

»Ah.«

»Sie sagte, ihr redet wieder?«

»Wir halten's zivilisiert.«

»Du hast ihr von Wien erzählt.«

Es blieb still in der Leitung.

»Willst du sie dort auch treffen?«

»Sie treffen? Dann kommt ihr zusammen?«

»Ich frage DICH. Du wolltest mich in Wien treffen. Hast du ihr nicht von uns erzählt?«

»Márta, was soll das?«

»Sag es mir, ich muss das wissen. Schreibst du ihr Briefe wie mir?«

»Was genau willst du wissen?«

»Du weißt genau, was ich wissen will.«

»Ich habe nichts mit Theresa. Wie auch, sie ist in Budapest, ich in Berlin. Wir schreiben uns. Bist du zufrieden?«

»Ich bin auch in Budapest. Hast du auch nichts mit mir?«

»Ich weiß nicht, was du dir da zusammenreimst, aber ich möchte da nicht mitspielen. Du redest wie eine eifersüchtige Ehefrau.«

»Ich würde nur gern wissen, was sie für dich ist.«

»Was wer für mich ist, Theresa?«

»Ja, Theresa!«

»Du, ich habe kaum noch Münzen. Aber du kommst nach Wien, ja?«

»Das weiß ich noch nicht«, sagte ich.

»Was heißt, du weißt es nicht?«

Ich legte auf.

## 15

Ich war nicht bei Theresa eingezogen, auch nicht in die Wohnung ihr gegenüber, noch immer wohnte ich bei Olívia und Ottó. Die letzten Wochen hatten sich wie ein Nebel über mein Leben gelegt. Mit jedem Tag fühlte ich mich schwerer, obwohl man mir die Schwangerschaft noch gar nicht ansah, es war, als ob etwas in mir wuchs, das mich von innen heraus erdrückte. Ich war dem nicht gewachsen, allein.

Olívia war da für mich. Wie eine Mutter sorgte sie dafür, dass ich morgens ein Brot aß, meine Haare kämmte und in die Uni ging. Ich blieb nicht länger als nötig, absolvierte meine Schichten in der Bibliothek, aß nicht in der Mensa, aus Angst, Theresa zu begegnen. Doch das schlechte Gewissen verfolgte mich überallhin.

Eines Tages kam sie mir auf dem Gang entgegen, ihre Tasche locker über die Schulter geworfen, das Haar zerzaust in einem wilden Knoten. Meine Schritte stockten, doch bevor ich mich hätte umdrehen können, hellte sich ihr Gesicht auf – sie hatte mich erblickt. Als wäre nie etwas zwischen uns geschehen, umarmte sie mich, signalisierte mir, dass sie meine scharfen Worte längst vergessen hatte. Ihr Verhalten erleichterte mich, zugleich empfand ich es als eine Last. Was sie vielleicht für großzügig hielt, fühlte sich für mich wie Erpressung an. Ich tue so, als wäre nichts, und du musst mitspielen – so kam es mir vor. Sie plante sogar die Wienreise, als wäre es selbstverständlich, dass ich sie begleitete. Ich fuhr aber nicht nach Wien! Ich wusste nur noch nicht, wie ich ihr die ganze Dimension meines Unglücks gestehen konnte. Das alles lähmte mich, ich hatte inzwischen das Gefühl, meinem Leben von außen zuzusehen.

Dann kam ein Brief von Konstantin. Ich hielt ihn in den Händen, unfähig, ihn sofort zu öffnen. Als ich ihn schließlich las, brannten sich die Worte in mein Hirn:

*Meine Seelenblickerin,*
*ich denke oft an unsere Gespräche, an deine Wärme, an die Art, wie du mich verstehst. Ich habe noch nie jemanden getroffen, der so tief in die Seele eines anderen blicken kann. Wien wird uns guttun.*
*Küsse deine Augen, K.*

Ich stand da und konnte mich nicht rühren. *Uns* – wie viel Geheimnis in diesem Wort steckte!

Und so kauften Theresa und ich gemeinsam unsere Bustickets und verabredeten uns für den Morgen der Abfahrt. Ein strahlender Frühlingstag kündigte sich an. In der Reihe vor uns saßen vier dauergewellte Damen auf Einkaufstour in den Westen. Sie reichten den BB-Sekt untereinander in Pappbechern herum, auch uns boten sie ein Schlückchen an. Theresa trank fröhlich mit, ich war schweigsam und übernächtigt, hatte in der Nacht zuvor kaum geschlafen. Vor dem Spiegel hatte ich meine Rede eingeübt, mein fremdes Gesicht fad, müde, das war kein Engel.

Die Damen im Bus hatten von der Riesenauswahl an Stoffen und billigen Schuhgeschäften auf der Mariahilfer Straße geschwärmt. Wir machten einen Bogen um diese Einkaufsstraße und entdeckten im 7. Bezirk einen Secondhandladen nach dem anderen. Wir probierten Hüte und Röcke an und stellten die Posen von Filmdiven nach. Je mehr Spaß wir scheinbar miteinander hatten, desto stärker wurde in mir das Gefühl, mein grober Fehltritt hätte sich längst zu einer Lebenslüge ausgewachsen. Und vergaß ich für einen Moment die Last und gab mich der guten Laune hin, wurde mir meine Heuchelei bei jedem Blick auf Theresa bewusst, die in Erwartung einer glücklichen Wiedervereinigung mit ihrem Geliebten regelrecht strahlte. Nur wenn mich das Ziehen im Unterleib an das Leben erinnerte, das in mir wuchs, und mir schon vom Gedanken an die nahende Stunde des Wiedersehens übel wurde, kam kurz ein Gefühl in mir auf, dass ich es genauso wie sie verdiente, glücklich zu sein. Aber wollte mich Konstantin denn so wie ich ihn? Es waren noch Stunden bis zu seinem Vortrag. Mein Magen hatte sich zu einem nervösen Klumpen zusammengezogen, meine Füße schmerzten.

Wir leisteten uns eine Pause und tranken einen kleinen Braunen im Café Stein am Schottentor, da kam Theresa von der Toilette mit dem Programmheft der Alten Schmiede, schlug es an der richtigen Stelle auf, und da sah ich es mit eigenen Augen: »Befindlichkeit der Sprache – Befindlichkeit des Sprechenden, Vorlesung zur Lyrik der DDR von Konstantin Berger«.

Wir waren viel zu spät, der Zuschauerraum war inzwischen nahezu vollständig besetzt. Theresa hatte sich unbedingt frischmachen müssen, wofür ihr die Café-Toilette nicht passend genug erschienen war, so hatte sie mich ins gegenüberliegende Hotel Hilton geschleppt, wo wir an den befrackten Portiers vorbeimarschierten wie Hotelgäste, direkt auf die Damentoilette zu. Es gab Leinenhandtücher zur einmaligen Benutzung, die man anschließend in den dafür vorgesehenen Wäschesack warf, Handseife und Handcreme, die nach Rose dufteten, sogar Haarspray war bereitgestellt. Aus ihrer bauchigen Umhängetasche, die sie den ganzen Tag mit sich herumgeschleppt hatte, holte Theresa eine Haarbürste und Make-up hervor, selbst ihre Zahnbürste hatte sie dabei.

Wir fanden doch noch zwei Plätze im Saal, in der dritten Reihe – vorne, wo Konstantin uns leicht erkennen konnte, wenn er seinen Blick über den Zuschauerraum schweifen ließ. Kaum hatten wir uns gesetzt, betrat er die Bühne. Ich bebte innerlich. Mit gemäßigten Schritten trat er an das Rednerpult, er wirkte ernst, blicklos vermaß er die Reihen der Zuschauer, dann setzte er die Lesebrille auf, räusperte sich und begann seinen Vortrag. Er sprach von der Totalisierung der Sprache in der DDR, womit das Denken und Handeln der Menschen einem engen, staatlich kontrollierten Weltbild unterworfen würde. Ich schluckte, seine Direktheit verwunderte mich. Um mich herum sah ich ernste Gesichter. Ich suchte im Zuschauerraum nach Gestalten, die über Konstantins Rede berichten würden. An der Kleidung der Zuschauer ließ sich leicht erkennen, wer aus dem Westen, wer aus dem Osten stammte.

Immer wieder schaute Konstantin über den Rand der Lesebrille ins Publikum, die Stirn in Falten. Ich wurde eins mit der Stille im Raum. Warum nur fürchtete ich mich vor seinem Blick? Doch tatsächlich war meine Angst noch größer, dass er zuerst an Theresa hängen blieb, die im Unterschied zu mir geradezu aus ihrem Sitz herauszuwachsen schien.

Konstantin erklärte, es existiere eine alternative Kulturszene in der DDR, bestehend aus einer jungen Generation von Dichtern, die sich durch ihre radikale sprachliche Form bewusst von den Normen abgrenze. Ihre Werke hätten Vorbilder in Kafka, Proust, Joyce und dem Dadaismus. Er nannte Anderson, Papenfuß, Döring und Faktor als Vertreter dieser Bewegung, deren Texte von Punkgruppen wie Rosa Extra vertont würden. Konstantin blickte auf, gab der Technik ein Zeichen, und ein verzerrter E-Gitarren-Sound erfüllte den Raum, während der Sänger ins Mikrofon brüllte. Der krawallige Sound brachte mich zurück zu dem Abend in der Hütte, als er die Punkmusik bis zum Anschlag aufgedreht und anschließend außer sich den Stecker gezogen hatte, um in den Regen hinauszurennen. Ein heftiger Schmerz durchzuckte mich. Die Musik erstarb. Tosender Applaus. Ich sah mich um, richtete mich nun auf und klatschte mit. Ich sah einige Zuschauer, die nur verhalten in den Applaus einstimmten. Brachte sich Konstantin mit dieser Rede nicht in Gefahr? Abgelenkt von meinem heftigen Herzschlag, erreichten mich seine abschließenden Worte kaum, ich sah nur die Bewegung seiner Lippen, beobachtete, wie sie die Worte formten und in den Raum entließen, genau wie damals, als ich ihn das allererste Mal sah – nur kannte ich heute den Geschmack dieser Lippen. Noch einmal Applaus. Dann schüttelte Konstantin auf der Bühne Hände. Theresa stand nun auf, ich nicht. Und da erhaschte sie seine Aufmerksamkeit. Ich sah, wie sich ihre Blicke trafen. Nach einem Moment der Überraschung wandte er sich wieder seinem Gesprächspartner zu, bat offenbar um Entschuldigung, und dann bewegte er sich schon in unsere Richtung. Auch mich hatte er nun gesehen und mir lächelnd zugewinkt wie einer Bekannten. Inzwischen hatten wir uns durch die Reihen geschoben und waren vor zur Bühne gegangen, an der seitlich eine Treppe herunterführte. Dort erwarteten wir ihn, Theresa voran, ich hinter ihr. Es war ein mattes, zurückhaltendes Lächeln, mit dem er die Treppen herunterstieg, verwirrt vielleicht, von der Situation überfordert. Wie sollte er sich auch vor Theresa über mein Hiersein freuen? Wie sollte er Theresa in meiner Anwesenheit begegnen?

»Kämpferische Rede für jemanden mit Reiseerlaubnis ins nichtsozialistische Ausland«, sagte Theresa später im Alt-Wiener Wirtshaus unweit der Alten Schmiede. Wir hatten die verbalen Unbeholfenheiten bereits hinter uns, Konstantin sein Fassbier halb ausgetrunken, die Hausschnitzel waren auf dem Weg. Wie altvertraute Bekannte unterhielten wir uns, doch jedes Wort erschien mir fehl am Platz. Meine Hand tastete über meinen Bauch, wo ein ständiges Ziehen mich daran erinnerte, was ich Konstantin eigentlich sagen wollte.

»Ich bin halt nur zu Hause ein feiges Arschloch«, antwortete Konstantin schulterzuckend auf Theresas Frage. Dann lächelte er mich verschmitzt an, als wären wir Verbündete.

Theresas Miene verdüsterte sich. »Jetzt sag schon, was ist mit deinem Manuskript passiert?« Sie fuhr ihn richtig an. Ihre Direktheit überraschte mich, nach allem, was passiert war. »Sag mir nicht, du hast eingewilligt, es zu vernichten!« Konstantin wurde nun auch ernst und wandte sich ihr zu.

»Ich bekomme meinen Telefonanschluss sogar ohne Wartezeit, was sagst du jetzt?« Theresa verdrehte die Augen, warf den Kopf zurück, den Blick hinauf zum offenen Dachstuhl über uns.

»Ich bin nicht blöd, Theresa. Also gut, die haben mich verhört. Ein Beamter mit Promotion an der Sektion Philosophie der Humboldt-Uni. Er wollte diskutierten. Ich sagte zu ihm, ich sei ihm als Autodidakt nicht gewachsen, zum Studium hätten sie mich ja nicht zugelassen. Der Mann lächelte wissend, hatte sich vorbereitet, mein Manuskript tatsächlich vollständig gelesen. Er sagte, es schockiere ihn, was er aus dem Roman über unsere Kinderheime und Jugendwerkhöfe erfahren hätte, und gab mir recht, auf diese Weise würden keine sozialistisch denkenden Bürger erzogen. Auch er sehe den Reformbedarf, aber mein Manuskript sei eine Anklage und biete keine Lösungen. Wenn ich etwas verändern wolle, solle ich klug vorgehen. Ich fragte ihn, wie er sich das vorstelle. Da redete er erst einmal von meiner Arbeit, die er bewundere, er lobte mein Talent und sagte, ich könne es zu einem erstklassigen Schriftsteller der DDR bringen. Hätte ich erst den nötigen Einfluss, könnte ich zur positiven Entwicklung unserer sozialistischen Gesellschaft beitragen – in die Fußstapfen meines Meisters treten. Das sagte er wörtlich.«

»Ich hoffe, du hast ihm gesagt, dass er dich mal kann.«

»Nein, ich habe ihn ausgelacht. Mir war schon klar, dass das ein klassischer Versuch war, mich zu drehen.«

»Und weiter?«

»Dann schob er mir den *Antrag auf Entlassung aus der Staatsbürgerschaft der DDR* rüber. Wenn ich das wolle, würde es genehmigt werden. Tja, Pech oder Schwefel? Ich habe natürlich abgelehnt. Und so bekam ich meine Zusage für einen Telefonanschluss.«

»Warum eigentlich?« Theresa klang feindselig.

»Was warum?«

»Warum hast du nicht unterschrieben? Was hält dich da?«

Konstantin wich ihr aus und blickte zu mir, als suchte er Beistand. Ich mischte mich ein: »Einfach abhauen, ist das eine Lösung, Theresa?« Sie aber sprang plötzlich vom Tisch auf.

»Bleiben wir doch hier!«, sagte sie, den Blick auf Konstantin gerichtet. Ihre Augenbrauen zeichneten einen Bogen. Ein Gesicht, das Zustimmung suchte. Es war ein einfacher Satz. Sie hätte auch sagen können: Lasst uns noch ein Bier hier trinken. Aber das sagte sie nicht. Wir starrten sie beide an. Konstantin lachte auf, als hätte sie einen Scherz gemacht. Theresa aber stand nur still da, über uns gebeugt, die Hände auf den Tisch gestützt. Sie strahlte.

Da begriff ich, dass dieser Satz ihr voller Ernst war. Auch Konstantins Lachen verging. Wie gefesselt sah er sie an. Sein Gesichtsausdruck veränderte sich, ich glaubte, Bewunderung darin zu erkennen. Es gab nur sie beide in diesem Moment, der Raum um sie herum existierte nicht. Es war mehr als die bloße Situation, es war die Stimmung zwischen ihnen, die Anziehung, die plötzlich so deutlich im Raum stand, als wären sie nie getrennt gewesen. Ich existierte nicht. Da wurde mir klar, dass Konstantin seine Entscheidung getroffen hatte.

Theresa entwich ein schrilles Lachen. »Ihr seid drauf reingefallen! Wie genial wäre das denn, morgen in der Früh einfach zu verschlafen und nicht heimzufahren!« Sie zeigte mit dem Finger auf Konstantin, dann auf mich und klatschte in die Hände.

»Du bist irre!«, rief ich, »ihr beide seid irre!«

»Márta, warte doch mal, das war nur Spaß«, rief Konstantin mir nach, doch da war ich bereits auf dem Weg nach draußen, entschlossen, zu gehen und mich nicht noch einmal umzudrehen. Ich hatte genug gesehen.

## 16

Leiser Regen im Morgengrauen, auf dem Asphalt glänzte ein nasser Film. Der Daumen unterm Riemen der Umhängetasche wurde allmählich taub. Ich bewegte ihn nicht, rührte mich nicht, stand wie erstarrt neben der Bustür und sah zur Straße. Vor mir waren die letzten Fahrgäste bereits in den Bus eingestiegen. Nun vollkommene, angespannte Stille. Die Reiseleiterin zeigte auf ihre Armbanduhr. Ich nickte, hob die Hand: »Nur eine Minute noch!« Stand da wie gelähmt, wollte es nicht wahrhaben. *Wie wär's, morgen in der Früh einfach zu verschlafen ...* Theresa war nicht in die Pension zurückgekehrt. Die ganze Nacht war sie bei ihm geblieben. Ich hatte mir die beiden friedlich schlafend vorgestellt. Konstantins Arm schützend über ihren still atmenden Körper gelegt.

Ein Knistern im Nacken. Die Reiseleiterin blätterte in ihren Listen. Was kritzelte diese Frau da? *Republikflucht* dachten alle immer gleich. Nein, das konnte es nicht sein. Der Gedanke bohrte sich in mein Hirn, setzte sich dort fest. Theresa hatte nicht verschlafen.

Die Reiseleiterin deutete zum voll besetzten Bus.

»Nur einen letzten Moment noch!« Ich wischte mir die Augen, ließ noch einmal den Blick über den morgendlichen Busbahnhof schweifen. Ich meinte, Konstantins Nähe zu fühlen, bildete mir ein, er stünde beschämt hinter einer der Säulen und beobachtete mich. Ich drohte ihm in Gedanken:

*Zeig dich! Sprich mit mir!* Das Atmen schmerzte. Ich blickte mich um und sah in das Gesicht dieser Frau mit ihren Listen, fuhr sie an, was sie von mir wolle.

»Reißen Sie sich zusammen und steigen Sie ein«, erwiderte sie ruhig. Da erhob der Busfahrer sich aus seinem Sitz. Er machte eine Handbewegung, als würde er das schon regeln, als gäbe es etwas zu regeln, und bemühte seinen gewaltigen Bauch die Treppen hinunter. Mit einem Stofftaschentuch wischte er sich den Schweiß von der Stirn. »Na kommen Sie, das wird schon wieder!«, sagte er auf eine Art, die keinen Widerspruch duldete. Ich ergab mich und folgte dem Mann die Treppe hinauf. Oben blickte ich mich erneut um, vergebens. Ein hydraulisches Zischen, die Bustür ging sachte zu.

Ich wankte durch die Reihen, hatte Angst. Fremde Köpfe drehten sich nach mir um. Ich hielt mein Gesicht gesenkt, taumelte zu einem freien Platz weiter hinten am Fenster. Die Dame am Gang, eine dieser dauergewellten Föhnfrisuren von der Hinfahrt, sah zu mir auf und begann widerwillig ihre Einkaufstüten von dem freien Sitz unter die Vordersitze zu verstauen, auch unter meinen. Ich stand da, betäubt vom süßlichen Duft, den sie verströmte, und hielt unschlüssig meine Tasche im Arm. Auch die Ablage über den Sitzen war voll. Die Reiseleiterin sah mein Zögern, nahm mir ungeduldig die Tasche ab und stopfte sie einige Sitze weiter vorne in die Ablage. Dann kehrte sie zurück und verlangte meinen Pass. Ich sah sie fragend an. »Ich bin selbstverständlich verpflichtet, den Vorfall zu melden«, sagte sie und hielt noch immer die Hand auf.

Den Vorfall? »Es gibt keinen Vorfall«, sagte ich auf einmal geistesgegenwärtig. »Meine Cousine hat verschlafen und den Bus verpasst.«

Sie musterte mich streng. »Das können Sie dann den Beamten erzählen. Für die Gäste in diesem Bus trage ich die Verantwortung.«

Ich legte meinen Pass in ihre ausgestreckte Hand. Ohne ein weiteres Wort eilte sie damit fort. Meine Nachbarin hatte die Szene unverfroren beobachtet. Jetzt erhob sie sich endlich. Über ihre Tüten stolpernd, ließ ich mich auf meinem Platz nieder. Ich wandte mich zum Fenster und starrte hinaus.

Am Grenzübergang Hegyeshalom hatte ich meinen Pass noch immer nicht zurückerhalten. Ein Beamter ging mit schweren Schritten durch den Bus, um die Dokumente zu kontrollieren. Die Reiseleiterin sprach mit einem anderen Beamten, der gerade zugestiegen war. Der Beamte, der die Pässe kontrollierte, erreichte unsere Reihe, nahm erst die Papiere meiner Nachbarin entgegen, blickte desinteressiert hinein und reichte sie ihr wieder zurück. Dann sah er mich an. »Gehen Sie bitte vor zum Kollegen!«, forderte er mich auf.

Das Entsetzen im Gesicht meiner Nachbarin wunderte mich nicht. Diesmal stand sie sofort auf und ließ mich raus, vermutlich froh, nicht mit mir in Verbindung gebracht zu werden. Die Reiseleiterin sprach noch immer mit dem zugestiegenen Beamten. Als ich näher kam, deutete sie auf mich. Der Beamte hielt meinen Reisepass in der Hand. Er sagte, ich solle warten, dann verließ er den Bus. Meinen Pass nahm er mit. Die Kontrolle war längst beendet, als der Beamte endlich zurückkehrte. Wieder wartete der ganze Bus auf mich. Er reichte mir das Dokument zurück, zusammen mit einer Vorladung. Ich sollte mich umgehend nach meiner Ankunft im Polizeipräsidium in der Tolnai-Lajos-Straße melden.

Auf meine Frage, weshalb ich vorgeladen würde, antwortete er nur kurz, das stünde in der Vorladung. Er nickte der Reiseleiterin zu und verließ den Bus. Die Papiere zitterten in meiner Hand. An meinem Platz sah ich mir die Vorladung genauer an. *Verdacht auf Republikflucht* stand dort, daneben Theresas Name. Ich verstaute das Schreiben zusammen mit meinem Pass in der Manteltasche und verbarg meine eiskalten Hände darin. Meine Sitznachbarin hielt ihre Tüten fest umgriffen auf dem Schoß. Vielleicht war ich ja auch eine Diebin.

Das Polizeipräsidium erkannte ich von weitem am Emblem der ungarischen Polizei an der Backsteinfassade. Auch die Pförtnerin verlangte meine Dokumente, sie sah mich gar nicht an, griff zum Hörer, bedeutete mir, ich solle warten. Dann reichte sie mir eine Metallmarke mit einer Nummer drauf. Ein Mann in Zivil kam und führte mich über schlecht beleuchtete Gänge, klopfte kurz an einer Tür und ließ mich eintreten. Die Tür fiel hinter mir mit einem dumpfen Ton ins Schloss. Polsterverkleidet, abhörsicher, dachte ich. Da stand ich nun. Am Schreibtisch ein schnurrbärtiger Beamter in blauer Uniform, ernst, aufrecht, Brille mit markantem Rand. Ohne von den Papieren vor ihm aufzusehen, wies er mich an, auf dem Stuhl an der Schmalseite seines Schreibtisches Platz zu nehmen. Ich setzte mich, während er offenbar in meiner Akte las – hatte ich jetzt eine Akte? Das gab mir genug Zeit, mir alles genau anzusehen. Die vom Zigarettenrauch graugelb verfärbten Gardinen schienen mir das einzige Anzeichen, dass dieses Büro überhaupt genutzt wurde, ansonsten wirkte alles sehr nüchtern. Die Wände kahl. Auf der linken Seite stand ein zweiter, kleinerer Tisch mit Schreibmaschine, ein Aktenschrank an der Wand. Der Schreibtisch war so gut wie leer, so arbeitete man doch nicht, keine Papiere, Stifte, Kaffeetasse, Topfpflanzen, Kalender oder was auch immer einen Büroplatz ausmachte. Lediglich der volle Aschenbecher deutete darauf hin, dass er sich nicht gerade erst hingesetzt hatte. Auch jetzt rauchte er. Vor mir auf dem Tisch lag die heutige Ausgabe der *Népszabadság*. Ich überflog die Schlagzeilen, riss den Kopf hoch, als das Telefon klingelte, dabei beachtete der Beamte mich gar nicht, nickte in den Hörer, murmelte »Verstehe« und legte wieder auf.

»Sie wissen, warum Sie hier sind?«, fragte er nun.

»Es steht in der Vorladung«, sagte ich nüchtern.

Er musterte mich streng.

»Beihilfe zur Republikflucht, das ist eine ernsthafte Sache, junge Dame.«

Das stand so nicht in der Vorladung, dachte ich und schwieg.

»Warum ist Ihre Schwester heute Morgen nicht mit Ihnen zurückgefahren?« Er schaute in die Akte, als müsste er ihren Namen nachschlagen.

»Meine Cousine«, berichtigte ich. »Sie hat vermutlich verschlafen.«

Er nahm die Brille ab, rieb sich die Stelle am Nasenrücken, an der sich ein Abdruck gebildet hatte.

»Hören Sie, das hier soll nicht lange dauern, ich habe noch anderes zu tun. Sie beantworten einfach wahrheitsgetreu meine Fragen, wir geben alles zu Protokoll und schon sind Sie zu Hause. Einverstanden?«

Ich nickte. Er begann also mit Fragen nach meinem Namen, meiner Adresse, Theresas Daten, dem Zweck unserer Reise nach Wien. Bei letzterer Frage gab ich schlicht *Tourismus* als Antwort, mein Blick ging dabei durch den Gardinenvorhang nach draußen in den trüben Tag.

»Stehen Sie sich nahe?« Das war die erste persönliche Frage, die er mir stellte.

»Wir sind Cousinen«, sagte ich, als ob das an sich schon etwas bedeutete. Er musterte mich, wartete offenbar auf mehr. Ich wusste nicht, was ich sagen sollte. Standen wir uns nahe?

Ohne die Miene zu verziehen, notierte er etwas.

»Hat Ihre Cousine Sie in ihre Pläne zur Republikflucht eingeweiht?«

»Es gab keine Pläne zur Republikflucht«, sagte ich entschlossen, einen Plan konnte man Theresas Spontanidee nun wirklich nicht nennen.

Seinem Gesichtsausdruck nach stellte ihn die Antwort nicht zufrieden, doch er bohrte nicht weiter.

»Beruf Ihres Vaters?«

»Er arbeitet in einem Außenhandelsbetrieb für landwirtschaftliche Maschinen, Mähdrescher und so, also mein Onkel, Theresas Vater. Meiner war bei der Polizei, er ist frühverrentet worden.«

Der Beamte sah mich fragend an.

»Also, Ihr Vater war Polizist?«

»Ja, mein Vater ist nicht im Außenhandel, ich meine …«, ich lachte verlegen auf. »Mein Vater ist der Polizist«, wiederholte ich kleinlaut und unterschlug das Detail, dass Vati nur bei der Wasserschutzpolizei angestellt gewesen war. Ein generelleres *Polizist* hatte eher die Autorität, die meine Lage offenbar erforderte.

»Ich will Ihnen nichts Böses«, sagte der Beamte, als wäre er mir plötzlich wohlgesinnter. Er wiederholte seine Frage nach Theresas Plänen zur Republikflucht. Bevor ich meine Aussage hätte wiederholen können, unterbrach er mich: »Bedenken Sie, wie unschön es von Ihrer Cousine war, Sie in solche Schwierigkeiten zu bringen.«

Er lehnte sich zurück, verschränkte die Arme und sah mich an.

»Sie kommen aus der Provinz und studieren jetzt in der Hauptstadt, nicht?«

Ich bejahte. Er zog an seiner Zigarette und ließ den Rauch in den Raum entweichen, dabei verengten sich seine Augen zu nachdenklichen Schlitzen.

»Ihre Eltern müssen stolz auf Sie sein. Sind Sie die Erste in der Familie, die studiert?«

Ich antwortete nicht, ahnte, was er vorhatte.

»Sie sollten unserer Volksrepublik dankbar sein.« Er machte seine noch brennende Zigarette aus. »Ihren Pass muss ich temporär einziehen, schlimmer wird es hoffentlich nicht kommen. Sofern Sie kooperieren natürlich.«

Geräuschvoll schob er nun seinen Stuhl zurück und stand auf.

»Ich werde Sie jetzt allein lassen, damit Sie Gelegenheit haben nachzudenken. Dann nehmen wir Ihre Aussage auf.« Ohne mich anzusehen, ging er zur Tür und trat hinaus. Wieder der dumpfe Laut, als sie hinter ihm zufiel.

Ich blieb allein zurück, wäre gern zum Fenster getreten, um mich zu orientieren, doch ich traute mich nicht, aufzustehen. Das war wohl Verhörtaktik, dachte ich, deshalb war der Schreibtisch auch so leer geräumt, der Raum überhaupt wie ungenutzt, so konnte der Beamte mich allein lassen. Ich wusste, das Gerede über mein Studium war nur Einschüchterung, ich hatte ja nichts falsch gemacht, dennoch machte mir seine unterschwellige Drohung Angst – würden Sie mir den Studienplatz wegnehmen?

Ich blieb sitzen. Der Mann hatte recht. Wieso verteidigte ich sie? Was hatte Theresa je für mich getan?

Die Tür ging auf, der Beamte kam, gefolgt von einer Frau, wieder herein. Sie setzte sich stumm an die elektrische Schreibmaschine und schaltete sie an.

»Wir nehmen jetzt Ihre Aussage auf«, sagte der Beamte, ließ Schlüsselbund und die Zigarettenschachtel auf den Tisch fallen, entnahm eine Zigarette und steckte sie sich an. Dann setzte er sich, lehnte sich vor, verschränkte die Hände und lächelte, sein Blick blieb kühl.

»So, dann mal von vorne, das machen wir zügig«, begann er und stellte mir dieselben Fragen noch einmal, auch die nach Theresas Plänen.

Ich gab alles, was ich wusste, wahrheitsgetreu zu Protokoll, leiser diesmal. Er verzog die Miene nicht.

»Und Sie sind nach dem Vortrag von der Kneipe direkt in die Pension zurückgegangen, richtig?« Ich nickte.

»Der Name des Vortragenden lautet Konstantin Berger, richtig?«

Ich nickte erneut. Er wusste ohnehin schon alles.

Der Beamte lehnte sich zurück und zog an seiner Zigarette.

»In welcher Beziehung steht Ihre Cousine zu Herrn Berger?«

»Er ist ihr ehemaliger Freund«, sagte ich. Das zumindest war der letzte Stand. Der Beamte schien nicht überrascht. Er nahm wieder einen Zug, ließ den Rauch entweichen und betrachtete mich.

»Hat Ihre Cousine mit Herrn Berger die Nacht verbracht?«

Ich seufzte. »Das weiß ich nicht, ich nehme es an.«

»Dann wissen Sie vermutlich auch nicht, dass Herr Berger heute Morgen seine Rückreise in die DDR nicht angetreten hat.«

Ich schluckte, starrte den Beamten an, mir wurde heiß im Kopf. Der Beamte redete weiter. Ich nahm nur wahr, dass sein Mund sich bewegte. Das Pochen in meinem Hals war lauter als seine Worte. Natürlich hatte ich genau das angenommen, mich die ganze Nacht lang gequält mit der Vorstellung ihrer zärtlich umschlungenen Körper, mir ausgedacht, dass sie am Morgen in voller Absicht ihre Abreise verpassen würden, mir sogar weisgemacht, dass sie ihre Flucht gemeinsam im Vorfeld geplant hätten. Aber das waren bisher nur Vorstellungen gewesen. Das Gesicht des Beamten verschwamm vor meinen Augen, es wurde mir alles zu viel, ich hatte das Gefühl, ohnmächtig zu werden.

Die Sekretärin las mir das Protokoll meiner Aussage vor, das im Wesentlichen enthielt, was ich gesagt hatte. Ich unterschrieb und wurde entlassen. Ich erinnere mich nicht daran, wie ich nach Hause kam, auch nicht daran, was ich dort machte.

## 17

Als Erinnerungsbild ist mir der Fleck auf dem Sofa geblieben. Es hatte schmerzlos begonnen, ich spürte den heißen Strom aus mir rinnen, stand auf, sah mich um und da leuchtete der handtellergroße Fleck auf der Sitzfläche. Frisches Rot auf schmutzigem Gelb. Gebannt starrte ich darauf. Dann erst traf mich die Erkenntnis: Ich verlor gerade das Kind. Konstantins Kind. Ich rannte ins Bad, den Weg entlang tropfte es aus mir heraus, durch den durchgeweichten Slip, den besudelten Rock, ich zog beides hastig aus und presste Binden und Watte an die Stelle, als könnte ich das Loch stopfen, es auf- und zurückhalten, das Kind so noch retten. Halbnackt eilte ich mit dem Paket zwischen den Beinen anschließend zurück, um mit dem feuchten Lappen meine Spuren auf dem Boden zu beseitigen, auf dem Polster, doch dabei verschmierte und vergrößerte ich den Fleck nur noch, bis eine riesige Schweinerei entstanden war. Ich brach vor dem Großmuttersofa schluchzend auf dem Boden zusammen, lag selbst da wie ein Embryo und starrte auf die Fransen, die rundherum am Saum angebracht waren, hoffend, dass mich keiner in dieser Stellung überraschen würde. Konstantin würde nun nie von dem Kind erfahren.

Ich hätte Trauer empfinden können oder Erleichterung. Doch da war nur Leere. Das Leben floss aus mir heraus, übrig blieb nur noch die Hülle. Olívia kam nach Hause, sammelte mich auf. »Mädchen, du wirst schon wieder«, sagte sie. Das Sofa bekam eine Decke.

Von Konstantin kein Wort. Es war Theresas Brief, der mich in den folgenden Tagen erreichte. *Verzeih mir, Liebes. Du verstehst mich doch, nicht?* Dieser Satz! In ihrem Brief erwähnte sie Konstantin nicht, als spürte sie endlich, dass er zu etwas Heiklem zwischen uns geworden war. Nichts stand darin von gemeinsamen Plänen zur Flucht. Von Verrat oder Schuld. Das alles ließ sie aus, schrieb seitenlang von unseren seligen Sommern am See – ein Versuch der Versöhnung? Ihre Zeilen widerten mich an. Der Schmerz setzte ein, fraß sich in den Unterleib, den Rücken, bis in die Knochen, die Blutungen ließen nicht nach. Der Frauenarzt verschrieb mir ein Eisenpräparat und befand, körperlich fehle mir nichts. Ein Frühabort sei nicht ungewöhnlich, die Blutung könne bis zu einer Woche andauern. Das sei normal.

Für mich fühlte sich gar nichts normal an, ich wachte in der Dunkelheit auf und schlief am Tag oder döste vor mich hin, gewöhnte mich an den Schmerz und das Feuchtwarme zwischen den Beinen, hielt den Kopf gut und fest auf das Kissen gebettet, nur nicht rühren. Daliegen, vor sich hin schauen, die Gedanken beim abgeblätterten Lack an der Tür, dem Muster der Tapete, den Quadern und Kreisen, braun auf gelbem Untergrund, die sich zu drehen begannen. Die geometrischen Formen drehten und drehten und drehten sich, bis ich den Blick an den Stuhlbeinen verankerte. Sie waren unterschiedlich in ihrer Form, die vorderen gerade, die hinteren geschwungen wie Bögen, das war mir sonst nie aufgefallen, ebenso wie die Staubschicht unter dem Schrank; die Horizontale eröffnete eine neue Perspektive, dieselbe, tagelang. Aus der Untersicht erschienen die Dinge mir neu, beschäftigten und unterhielten mich. Nur nichts müssen, nichts schaffen, essen oder trinken. Meine Zeit stand still, die da draußen nicht. Wie oft gab es schon solche Zustände? Die Augen schmerzten, ich schloss sie wieder, es waren zu viele Quader, Kreise und Gedanken ...

Olívia brachte liebevoll warmes Malzbier. Ich bekam Brechreiz davon. Janó wolle mich sehen, berichtete sie, er wolle vorbeikommen. Es gäbe nichts zu sehen, antwortete ich. Ich fühlte mich unsichtbar, war eine Hülle, existierte nicht. Niemand fehlte mir.

Es gab ja auch niemanden, dem ich wirklich fehlte.

András sei in der Stadt, sagte Vati bei seinem Besuch. Olívia hatte ihn angerufen – von der schwierigen Beziehung zu meiner Mutter wusste sie, da blieb nur Vati, sie bat ihn zu kommen, mein Zustand mache ihr Sorgen, nicht so sehr der körperliche, eher der seelische. Wie ein Vertreter stand Vati, seine Schirmmütze in der Hand, in unserem Wohnzimmer. Auf Olívias Aufforderung hin nahm er Platz – auf der Sofakante. Er saß so aufrecht da, als wüsste er vom Fleck unter der Tagesdecke. Er rührte nicht einmal den Espresso an, den sie ihm gebracht hatte. Immerhin hatte sie mit ihrem Anruf erreicht, dass ich mich das erste Mal seit einer Woche angezogen und mir die Haare gewaschen hatte.

»Du hättest nicht kommen müssen, Vati.«

»Deine Vermieterin hat mich angerufen. Ich habe mir Sorgen gemacht. Hast du auch deine Prüfungen verpasst?«

»Olívia ist eine gute Freundin, sie lässt mich hier wohnen«, berichtigte ich.

Er nickte.

»Und was hast du? Warst du beim Arzt?«
Ich schüttelte den Kopf.
»Theresa ist abgehauen!«, sagte er und winkte ab, als er realisierte, dass er mir nichts Neues erzählte, fast enttäuscht wirkte er. »Es hat uns alle schockiert. Irmi leidet sehr. Péter hat Urlaub genommen. Sie sind zu Hause.« Jetzt griff er doch nach dem Kaffee. Ich beobachtete seine Hand, während er die Untertasse balancierte, sie war sicher, zitterte nicht. Er kippte den Schwarzen in einem Schluck wie einen Schnaps hinunter und sagte plötzlich ganz beschwingt, er hätte Neuigkeiten für mich. Ich sah ihn fragend an.
»András studiert hier in Budapest.«
»Bitte was?«
»Bestimmt will er dir imponieren.«
»Wie kommst du darauf?«
»Er ist nicht mehr mit diesem Mädchen zusammen.«
Fast wäre mir die Kinnlade runtergeklappt.
»Woher weißt du das?«
»Er kam bei uns vorbei und hat nach dir gefragt. Er wohnt im Landler-Wohnheim auf der Béla Bartók út.«
Ich musste lachen über die detaillierten Informationen, den Namen der Straße, des Wohnheims, obwohl er sich hier in der Stadt gar nicht auskannte. András studierte? Was denn? Maschinenbau etwa? Er war ein exzellenter Automechaniker, sein Meister würde ihm eines Tages die Werkstatt vermachen. Wozu studieren, hatte er immer gesagt. Und er hasste die Großstadt. Die Neuigkeit überraschte mich so sehr, dass ich das Thema wechselte, um mir keine Blöße zu geben.
Der Besuch Vatis, genau genommen die Nachricht von András, holte mich aus der Versenkung heraus. Nachdem

Vati gegangen war, suchte ich im Telefonbuch nach der Nummer des Studentenwohnheims und notierte sie auf einem Zettel. Ich lief damit in der Wohnung herum, nahm den Hörer ab, meine Finger verharrten in der Wählscheibe. Ich hatte gar nicht den Mut anzurufen. Mehrmals täglich holte ich den Zettel mit der Telefonnummer aus dem Schränkchen an meinem Bett hervor, wo ich ihn nach jedem gescheiterten Versuch wieder verstaute. Die Tage vergingen. Wie ich später herausfinden würde, gab es im Wohnheim einen Telefonapparat im Gang, man musste Glück haben, dass jemand das Telefon auf dem Flur klingeln hörte, freundlich genug war ranzugehen und anschließend den Gang hinunterbrüllte, dass einer der jungen Männer am Telefon verlangt wurde. War der Angerufene zufällig gerade da, kam er herbeigeeilt. Normalerweise. Ich wusste das nicht, als ich mir endlich ein Herz fasste und es klingeln ließ, drei, vier, fünf Mal. Jemand nahm ab. Ich stellte mich vor, verlangte nach András Kocsis.

»Kocsis! Madame ist dran!«, rief der Kerl, dann ein dumpfes Geräusch, als hätte er den Hörer abgelegt. Stille.

Ich war drauf und dran aufzulegen. Offenbar hatte er mich mit András' Freundin verwechselt, die es also sehr wohl noch gab.

»Du hast sicher jemand anderen erwartet«, sagte ich, als András sich meldete.

»Márta? Nein, nein ...« Er klang außer Atem, ich hörte ihn schnaufen.

»Ich habe die Jungs angewiesen, mich sofort zu holen, wenn du anrufst. Dein Vater hat deine Nummer nicht herausgerückt, er befürchtete wohl, er würde Ärger kriegen.«

»Du bist also in der Stadt.«

»Wie es scheint, für länger.«

Ich hörte das Grölen seiner Kumpels im Hintergrund.

»Willst du mal was trinken gehen?«, fragte er gleich. Ich war heilfroh, dass ich nicht fragen musste.

»Magst du Freitagabend zu mir kommen?«, schlug ich kurzentschlossen vor. Ottó und Olívia wollten über das Wochenende verreisen. Hätte ich erst nachgedacht, wären mir die Worte nicht so leicht herausgerutscht.

Pause.

»Ehm, eigentlich fahre ich am Wochenende immer nach Hause.«

»Oh, daran hatte ich nicht gedacht.«

»Nein, ich komme!«

Ich hatte eine Bohnensuppe gekocht, den Schmand auf den Tisch gestellt, schnitt das Brot und erzählte. Alles. Von meiner Zeit in Berlin, von Theresa, von Konstantin. Ich sparte auch die Schwangerschaft nicht aus. Er aß still. Was ich ihm auftat, verspeiste er wie immer, er kommentierte nichts, fragte nicht.

Nach dem Abendessen brachte ich uns gezuckerten Schwarztee, so wie András ihn mochte. Ich stellte die Teetassen auf dem Tisch ab. Er legte die Hände um meine Taille. Für einen Moment verharrten wir so, dann zog er mich an sich. Es passierte einfach, ich ließ mich in seine Arme fallen, wie ich es schon immer gekonnt hatte, und dachte an nichts. Es war, als käme ich nach Hause.

## 18

András hat all die Jahre Konstantin nie erwähnt. Dass ich durcheinander wäre, sei verständlich, ich solle mir alle Zeit nehmen, die ich bräuchte, sagt er am Telefon, als ich mich aus Berlin melde.

Durcheinander! Ich hatte ihm mitgeteilt, dass ich länger als geplant hierbleiben würde. Ich bräuchte Zeit für mich, vielleicht einen Monat oder zwei. Meine Mutter hatte in der Scheidung von ihrem kriminellen Immobilienspekulanten eine möblierte Wohnung erhalten, in der ich nun unterkommen konnte. Ich erzähle ihm, wie zentral sie gelegen ist.

»Direkt am Kurfürstendamm liegt sie, Ecke Bleibtreustraße.« Silbe für Silbe wiederhole ich: »Bleib-treu-Straße.« Erst versteht er nicht, sein Deutsch ist nicht ganz so gut. Dann fällt der Groschen. Stille in der Leitung.

»Das mit Paula ist vorbei«, sagt er.

»Gut.«

Dann legen wir auf.

Ich war nur mit einer kleinen Tasche nach Berlin gekommen, ähnlich wie einst bei meiner Ankunft am Berliner Ostbahnhof vor zwei Jahrzehnten. Auch diesmal hatte ich nicht geahnt, dass ich länger als ein paar Tage bleiben würde. Das Taxi setzte mich vor einem herausgeputzten Bürgerhaus in Charlottenburg ab. In Westberlin leuchteten alle Fassaden in Weiß, Gelb oder Rosé, nirgends Ruß und abgeplatzter

Putz. Meine Mutter lachte mich aus, weil ich noch immer Westberlin sagte, lange nach der Wende.

»Die Wohnung steht zum Verkauf«, sagte sie, als sie den Schlüssel im Schloss drehte und sich vor uns der helle Raum öffnete – glänzendes Parkett, hohe Decken, Stuck, ein bodentiefes Fenster mit einem kleinen Balkon davor. Er bot gerade genug Platz für ein Tischchen zum Schreiben, dachte ich.

»Wolfgangs Bücher kannst du wegwerfen, wenn du Platz in den Regalen brauchst.« Auf meinen fragenden Gesichtsausdruck hin zeigte sie zum ohnehin fast leeren Regal, nur zwei Reihen Bücher mit identischem Titel standen darin.

»Makulierte Exemplare! Auch der Verlag hat sich nach seiner Verhaftung von ihm getrennt. Ein Krimineller als Krimiautor – das war zu viel.«

»Ich brauche nicht viel Platz«, sagte ich.

Nebenan das Schlafzimmer mit Bad. Die Küche mehr eine Nische. »Normalerweise mieten Geschäftsleute die Wohnung, sie benötigen keine Küche. Es gibt zig Cafés und Restaurants in der Gegend.« Ich nickte. Sie machte den Kühlschrank auf, als wollte sie mir die penible Sauberkeit im Inneren demonstrieren. Im Getränkefach eine Flasche Sekt. Die Tür ging mit einem Wumms wieder zu.

»Du kannst so lange bleiben, bis sich ein Käufer findet.«

Ich sei nur für ein paar Tage in der Stadt, sagte ich und erklärte ihr, dass ich an einer Übersetzung arbeitete und die Autorin treffen würde – etwas, das ich ihr bereits am Telefon gesagt hatte. »Die Miete in dieser Gegend könnte ich mir ohnehin nicht länger leisten«, scherzte ich. Es war ein blöder Satz aus Verlegenheit. Ihre Miene blieb ernst.

»Du musst mir nichts zahlen«, sagte sie und machte eine

Handbewegung dazu, als wäre das selbstverständlich. Eine Geste der Großzügigkeit? Des schlechten Gewissens? Dann legte sie den Schlüsselbund auf die Konsole im Flur und ging zur Tür.

»Samstagvormittag bringe ich ein paar Interessenten zur Besichtigung mit, vielleicht kannst du dann gemütlich frühstücken gehen?«

»Klar, selbstverständlich.«

Sie blickte sich noch einmal um. »Oder sollen wir einmal miteinander frühstücken? Uns neu kennenlernen?«

Mit stummer Verwunderung sah ich sie an. Offenbar verstand sie das als Zustimmung.

»Sonntag?« Ich nickte.

Meine Mutter wollte mich neu kennenlernen. Nach zwanzig Jahren. Wie benommen trat ich an die Balkontür, nachdem sie gegangen war, und sah ihr nach. Die Baumkronen versperrten mir die Sicht auf die Straße. Ich traute diesem Sinneswandel nicht ganz. Die größte Veränderung aber, die ich an ihr wahrnahm, war ihre Frisur. Sie hatte sich die gefärbten Haare herauswachsen lassen und sie kurz geschnitten. Ich musste sagen, auch wenn sie nun vollständig ergraut war, wirkte sie durch den neuen Haarschnitt fast jünger als zuvor. Auch im Gesicht war sie jung geblieben, die blauen Augen wach und lebendig. Nicht fraulicher war sie im Alter geworden, sondern auf eine Art flotter und drahtiger. Ich zog die Gardinen vollständig auf, nahm die Tischdecke, legte sie zusammen und schob den Tisch vor eines der Fenster, so würde ich beim Arbeiten in die Baumkronen blicken. Die Wohnung gefiel mir. Ich entledigte mich meiner Schuhe, holte den Sekt aus dem Kühlschrank, entkorkte ihn mit einem Plopp, schenkte mir ein Glas ein und ließ mich damit in das türkisfarbene Sofa sinken.

Dass ich über den Sommer hierbleiben würde, wusste ich seit diesem Glas Sekt, nun weiß András es auch.

Als ich meine Mutter zum Frühstück treffe, hat sie in einer Tüte nagelneue Bettwäsche dabei und sagt, dass sie die Wohnung erst einmal vom Markt nehmen wird, ich solle so lange bleiben, wie ich möchte. Das rührt mich.

»Mach dich von Männern unabhängig«, sagt sie zu mir.

»Ich bin unabhängig«, erwidere ich, »ich habe einen Beruf, den ich liebe.«

Sie schüttelt nur den Kopf, ich würde es gar nicht merken, sagt sie. Es ärgert mich, wenn sie so spricht. Ich erwähne András' Affäre nicht, auch nicht, dass wir Probleme haben, nur dieser eine Satz rutscht mir heraus: Ich brauche Zeit für mich. Genau das müsse ich tun, auf mich selbst hören, meint sie. Wir Frauen seien sozialisiert, immer die Rolle der Umsorgenden zu spielen. Das Weib locke und verführe, tätschle, pflege und hege. Wie es sie nerve, wenn Frauen ihres Alters stolz darauf wären, dass ihre Ehe gehalten hatte.

»Wusstest du«, doziert sie weiter, »statistisch bezahlen Frauen für die Ehe mit anderthalb Jahren Lebenszeit. Es sind die kleinen Opfer, die sie in ihrer kulturell zugeschriebenen Rolle erbringen. Und Nutznießer sind die Ehemänner, sie leben im Vergleich zu unverheirateten Männern zwei Jahre länger!«

Ich schlucke. Nicht, weil mich diese Statistik überrascht.

»Kleine Opfer? Du hast uns verlassen! Du hast mich mit meinem suchtkranken Vater zurückgelassen. Ich hörte ihn nachts wimmern. Er war schweißnass und zitterte, flehte mich an, dich zurückzuholen, aber du …« Ich verschlucke meine Worte. Sie sind einfach aus mir herausgebrochen. Ich wollte nicht die Vergangenheit heraufzerren, die Wunden neu aufreißen.

Sie sieht mich an, ihre Miene todernst. »Du verstehst nicht, Márta, er brauchte den Schnaps, eine Haushälterin, eine Krankenschwester – nicht mich.«

»Ich war achtzehn, Mutti! Ich war diejenige, die hätte gehen sollen.«

»Und du bist gegangen, mein Kind. Ich war stolz auf dich.«

»Was glaubst du, wie das für mich war, Vati einfach krank zurückzulassen?«

Schweigen.

»Ich saß an deinem Bett, Márta, ich wollte dir alles sagen, du hast friedlich geschlafen, mein Baby – Wolfgang bewunderte mich, trug mich auf Händen. Er sagte, ein Mädchen aus Thüringen gehöre nach Thüringen. Ich war nie richtig angekommen in Ungarn. Nur den Mund musste ich aufmachen, schon musterten mich die Frauen. Eingeheiratet hätte ich von drüben, mir einen der Ihren genommen. Ich hasse ihre hohen Absätze, ihre lackierten Nägel, das Herumsitzen beim Friseur und in der Pediküre. Dein Vater und ich haben uns …«

»… geliebt, oder nicht?«

»Oh ja, ich liebte deinen Vater.« Ihr Gesicht hellt sich auf. »Ich liebte sein verschmitztes Lächeln unter dem Schnurrbart, der immer pikste. Seinen Witz. Seinen Charme. Ihn in der feschen Uniform, er war der heißeste Kerl im Ort. Deshalb hassten mich ja alle. Wir wollten das Haus ausbauen, Platz schaffen für einen Bio-Laden, den ganzen Sommer über wohnten wir mit dir in der aufgeheizten Garage auf den dreißig Quadratmetern und vermieteten das Haus an die Touristen. Ich erinnere mich noch an dein verschwitztes Köpfchen nach dem Mittagsschlaf. Wir hatten so viele Pläne. Man konnte mit deinem Vater Pläne machen, ein Leben bauen.«

»Und dann fing er an zu trinken.«

Sie senkt den Blick, neigt leicht den Kopf zur Seite. »Es ging über eine lange Zeit. Dein Vater war nie ein heftiger Trinker wie Józsi oder Onkel Pali von nebenan. Aber er trank. Irgendwann genehmigte er sich auch morgens einen Schluck, nur um besser in den Tag zu kommen. Es gäbe Stress auf der Arbeit, erzählte er mir. Ich wusste nicht, dass der Stress daher rührte, dass sie es ihm ansahen, an seinem Atem rochen. Er hatte ein, zwei Ausraster, bekam Verwarnungen. Ich deckte ihn. An manchen Tagen kam er nicht aus dem Bett, ich rief an, kannte seinen Chef gut, seine Frau und ich waren befreundet. Er sei krank, log ich. Manchmal brachte ich Kuchen vorbei, nur damit sie sahen, dass wir eine funktionierende Familie waren. Aber die waren wir längst nicht mehr. Ich leerte seine Flaschen in den Ausguss, wir stritten, er versprach mir, nie mehr etwas davon anzurühren. Dann sah ich, was du sahst. Das Zittern, die Krämpfe, er übergab sich ins Bett. Er flehte mich an. Ich fuhr also nachts an die Tankstelle und besorgte ihm das Zeug. Irgendwann ging es ohne den Schnaps am Morgen gar nicht mehr. Er veränderte sich. Mich sah er schon lang nicht mehr. Du warst noch klein, ich konnte dich mit ihm nicht allein lassen. Er schlief ein mit der Zigarette. Ließ den Herd brennen. Vergaß, dir Essen zu machen. Jahrelang machte ich alles mit, hoffend, dass es irgendwann besser werden würde. Und dann, tja. Dann wurdest du langsam erwachsen. Ich dachte, jetzt ist meine Zeit gekommen.«

Sie ergreift meine Hand. Ich ziehe sie nicht weg.

»In der Nacht bevor ich wegging, saß ich an deinem Bett und betrachtete dich im Schlaf, du hast dich bewegt. Ich wollte dir sagen, dass ich gehen muss. Aber da wurde mir klar, dass du mich nicht gehen lassen würdest.«

Eine kleine, ernste Falte bildet sich zwischen ihren Augenbrauen.

»Du hättest mich angefleht, und ich wäre dageblieben, für dich.« Sie schließt kurz die Augen und wendet das Gesicht ab. Dann spricht sie weiter, starrt in die Leere dabei. »Glaubst du, es war leicht für mich? Dein Vater und ich zerrieben uns. Ich bin nicht wegen Wolfgang gegangen. Wolfgang war nichts als die uralte Mär vom Prinzen als Retter in der Not. Er war einfach da, kaufte in seinem Urlaub jeden Tag bei uns im Laden ein. Wir unterhielten uns, über Thüringen, wo er lebte. Er war nett zu mir, hörte mir zu. Doch die vermeintliche Freiheit endete doch nur wieder im Gefängnis der Ehe. Es hat fast ein Leben gedauert, bis ich endlich begriffen habe, dass ich keinen Mann brauche, um vollständig zu sein. Ich bin mit mir allein glücklich.«

»Bist du?«

»Ja!«, ruft sie, laut und ohne nachzudenken. »Natürlich lastet Freiheit manchmal schwer. Aber ich habe mich, seit ich allein lebe, nie so einsam gefühlt wie in meinen beiden Ehen.«

Die Worte meiner Mutter klingen seit Tagen in meinem Kopf nach. Ich sehe sie noch vor mir, wie sie anschließend dasaß mit diesem feierlichen Zug um den Mund, als hätte sie mir gerade eine Lebensweisheit verraten. Ich war aber nie einsam mit András. Er trinkt auch nicht und war immer für mich da – fast immer. Ich frage mich zum tausendsten Mal, ob mir etwas fehlte, wenn ich nicht von dieser Affäre wüsste – und von der ersten. Paula sei Vergangenheit. Das hatte er am Telefon gesagt. Und dass er mich liebte. Paula hatte sich verliebt, fiel mir wieder ein. War er denn auch in sie verliebt gewesen?

Ich treffe meine Autorin im Café Einstein Unter den Linden. Juliane soll nicht auf mich warten müssen. Hastig nehme ich meine Tasche, werfe noch einen Blick in den Spiegel im Flur, schnappe mir die Schlüssel und ziehe die Tür hinter mir zu. Ich eile zur Station, vorbei an den feinen Boutiquen am Kurfürstendamm. Täglich lächelt mich in einem der Fenster ein kornblumenblaues Kleid an, es hat die Farbe meiner Augen, die Farbe des Kleides, das Irén auf dem Sommerfest trug. Ich möchte mich wieder als Frau fühlen, als begehrenswerte Frau, die verführt, lockt und, ja, vielleicht auch umsorgt. Was ist falsch daran, zu lieben und geliebt zu werden? Der Mensch ist nicht zum Alleinsein geschaffen. András war der erste Mann, der mich berührt hat und alles an mir liebte, mich so mochte, wie ich war. Inzwischen fühle ich mich nicht mehr wie diese begehrte Frau.

Ich marschiere in das Geschäft und verlange das kornblumenblaue Kleid. Die adrette Verkäuferin blickt zur Puppe, zurück zu mir, vermisst mich mit ihrem Blick. Sie müsse nachsehen, ob das Kleid in meiner Größe verfügbar sei.

Ich probiere es an. Der Stoff fließt, umschmeichelt meinen Körper. Ich streiche es glatt mit den Händen, fahre über die Hüften, die Oberschenkel, die Rundungen, die ich mir seit Jahren wieder und wieder in Form hungere. Ich werde es nehmen. Es ist perfekt. Der Blick auf das Preisschild im Spiegel: 399 Euro! Ich versuche, das Kleid vorsichtig über den Kopf zu ziehen, ohne es zu ruinieren, der BH rutscht mit hoch, verhakt sich am Kinn, Schweiß bricht mir unter den Achseln aus – unmöglich kann ich es mit einem Schweißfleck zurückgeben –, ich mache Verrenkungen, bekomme kaum Luft, zerre es mir vom Leib. Der sinnliche Moment ist verflogen, mein Spiegelbild abgekämpft, die Haare zerzaust. Jetzt komme ich auch noch zu spät und lasse Juliane wegen eines verdammten Kleids warten. Ich stürze aus der Kabine, etwas sei mir dazwischengekommen, sage ich und bitte die Verkäuferin, mir das Kleid zurückzulegen. 399 Euro. Sie mustert mich abschätzig, sieht mir wohl an, dass ich nicht die Frau für dieses Kleid bin, keine perfekt frisierte Gattin aus der Oberschicht – keine Irén. Sie verzieht den Mund zu einem Lächeln. Bis Ladenschluss könne sie es mir gern zurücklegen.

Am U-Bahnhof Stadtmitte steige ich die Treppen hinauf ans Tageslicht, die modernen Geschäftsbauten der Friedrichstraße ragen seitlich des Gehsteigs empor. An der Ecke Unter den Linden stand einst das Café Espresso, wo Theresa den Westberliner Verleger traf und dann verhaftet wurde. Heute funkeln an der Stelle auf Hochglanz polierte Vorführwagen im Schaufenster eines Autohauses. Ich verlangsame meine Schritte und orientiere mich. Im Café Einstein fünfzig Meter weiter erwartet mich Juliane bereits. Ich erzähle ihr vom Café Espresso. Sie ist in Ostberlin aufgewachsen, wir sind ungefähr im gleichen Alter, an die Zeit des Sozialismus erinnert sie sich gut. Sie zeigt in Richtung

Leipziger Straße, dort habe sie mit ihrer Familie in einem der Hochhäuser gewohnt. Sie erinnert sich an den langen Hausflur und den modernen Fahrstuhl. Aus dem Altbau in die Platte, 23. Stock mit Balkon. Das war für sie ein Riesending.

Unsere Treffen sind wertvoll für mich. Wir diskutieren mein Vorgehen bei der Übersetzung, stilistische Feinheiten und Bedeutungsnuancen, Kompromisse zwischen Rhythmus und der wörtlichen Übersetzung. Rhythmus geht Juliane über die Genauigkeit, da gibt sie mir fast freie Hand, vertraut mir mit ihrem Text. Seite für Seite gehen wir meine Notizen durch. Die Arbeit mit mir bereichere sie, sagt Juliane. Das bedeutet mir viel, ich gebe das Kompliment zurück. Ich liebe nicht nur ihre Texte, sie ist mir auch als Mensch sympathisch, eine bekannte Schriftstellerin, die trotz ihres Erfolgs bodenständig wirkt. Ich erzähle ihr, dass meine Mutter Deutsche ist und in Berlin lebt. »Mein Aufenthalt in Berlin ist zugleich auch eine kleine Auszeit für mich. Es fühlt sich an, als probierte ich ein anderes Leben an wie ein Kleid«, sage ich und beobachte ihren Gesichtsausdruck, der nachdenklich geworden ist. Ich bereue schon, zu vertraulich geworden zu sein. Juliane aber rückt ihre Brille zurecht und nickt. Das Gefühl kenne sie. Dann ergehe es mir vielleicht wie ihrer Protagonistin, sagt sie, die sich auf die Suche nach einer alten Liebe begibt und damit nach sich selbst. Ich muss lächeln. »Da ist etwas Wahres dran«, sage ich.

»Es gibt Facetten in unserer Persönlichkeit«, sagt Juliane, »die können nur andere Menschen in uns zum Schwingen bringen. Was ist schon Liebe, wenn nicht Projektion? Wir spiegeln uns im anderen und werden zu einem anderen Selbst.«

Ich muss an die Worte meiner Mutter denken. »Sollten wir uns nicht selbst schon genügen?«, frage ich.

Nachdenklich legt sie den Kopf zurück. »Ich glaube, das gelingt uns nicht immer.« Ein feines Lächeln umspielt ihre Lippen. Ich spüre eine starke Verbindung zwischen uns und erwähne Konstantin und seinen Roman *Renegatenkinder*. Zu meiner Überraschung kennt Juliane den Roman. Sie erinnert sich, dass er Ende der achtziger Jahre in einem kleinen Wiener Verlag erschienen war.

»Ein berührendes, wichtiges Buch«, sagt sie. »Leider ist es in Deutschland damals kaum wahrgenommen worden. Vielleicht wurde es zu früh veröffentlicht. Nach der Wende hätte es große Wogen geschlagen.«

Ich erzähle ihr, dass ich erst Jahre später durch Zufall darauf gestoßen war. Ich hatte als Lektorin den Auftrag, eine Anthologie aus Erzählungen deutschsprachiger Gegenwartsliteratur zusammenzustellen, damals entdeckte ich Thomas Bernhard. Einige seiner Werke waren bereits in den 1970er-Jahren ins Ungarische übersetzt worden, jedoch in der Versenkung verschwunden, mangels Rezeption, vielleicht aufgrund höherer Kräfte, wer weiß das schon. Ich suchte in der Bibliothek nach den Bernhard-Bänden, atmete den staubigen Geruch der Bücher, ließ den Blick über die Buchrücken in den schlecht beleuchteten Regalen gleiten ... »B« wie Beaumont ... Beauvoir ... Becher ... Berger – da stand er, der schmale Band, leicht vorgezogen, als hätte er auf sich aufmerksam machen wollen, sich für mich in den Vordergrund geschoben, damit mein Blick darüber stolperte. *Renegatenkinder* von Konstantin Berger. Ich zog das Buch vorsichtig heraus, nahm es in die Hand wie eine Kostbarkeit und brachte es an meinen Platz. Meine

Bernhard-Recherche vergessend, begann ich zu lesen. Erst die Lautsprecheransage der Bibliothek holte mich Stunden später in die Realität zurück. Kaum ein Roman ist mir je so nahegegangen wie die Aufzeichnungen dieses in die Freiheit und die Kunst vernarrten jungen Rebellen. War das, weil es Konstantins Roman war?

»Es stockte mir immer wieder der Atem, ich konnte nicht anders, musste beim Lesen innehalten, den Kopf in den Nacken legen, ausatmen, diese Worte hinunterschlucken, das alles aushalten, irgendwie.«

Es sei ihr beim Lesen ähnlich ergangen, sagt Juliane. Sie erzählt von einer Reportage, die sie nach der Wende über Torgau gesehen hätte. Der Autor, Konstantin Berger, sei nach Jahren seinem damaligen Jugendwerkhofsleiter gegenübergestellt worden. »Grausam, diese Fernsehformate, aber das Ungeheuerlichste war das selbstgefällige Lächeln dieses Erziehers, er ruhte vollkommen in sich, kein Funke von Zweifel war ihm anzusehen. Und Konstantin Berger, dieser talentierte und kluge Autor, stand vor ihm wie ein Kind, der Erzieher redete auch so mit ihm, wie mit einem Kind – sie hätten alles versucht, Jugendliche wie Konstantin auf den richtigen Weg zu bringen.«

Ich erschaudere. Könnte dieses Zusammentreffen Auslöser des Absturzes gewesen sein, von dem Katja erzählt hatte?

Seither hätte man von dem Autor leider nicht mehr viel gehört, fährt Juliane fort. Er sei tief in die Drogenabhängigkeit abgerutscht.

»Der Westen hat ihm die Sprache verschlagen«, sage ich nachdenklich und empfinde einen Schmerz dabei.

Juliane hat einen anderen Termin. Wir verabschieden uns.

Ich bleibe noch sitzen, klicke durch die Nachrichten auf meinem Handy. Eine ist von Katja, seit Tagen versuchen wir uns zu erreichen. Sie fragt, ob ich spontan Zeit hätte. Um sieben im Aufsturz in der Oranienburger Straße 67, an der Ecke Tucholskystraße. Konstantin würde auch kommen, er wolle mich wiedersehen. Ich antworte mit zitternder Hand, dass ich da sein werde. Ich ärgere mich, das Kleid nicht gekauft zu haben. Dann ärgere ich mich über diesen Gedanken. Konstantin ist es vollkommen egal, was ich trage. Ich will keine Irén sein. Ich will meine eigene Version einer Frau sein, genau wie ich ihn damals auf meine eigene Weise liebte.

Über zwei Stunden lang haben Juliane und ich uns unterhalten. Ich suche auf meiner Faltkarte nach der Adresse, die Katja mir gegeben hat. Es bleibt mir noch etwas Zeit bis zum Treffen mit Katja und Konstantin. Ich bestelle mir ein Glas Wein und betrachte die Gäste im Café. Ein Mann hat am Nebentisch Platz genommen und liest in einer Zeitschrift. Es gefällt mir, wie die Leute hier mit sich selbst beschäftigt sind. Man nimmt sich gegenseitig wahr, ohne miteinander ins Gespräch zu kommen. Niemand ist allein. An dem Tisch gegenüber am Fenster liest eine junge Frau konzentriert ein Buch, eine Reihe davor löffelt ein Mann in Eile seine Suppe, er hat die Krawatte ins Hemd gesteckt, um sie nicht zu besudeln. Mein Tischnachbar hat die Brille leicht auf die Nase rutschen lassen und lugt über den Brillenrand, hält dabei die Zeitschrift etwas auf Abstand, verringert und erweitert ihn, als müsste er sich an die einsetzende Altersweitsichtigkeit erst noch gewöhnen. Er trägt ein schlichtes, schwarzes T-Shirt und Jeans. Das vertrauenerweckende Augenpaar hinter den Brillengläsern, seine ganze Erscheinung erinnert mich an Konstantin, alles erinnert mich gerade an Konstantin. Ich mache mir den Spaß und stelle mir vor, er sei Schriftsteller. Verräterischer als sein Äußeres ist die Zeitschrift, die ich erst jetzt erkenne: Es ist eine Ausgabe der Literaturzeitschrift Wespennest, eine weitere liegt auf dem Marmortisch unter seinem Schlüsselbund. Gewiss ein Schriftsteller, bekräftige ich mich selbst. Die Hefte tragen Bibliotheksetiketten.

»So, meine Dame, bitte sehr!« Der Ober stellt meinen Riesling vor mich auf den Tisch. Ich stecke mir eine Zigarette dazu an. András würde mich nicht wiedererkennen. Seit ich allein in Berlin bin, trinke ich täglich und rauche, ich rauche und trinke, rauche, trinke und warte. Worauf ich warte, ich weiß es nicht. Plötzlich fehlt mir András schrecklich. Insgeheim wäre ich am liebsten auf dem Weg nach Hause und zurück in mein Leben. Doch ich verdränge den Gedanken. Wann ich nach Hause käme, ob ich überhaupt käme, das fragt er am Telefon nicht. Eine Antwort habe ich ohnehin nicht.

Ich blicke zum Eingang und stelle mir vor, Theresa betrete das Lokal. Theresa, wie sie vor zwanzig Jahren einen Raum mit ihrer Anwesenheit erleuchtete. Behängt mit Tasche und Beuteln, schreitet sie auf mich zu und lässt sich auf den freien Ledersitz zwischen mir und dem Schriftsteller nieder, Beutel und Tasche fallen zu Boden. Der Ober ist zur Stelle und bringt ihr die Karte. Theresa winkt ab, sie brauche die Karte nicht, lächelnd bittet sie – die Locken zu einem Knoten zwirbelnd – um einen Kamillentee. Der Ober nickt freundlich, verbeugt sich leicht. Verstohlen betrachtet mein Schriftsteller Theresa, in seinem Gesicht ein Ausdruck, als hätte er eine wie sie noch nie gesehen. Theresa schaut zu ihm hinüber.

»Kennen wir uns?«

Ich zucke zusammen. Fragt er mich? Offenbar habe ich ihn angestarrt, ohne es zu bemerken.

In Verlegenheit zeige ich auf das Heft, das vor ihm liegt. »Macht es Ihnen etwas aus, wenn ich einen Blick in Ihre Zeitschrift werfe?« Eine bessere Erklärung für mein Starren fällt mir nicht ein. Zuvorkommend räumt er den Schlüsselbund beiseite und reicht mir das Heft. Ich will es gar nicht haben, nur beobachten, ob er mich dabei mustert oder meinen Blick sucht. Er tut beides.

Ich blättere es durch, verweile etwas im Inhaltsverzeichnis, nun bin ich ihm eine Erklärung schuldig, warum seine Zeitschrift meine Aufmerksamkeit erregt hat. Ich nehme einen großen Schluck vom Riesling, spüre den Blick des Schriftstellers auf mir. Bestimmt prägt er sich gerade meine Züge ein, Details, aus denen er sich eine Vorstellung seines Gegenübers formt. Ich reiche ihm das Heft zurück, bedanke mich und erkläre, ich hätte schon Gutes von dieser Zeitschrift gehört.

»Sie müssen Ungarin sein!«

Mein empörter Blick lässt ihn wie zur Entschuldigung und Beschwichtigung zugleich die Hände heben. Es ärgert mich ungemein, wenn Leute nach dem ersten Satz meinen Akzent erkennen, den ich ein Leben lang loszuwerden versucht habe.

»Bitte verzeihen Sie meine Unhöflichkeit, es ist eine Berufskrankheit. Als Sprachwissenschaftler sind Akzente für mich hochinteressant. Und Ihrer ist charmant.«

»Ich habe befürchtet, dass Sie meinen Akzent auch noch für charmant halten, danke sehr!« Mir gelingt ein Lächeln, obwohl ich etwas enttäuscht bin, dass er kein Schriftsteller ist. »Ich bin halb Deutsche, halb Ungarin«, berichtige ich ihn. »Hätten Sie als Sprachwissenschaftler nicht heraushören müssen, dass meine Mutter Deutsche ist, ich aber in Ungarn aufgewachsen bin?« Ich mache ein strenges Gesicht.

»Das wäre eine Herausforderung«, sagt er und prostet mir zu. Ich frage ihn, womit er sich derzeit beschäftigt. Er erklärt, es ginge um die Rolle der Sprache für unsere Identität. Wie sie in Medien und Politik manipulierend eingesetzt würde. Er erinnert mich so stark an Konstantin, dass es mir unheimlich wird. Ich zeige auf die Zeitschrift. »Eine Generation von Ostberliner Literaten widersetzte sich in den 80er-Jahren mit ihrer Lyrik der Manipulation des Denkens durch die Sprache«, sage ich.

Er nickt bewundernd. »Sind Sie vom Fach?«

»Ich übersetze Literatur ins Ungarische.« Ich könnte erwähnen, dass ich gerade an Juliane Gablers neuem Roman arbeite, das würde ihn sicher beeindrucken. Ich tue es aber nicht. Und er fragt nicht nach. Umso intensiver kommt mir die Art vor, wie er mich ansieht. Sein Blick wandert von meinen Augen zu meinen Lippen, als müsste er sie lesen.

»Na ja, ich habe diese Gedichte nie wirklich verstanden, ehrlich gesagt.« Ich schiebe mein halb leeres Glas beiseite. Seine ganze Erscheinung, das Understatement seiner Kleidung, das leicht arrogante Lächeln erfüllen mich plötzlich mit Misstrauen. Bereit zum Zahlen, drehe ich mich nach dem Kellner um. Vermutlich ist er die Sorte Mann, denke ich, den das Gespräch mit einer Frau nur interessiert, wenn sie ihn als Frau interessiert. Daher die Blicke auf meinen Mund. Ich winke dem Kellner.

»Vielleicht muss man nicht jede Wendung eines Gedichtes verstehen.«

Ich schaue ihn wieder an.

»Der Dichter versucht Worte zu finden, die dem wahren Wesen der Dinge am nächsten kommen. Der Gedanke ist nicht von mir, ich habe ihn irgendwo gelesen. Es war ein Aufsatz, ich kann ihn gern raussuchen und Ihnen einmal mitbringen.«

Bedeutet sein Angebot eine Verabredung? Der Versuch, zu lächeln, misslingt mir diesmal. Verärgert zahle ich die Rechnung, spüre dabei auf übermächtige Weise die Anwesenheit dieses Mannes neben mir. Auch er gibt dem Kellner ein Zeichen. Es geschieht etwas mit mir in diesem Moment. Noch das Portemonnaie in der linken Hand haltend, strecke ich ihm die Rechte entgegen: »Ich bin Márta.« Er zögert kurz, als hätte er nicht mit dieser Geste gerechnet.

»Richard.« Seine Hand ergreift meine, drückt sie. Einen Moment länger, als es üblich wäre – gerade lange genug, dass mein Impuls, wegzulaufen, verhallt.

»Márta.« Er spricht meinen Namen noch einmal, mit Nachdruck, als übte er ihn, um ihn zu behalten. »Auf Wiedersehen dann«, sagt er.

»Ein Wiedersehen hier, Richard?«

Erstaunen zieht kurz über sein Gesicht. Dann erkenne ich, dass meine forsche Art ihm imponiert.

»Sehr gerne«, sagt er, »wenn Sie mögen.«

Mir kommt ein echtes Lächeln. Ich glaube, ich strahle sogar. Plötzlich fällt es mir leicht, ein Versprechen zu geben, wenn auch nur ein halbes. Ich drehe mich auf dem Absatz um, gehe Richtung Ausgang, mein Gang sicherer, einer, der mich um Zentimeter größer erscheinen lässt.

»Also morgen, achtzehn Uhr?«, ruft er mir nach.

Die Köpfe der Kaffeegäste drehen sich zu mir um.

Der Schriftsteller, der keiner ist, fixiert mich mit herausforderndem Blick. Ich nicke, unmerklich fast, und flüchte grinsend. Meine Knie fühlen sich so weich an, sie tragen mich kaum. Es ist Jahrzehnte her, dass ich mich mit einem fremden Mann verabredet habe.

Draußen sehe ich die eingegangene Nachricht von András auf meinem Handy, als hätte er gespürt, dass Gefahr lauert. Er fragt, ob er nach Berlin kommen dürfe, nur, um zu sprechen, schreibt er. Ich drücke die Nachricht weg, beschließe, später zu antworten, in aller Ruhe. Katja und Konstantin warten vermutlich schon. Ich laufe los, biege auf die Friedrichstraße, zu meiner Linken liegt der Bahnhof. Ebendiese Straße eilte ich entlang nach Theresas Verhaftung. Auf der Oranienburger, vorne rechts, da ist sie schon, das muss sie sein, die Kneipe, die Katja mir als unseren Treffpunkt nannte. Mein Atem geht schneller, mein Kleid klebt am Körper, nass vor Schweiß. Ich verlangsame meine Schritte. Die Biertische vor dem Lokal sind voll besetzt. Ich erblicke Katja von weitem, auch sie hat mich erkannt und steht auf, kommt auf mich zu. Wir umarmen uns. Sie bemerkt wohl meinen suchenden Blick.

»Konstantin hat's nicht geschafft«, sagt sie und zieht mich sanft zum Tisch.

»Nicht geschafft?«

»Er hatte kein frisches Hemd, oder so.« Sie lacht.

Ich lache nicht.

»Du kennst ihn.« Sie winkt ab, wir setzen uns. »Jetzt sag, bist du länger in Berlin?«

Die Enttäuschung ist so stark, ich kann sie kaum verbergen, mein Herz rast, ich bekomme kein Wort heraus. Mit der Hand fächere ich mir Luft zu, die Hitze steigt mir ins Gesicht, ich spüre, dass ich stark erröte. »Verzeih, ich habe dich warten lassen.« Ich tue, als wäre ich noch außer Puste, und entschuldige mich auf die Toilette.

Drinnen ist das Lokal leer, auf den Gemälden entlang der Wand verzerrte Gesichter mit überdimensionalen Augen. Sie folgen mir über den Gang. Die Wände atmen Zigarettenqualm und Bierdunst. Katja wartet nun erneut auf mich, während ich im Klo in den Spiegel starre und mir kaltes Wasser über die Hände rinnen lasse. Ich erkenne das Gesicht, das mich im Spiegel ansieht, nicht recht, es scheint mir nicht wie meines auszusehen, sondern mehr wie die Gesichter auf den Gemälden im Gang, schmal, bleich und verbraucht. Das Wasser wird kälter, eisig, meine Finger taub. Was hast du dir erhofft von einem Treffen mit ihm? Ich wende den Blick ab, drehe den Wasserhahn zu. Dann richte ich mich auf und gehe wieder nach draußen.

Katja sitzt nicht mehr allein am Tisch. Ihr gegenüber hat ein Mann meinen Platz eingenommen. Die beiden scheinen sich zu kennen und unterhalten sich angeregt. Er trägt ein kariertes Hemd, das locker über der Hose hängt, die Ärmel hochgekrempelt, und einen Hut, den er auch am Tisch nicht abnimmt. Sein breites Kreuz verdeckt einen Teil von Katja. Sein Gesicht bleibt mir verborgen. Als ich mich auf die beiden zubewege, beginnt mein Herz erneut wild zu klopfen. Er reicht ihr Feuer, sie bläst den Rauch in die Luft und gestikuliert ausladend. Einige Schritte vom Tisch entfernt bleibe ich stehen. Ich versuche sein Profil zu erkennen. Es ist nicht Konstantin, kann nicht Konstantin sein. Das weiß ich mit Sicherheit, trotz der zwanzig Jahre, die vergangen sind – eine lange Zeit.

Katja könnte den Blick heben und mich dazubitten, doch ins Gespräch versunken, bemerkt sie mich nicht. Er spricht, sie streicht eine Haarsträhne hinters Ohr, die große Katja scheint verlegen. Einen Schritt zurücktretend, wird mir klar, dass es nichts gibt, was sie mir noch geben könnten, weder Katja noch Konstantin. Es ist alles gesagt oder hat keine Bedeutung mehr.

Ich drehe mich auf der Stelle um und gehe los, schreite, schwebe fast – in die entgegengesetzte Richtung von der, aus der ich gekommen bin. In der Vergangenheit habe ich nichts mehr verloren. Ein lauer Wind bläst mir ins Gesicht. Alles erscheint mir plötzlich so klar und federleicht.

# Epilog

*Jahre später in Budapest, Károly-Lotz-Saal*
Die Walzerklänge des Saxophons erfüllen den Saal. Die Streicher setzen ein und schicken ein Kribbeln über meinen Rücken, Spannung liegt in der Luft. Das Quartett beendet sein Spiel, begleitet vom Applaus des Publikums. Ich brauche einen Moment, um wieder vollständig präsent zu sein, dann stimme ich mit ein. Eine junge Frau tritt ans Mikrofon. Der Applaus verhallt viel zu schnell, finde ich; die Musiker verdienen die Anerkennung. Doch im Saal herrscht nun eine knisternde Stille, als die junge Frau zu sprechen beginnt, in ihrer Stimme ein Hauch von Aufregung. Juliane ergreift meine Hand, auch sie scheint von der Atmosphäre bewegt.

»Die diesjährige Preisträgerin ist keine Unbekannte im ungarischen Literaturbetrieb«, verkündet die Rednerin. »Sie hat in ihrer Karriere zahlreichen literarischen Werken zur Geburt verholfen, als Lektorin, als Herausgeberin. Durch ihre Übersetzungen sind uns Werke international bekannter Größen nähergerückt.« Mein Herzschlag wird lauter, als sie fortfährt: »Die diesjährige Preisträgerin des László-Wessely-Preises für die herausragende Übertragung fremdsprachiger Werke ins Ungarische ist: Márta Németh.« Im tosenden Applaus höre ich in Gedanken meinen Namen wie ein Echo nachklingen. Geblendet vom Licht der Scheinwerfer erhebe ich mich von meinem Platz, spüre die

Hitze in meinem Gesicht. Juliane steht gleichzeitig mit mir auf, hat sich mir zugewandt, und gemeinsam mit den Menschen um uns herum applaudiert sie mir. Wir umarmen uns herzlich. Meine Mutter strahlt mich von ihrem Platz aus an. Ich schwanke, begleitet von begeisterten Gesichtern, zur Bühne, während der Applaus in meinen Ohren braust. Wie von außen betrachte ich mich, wie ich dort oben stehe und meine vorbereitete Rede beginne.

»Dieser Moment der Anerkennung gebührt nicht nur mir, sondern ganz besonders den Autorinnen und Autoren, deren Werke ich in all den Jahren übersetzen durfte. Ich empfinde tiefe Dankbarkeit für die Möglichkeit, die Schätze der deutschen Literatur ins Ungarische zu übertragen, mit vielen dieser faszinierenden Schriftstellerinnen und Schriftstellern zusammengearbeitet zu haben, und besonders dankbar bin ich für die Freundschaften, die hieraus entstanden sind.« Mein Blick schweift durch die Reihen zu Juliane, die mir lächelnd zunickt. Ich erblicke Vati, stolz in seinem festlichen Anzug. An seiner Seite Lili, neben ihnen Verleger und Verlegerinnen, Autorinnen und Autoren und am Rande der dritten Reihe allein – András. Er ist aufgestanden wie die anderen und applaudiert mir zu.

## Quellenverzeichnis (Auswahl)

Böthig, Peter (Hg.), *sprachzeiten. Der literarische Salon von Ekke Maaß. Eine Dokumentation von 1978 bis 2016*, Berlin, 2017.

Böthig, Peter, *Die verlassene Sprache. Essay*. In: *Die andere Sprache. Neue DDR-Literatur der 80er Jahre*, Text + Kritik Sonderband, Hg. Heinz Ludwig Arnold in Zusammenarbeit mit Gerhard Wolf, München 1990, S. 38ff.

Brasch, Thomas, *Vor den Vätern sterben die Söhne*. Berlin, 2013.

Endler, Adolf, *Tarzan am Prenzlauer Berg. Sudelblätter 1981-1983*, Leipzig, 1996.

Fliege, Jürgen, *Spurensuche – Ich war im Kinderknast von Torgau. Jürgen Fliege begleitet Andreas Freund*, Dokumentarfilm. Online verfügbar: https://www.youtube.com/watch?v=6RQUGMNxewA (zuletzt gesehen: 08.10.2024).

Fühmann, Franz, *Zweiundzwanzig Tage oder Die Hälfte des Lebens*. Leipzig, 1980, S. 21, 24, 26, 144.

Hanf, Martina (Hg.) in Zusammenarbeit mit Annette Maennel, *Interviews 1976-2001. Thomas Brasch. Ich merke mich nur im Chaos*, Frankfurt am Main, 2009.

Hodosán, Rózsa, *Szamizdat történetek*. Budapest, 2004.

Kolbe, Uwe, *Die Situation*. Göttingen, 1994.

Kolbe, Uwe, *Renegatentermine. 30 Versuche die eigene Erfahrung zu behaupten*, Frankfurt am Main, 1998, S. 9.

Rajk, Judit (Hg.)/Mink, András (Hg.), *Rajk László. Tények és Tanúk. A tér tágassága (életinterjú)*, Budapest, 2019.

Schickling, Katharina, *Schlimmer als Knast. Die Jugendwerkhöfe der DDR*, Dokumentarfilm, 2005. Online verfügbar: https://www.youtube.com/watch?v=rpxCfbCsyto (zuletzt gesehen: 08.10.2024).

Wolf, Christa/Fühmann, Franz, *Monsieur – wir finden uns wieder. Briefe 1986-1984*, Berlin, 1998, S.141.